布朗神父探案全集 I
THE COMPLETE FATHER BROWN

花园谜案

［英］G.K. 切斯特顿◎著
支雷 迩东晨 赵晋思 庞冰心◎译

时代文艺出版社

图书在版编目（CIP）数据

花园谜案 / (英) 切斯特顿 (Chesterton，G.K.) 著；迩东晨等 译.
—长春：时代文艺出版社，2013.10（2018.1重印）
（布朗神父探案集）

ISBN 978-7-5387-4376-0

I. ①花… II. ①切… ②迩… III. ①侦探小说－小说集－英国－现代 IV. ①I561.45

中国版本图书馆CIP数据核字（2013）第241123号

出品人 陈 琛
产品总监 郭力家
选题策划 方 伟
责任编辑 方 伟 姜程程 刘 婷
装帧设计 孙 俪
排版制作 吴 毓

花园谜案

［英］ G.K.切斯特顿 著　迩东晨等 译

出版发行 / 时代文艺出版社
地址 / 长春市泰来街1825号 时代文艺出版社 邮编 / 130011
总编办 / 0431-86012927 发行部 / 0431-86012957 北京开发部 / 010-63108163
官方微博 / weibo.com / tlapress 天猫旗舰店 / sdwycbsgf.tmall.com
印刷 / 三河市京兰印务有限公司
开本 / 710mm × 1000mm 1 / 16 字数 / 180千字 印张 / 16
版次 / 2014年2月第1版 印次 / 2018年1月第2次印刷 定价 / 42.80元

图书如有印装错误 请寄回印厂调换

目录

蓝宝石十字架

天际有一抹银色晨曦，在海面上映出一条熠熠闪烁的绿色波光，从两者之间驶来一艘船，停泊到了哈维奇港，乘客们如飞虫般涌出船舱，四散开来。在这些人当中，我们必须紧紧盯住的那个人，无论如何也算不上惹人注目，他也无意张扬。看上去，他没什么特别之处，只是他那身欢度假日的衣着与他一本正经的严肃表情不太相称，仅此而已。他穿着一件瘦小的浅灰色夹克衫、一件白背心，戴着一顶系着蓝灰色丝带的银白色草帽。与服饰色调相反的是，他长着一副瘦削、黝黑的面孔。面部下方留着西班牙式的黑色短须，让人不禁想起伊丽莎白时代流行的轮状皱领。他吸着香烟，漫不经心之中显露着认真专注。从外表丝毫看不出，在他的夹克衫里面隐藏着一把装满子弹的左轮手枪，他的白背心下面隐藏着警察证，更不要说那顶草帽实际上遮掩着欧洲最富有才智的头脑之一。他不是别人，正是瓦朗坦，巴黎警察局局长，闻名遐迩的大侦探。他从布鲁塞尔赶来伦敦是要执行本世纪最非同寻常的一次逮捕行动。

弗朗博到了英国。三国警方通力合作，终于寻到了有关这个臭名昭著的罪犯的蛛丝马迹，从比利时的根特追踪到布鲁塞尔，又从布鲁塞尔追踪到荷兰的胡克港，并由此推断：他会趁着伦敦召开“圣体大会”[①]之际，混入纷纷攘攘的陌生人群之中。他很可能乔装打扮成一位低级神职人员，或是与之相关的秘书来到伦敦。不过，这尚属猜测，瓦朗坦并不能完全肯定。没人能把握弗朗博的动向。

多年以前，这位犯罪大王突然偃旗息鼓，不再恣意妄为，不再制造社会混乱。就如人们描述罗兰[②]死后的情形一样，在他销声匿迹之后，地球上出奇的平静。但是在弗朗博最得意的时期（当然，我是说他最猖狂的时期），他像恺撒大帝一样，形象突出，名扬四海。几乎每天早上，日报上都会刊登他的消息，报道他为了逃避因一桩滔天罪行而应得的惩罚，接着又犯下另一桩罪案的事实。弗朗博是法国加斯科涅人，身材高大，胆量过人。坊间流传着他最不可思议的趣闻异事：他如何一时兴起，将一名调查法官倒提起来，让他大头朝下，以使他头脑清醒；他又怎样分别在腋下各挟着一名警察，跑过巴黎里沃利街。公平地说，他超群的蛮力通常只是用在一些虽有失体面但却未酿成血案的场面。他真正的罪行主要是策划巧妙的大手笔的盗窃。但他总是能花样翻新地犯下一宗宗罪案，每一宗本身就是一个故事。他在伦敦经营过一家赫赫有名的提洛尔乳制品公司，这家公司没有制奶厂，没有奶牛，也没有送奶车，更没有牛奶，却有数千个订户。他提供送奶服务的方式很简单，只是拿走别人家门前的小奶罐，放在自家订户的门前。还是这个弗朗博，他耍了一个花招，与一位女士保持难

① 圣体大会：以敬礼耶稣圣体为目的而隆重举行的宗教集会，其中包括举行弥撒、明供圣体、圣体游行、圣体降福以及公开证道等。1881年开始于法国里尔，每四年一次轮流在各国举行。

② 罗兰：法国史诗《罗兰之歌》的主人公，以膂力、勇气及骑士精神出名。

以捉摸却又相当亲密的通信联系，具体做法就是截取这位年轻女士的全部信件，然后把自己写的回信拍照并以极其微小的字体印在显微镜的载物片上寄给她。不过，弗朗博的诸多犯案都有一个特点，就是手法极其简单。据说，有一次他为了将一个旅客引入圈套，居然趁着深夜把整条街上的门牌号码全部重新漆过。比较确切的一件事是，他发明了一种便携式信筒，安放在郊区一些僻静的角落，期待着有人往里边投汇款单。最后一点，传闻他还身怀神奇的杂技功夫。尽管他块头很大，轻功却了得，能像蚂蚱一样轻松跳跃，也能像猴子一样隐身树顶。因此，大侦探瓦朗坦着手追踪弗朗博之初便很清楚，即使他找到了对手，自己的探险之旅也远远没有结束。

但怎样才能找到他呢？在这点上，大侦探的脑子里仍然没有头绪。

不过倒是有一个突破口，那就是无论弗朗博乔装打扮的手段多么高超，令他鹤立鸡群的身高总是无法掩饰的。要是瓦朗坦敏锐的眼光捕捉到一个卖苹果的高个女摊贩，一个高大的掷弹兵，甚或一位个子够高的公爵夫人，他都可能当场逮捕他们。但在他乘坐的整列火车上，没看到任何一个可能是弗朗博假扮的人，长颈鹿无论如何也伪装不成一只猫吧。对同船来的那些人他已经弄清楚了。在哈维奇或中途上车的人只有六个。有一个矮小的铁路官员要乘车去终点站，三个矮小的蔬菜商是在火车开了两站后上的车，一个矮小的寡妇从埃塞克斯的一个小城上车，一个矮小的罗马天主教神父从埃塞克斯的一个小村子上车。品评到最后这个人，瓦朗坦放弃了，因为他都快要笑出来了。这个矮个神父堪称汲取了东部平原的全部精华，他的脸又圆又呆板，像诺福克无馅汤圆。他的眼神像北海海面一样空旷。他带着几个棕色纸包裹，几乎拿不过来。毫无疑问，“圣体大会”搅动了一潭死水的小地方，把这类生物一个个吸了出来，他们盲目无助，就像刚被挖出来暴露在光天化日之下的鼹鼠。瓦朗坦是法国典型的极端怀疑论者，他对神父无任何好感，但还是会同情他们。而这位神父恐怕会激发任何人的同情心。他有把破烂大伞，总是掉到地板上。他似乎连自己返程票的终点站都不清楚。他傻乎乎地向车厢里的每个人解释说，他必须得小心，因为他的一个棕色纸包裹里有一件东西，是纯银打造的，上面还带有“蓝石头”。他举止很怪异，混杂着埃塞克斯人特有的率直和圣人般的单纯，一路上让这个法国人开心不已。后来，神父总算是在托特纳姆下了车，等他把所有的纸包裹都拿下车后，又返回来取他的伞。他取伞的时候，瓦朗坦居然大发善心，提醒他说，要看管好银器，不能逢人就说。但是他在冲着神父讲话的同时，眼睛却一刻也没闲着，仔细搜寻着另外一个人，不管他是富人还是穷人，男人还是女人，只要是身高差不多达到1.8米的人。因为弗朗博高达1.9米。

瓦朗坦在利物浦街下了火车，他信心十足地认为，迄今为止，弗朗博还未逃过自己的眼睛。他办好手续，使自己在这里的活动合法化，并且就所需的协助做出安排。然后他点燃另一根香烟，漫步伦敦的街头，走了很远。当他走过维多利亚车站，来到车站另一面的街道和广场时，他突然停了下来，站在原地。面前是一个精巧、安静的广场，非常典型的伦敦风味，充溢着出人意料的沉静。周边高大的公寓房，看似繁荣，却少有人住。广场中央是一片灌木丛，似乎久已疏于打理，像太平洋上荒凉的绿色小岛。环视广场四周，其中一边像个讲台一样高出许多，这一边本应自然、流畅的线条，也被伦敦常有的令人叹服的突兀之作——一家餐厅打破了，这家餐厅仿佛是从索霍区[1]飘走，误落到了这里。它风格迥异，格外碍眼：花盆里栽种着矮小的植物，长长的百叶窗呈现着柠檬黄和白色条纹。它明显高出街面，一段阶梯从街面直上前门，仿佛太平梯直通到了二楼窗前，倒是很符合伦敦惯有的拼缀风格。瓦朗坦站在黄白相间的百叶窗前，吸着烟，思忖良久。

奇迹最令人难以置信的地方，就是它确实会发生。几片白云在天空聚拢，形成一只凝视的人眼。在前路不明的旅途中，总会有一棵大树跃入视野，整棵树的形状就是个不折不扣的问号。在过去几天，这两种现象我都目睹过。纳尔逊[2]的确是死在胜利的那一刻，一个叫威廉斯的人碰巧谋杀了一个叫威廉森的人，让人觉得像是杀婴案。[3]简而言之，生活中存在魔法般机缘巧合的成分，而只相信眼见为实的人们会永远与它擦肩而过。正如爱伦·坡[4]那个悖论所表述的：智慧有赖于意料之外的事。

阿里斯蒂德·瓦朗坦是个典型的法国人，高深莫测，具有法国人特有的才智。他不是“思考机器”，因为那是没脑子的现代宿命论和唯物论喜欢用的词语。机器之为机器，是因为它不能思考。但他既是个思想者，又是个凡夫俗子。他取得的所有功绩，看似有魔法相助，实则源于枯燥乏味

---

① 索霍区：伦敦著名的街区，汇集了大量夜总会和外国饭店。

② 纳尔逊（1758—1805）：英国海军统帅，曾任地中海舰队司令。1805年，在特拉法尔加海战中大败法国和西班牙联合舰队，本人则受重伤身亡。但“纳尔逊精神”却在英国皇家海军中代代相传。

③ 威廉斯的英文名是“William”和字母“S”组成；威廉森的英文名由“William”和“Son”（即“儿子”的意思）组成，故有此说。

④ 埃德加·爱伦·坡（1809—1849）：19世纪美国诗人、小说家、文艺评论家，现代侦探小说的创始人，主要作品有《乌鸦》和《莫格街凶杀案》等。

的逻辑推理，是运用清晰而寻常的“法式思想”的成果。法国人不是靠推出悖论来震动世界，而是通过践行不言自明的道理取得这种效果。他们在践行不言自明的道理时可以走得很远——就像在法国大革命中所做的那样。但恰恰因为瓦朗坦懂得理性，他深知理性的极限。只有对汽车一无所知的人，才会大谈特谈开汽车不用汽油。只有对理性一无所知的人，才会在缺乏强有力的、无可争辩的基本原理的情况下，大谈理性思维。而瓦朗坦现在就没有强有力的、无可争辩的基本原理。弗朗博在哈维奇不见了，如果他真的在伦敦，他可能是温布尔登公园里一个高个子流浪汉，也可能是大都会饭店里一个高个子宴会主持人。面对这种明显一无所知的情况，瓦朗坦自有一套看法和应对方法。

在这种情况下，他信赖意料之外的事。此刻如果他跟不上理性的思路，他就要冷静而谨慎地追随非理性的思路。与其去意料之中的场所——银行、警察局、社交场所，不如有条不紊地现身意料之外的地方：敲敲每所空房子的门，走进每一条死胡同，穿过每一条堆满垃圾的小巷，围绕每个新月状的街区走完一圈。他对这种近乎疯狂的思路自有一套逻辑性很强的辩护方法。他说，若是一个人有迹可寻，那是最糟糕的状况，但若根本就无迹可寻，那就最好不过了，因为吸引追捕者注意的稀奇古怪之处，可能同样会引起被追捕者的注意。一个人总要从某个地方开始，当然最好是另一个人歇脚的那个地方。通向店铺的那段阶梯，那个幽静、奇特的餐厅都隐含着某种东西，唤起了这位侦探所有的浪漫遐思，促使他果断行动，随机一试。他走上阶梯，在靠窗处的一张桌子前坐下，要了一杯黑咖啡。

上午已经过了一半，他仍未吃早餐。桌上残留着他人用过的早餐，唤起了他的饥饿感。于是他又叫了一个煮鸡蛋。他往咖啡里加白糖的时候，一直在沉思，脑子里全是关于弗朗博的事。他回想起弗朗博每次是如何逃脱的：一次是用指甲剪；一次是借助失了火的房子；一次是必须去交费取一封未贴邮票的信；一次是让人们用望远镜看一颗要毁灭地球的彗星。瓦朗坦认为自己的侦探头脑一点不比罪犯的差，这并不错，但他完全清楚情况对自己不利。“这个罪犯是富有创造性的艺术家，而他这个侦探只是评论家。”自说自话时，他露出酸楚的微笑，慢慢地把咖啡杯举到唇边，旋即放下——他刚才加进去的是盐。

他看了看装着白色粉末的容器，以为是糖罐，如同香槟酒瓶里装的是香槟酒一样不会错。他奇怪为什么他们会在里面放盐。他一一查验，看看是否另有名副其实的调料罐。没错，有两个盐瓶，装得满满的。也许盐瓶里的调味品有什么特别之处。他尝了尝，是白糖。此时，他对这家餐厅又有了新奇感，他四下张望，看看糖和盐换位的这种独特的艺术风格是否在别处也有体现。除了一处白纸裱糊的墙上溅上了点奇怪的黑色液体之外，这个地方看起来整洁、明快而且平淡无奇。他按铃招呼服务员。

服务员匆忙上前，都这时候了，他头发还是乱蓬蓬的，睡眼惺忪。瓦朗坦侦探并非没有丝毫幽默感，他让服务员尝尝白糖，看是否符合这家饭店享有的美誉。结果服务员冷不丁打了个呵欠，醒了过来。

“你们每天早上都和顾客开这种微妙的玩笑吗？”瓦朗坦问他，“把盐当糖这种笑料，从来没让你们感到乏味吗？”

服务员终于想明白这是在讥讽，随后，便结结巴巴地向他保证说，绝对没有这个意思，一定是莫名其妙地弄错了。他拿起糖罐看了看，又拿起盐瓶看了看，表情愈加迷惑。最后，他突然告退，匆匆走开了。几秒钟后，他带着老板返身回来。老板查看了糖罐，然后又查看了盐瓶，也是一头雾水。

忽然，服务员说话都不利落了，或许因为有太多的话要说。

“我想，”他急于表白，说话都结巴了，“我想这一定是那两个神父干的。”

“哪两个神父？”

“就是那两个，”服务员说，“往墙上泼汤的神父。”

“往墙上泼汤？”瓦朗坦重复道，他感觉这一定是某种奇怪的意大利式隐喻。

“是的，是的。”服务员一边兴奋地说，一边指着白色壁纸上那块发黑的地方，“泼在那边的墙上。”

瓦朗坦带着疑问看着老板，老板赶紧解围，开始讲述这件事的来龙去脉。

“的确如此啊，先生，”他说，“这是真的，不过我倒没觉得这跟糖和盐有什么关系。今天一大早，我们刚开始营业的时候，两名神父就来这里喝汤。他俩属于沉默寡言、令人尊敬的那种人。其中一位付了账就出去了，另一位是个十足的慢性子，过了好一阵才把东西收拾好。最后他总算也出门了，只不过在要离开的那一瞬间，他故意把他只喝了一半的汤泼到墙上。我当时在里间屋，服务员也在那里，等我冲出去时，汤已经泼到了墙上，当时店里空无一人。虽然没什么大碍，但干出这种事的人也太无耻了。我想去街上抓到那个人，可他们已经走出去很远了，我只看到他们转过街角走进了卡斯泰尔斯街。”

侦探立即站了起来，戴好帽子，拿起手杖。在他脑子里还是一团糨糊之际，这件怪事像手指一样为他指明了方向，他只能沿着那个方向走下去，这是第一个征象，足够怪异的征象。他付了账，冲出玻璃门，很快就拐到了另一条街上。

所幸的是，即使在这种令人头脑发热的兴奋时刻，他的目光仍然保持着冷静和锐利。在走过一家店铺时，他感到什么东西一闪而过，转瞬即逝，他决定返身去看个究竟。这是一家普通的果蔬小店，瓜果蔬菜整齐地摆放在门前空地上，上面清楚地标着名称和价格。其中有两堆很显眼，分别是橙子和坚果。在那堆坚果上，放着一片纸板，上面有用蓝色粉笔描出的几个大字：上等橙子，1便士两个。在那堆橙子上，则摆着同样醒目的标牌：优等巴西坚果，每磅4便士。瓦朗坦先生看着这两块标牌，回想起他此前碰到过的场景，也体现着这种寓意隐晦的幽默，而且就在不久前。他指给那个红脸膛的水果商看，示意他标牌位置不对。水果商正阴沉着脸朝街两头张望。他二话不说，麻利地把标牌调换过来，物归原处。大侦探斜倚着手杖，姿态优雅，继续观察这个小店。最后，他说：“这位先生，请原谅我的冒昧，我想问你一个有关实验心理学和概念联想的问题。”

红脸店主用恐吓的眼神看着他，但他兴致不减，摇动着手杖。“为什么，”他继续问道，“为什么来伦敦度假的神父会调换果蔬店里的两块标价牌？如果我说的不够清楚，那就换个说法，把橙子的标价牌放在坚果上这件事和这一高一矮两个神父之间，有什么神秘的联系？”

商人的眼睛瞪得溜圆，几乎要凸出来了。有那么一刻，眼看着他就要扑到这个陌生人身上。最后，他怒火中烧，结结巴巴地说："我不知道这和你有什么关系。要是你跟他们是一伙的，你可以告诉他们，就说是我说的，如果他们敢再弄乱我的苹果，我不管他们是不是神父，我一定会敲掉他们的脑袋。"

"真的？"侦探非常同情地问道，"他们弄乱了你的苹果？"

"是其中一个人干的，"愤怒的店主说，"苹果滚得满地都是。要不是忙着捡苹果的话，我真想冲上去抓住那个混蛋。"

"那两个神父去了哪边？"瓦朗坦问。

对方立刻答道："左手第二条马路，然后穿过了广场。"

"谢谢。"瓦朗坦说着像个精灵一样倏忽间就不见了。来到第二个广场的对面，他找到一名警察，对他说："警员，事情紧急，你见过两个戴铲形宽边帽的神父没有？"

警察哈哈大笑起来："我看见啦，先生。要我说，其中一个喝多了，就站在马路中间，昏头昏脑的——"

"他们顺着哪条路走的？"瓦朗坦急忙打断他。

"他们在那里上了一辆黄色巴士，"警察回答，"开往汉普斯蒂德的。"

瓦朗坦向他出示了自己的公务证，匆匆地说："叫两个你们的人跟我一起去追。"话刚说完就穿过了马路，他劲头十足，那个反应迟钝的警察受到他的感染，也立即行动起来。过了一分半钟，一位巡官和一名便衣相继赶到对面人行道上与这个法国侦探会合。

"哦，先生，"先来的那位微笑着，但不无傲慢地开口问道，"什么情况？”

瓦朗坦突然用手杖一指。“上了这辆巴士后我再告诉你们。”他边说边在车流中东躲西闪地飞奔。等到三人终于气喘吁吁地在黄色巴士顶层落座之后，巡官说：“坐出租比这要快很多倍。”

“太对了，”他们的领队平静地说，“不过我们现在连该去哪儿都不知道。”

“那么，你这是要去哪里？”另一个人瞪着眼问。

瓦朗坦绷着脸吸烟，过了一会儿，说：“如果你知道一个人在干什么，就赶到他前面。但是如果你要猜测他在干什么，你就得紧跟着他。他闲逛你也闲逛，他停下你也停下，和他走得一样慢。这样你就可以见他所见，并且在他采取行动时，能够与他动作一致。我们要做的就是睁大眼睛，密切观察任何异常现象。”

“你指的是哪种异常现象？”警察问。

“任何一种异常现象。”瓦朗坦答道，然后就倔强地不再说话。

黄色巴士好像在北边的马路上连续爬行了几个小时。大侦探也不再解释什么，也许他的助手们感觉到他的差事越来越让人怀疑，只是不想说出来而已。还有，也许他们心里叨念着该吃午饭了，因为不知不觉中，早就过了午饭时间。伦敦北部郊区的马路像可恶的伸缩望远镜那样，一节一节没完没了地伸长。这如同那种旅行，一个人总是觉着自己现在终于来到了世界尽头，却很快发现才到伦敦北部的塔夫特奈尔公园。伦敦渐渐隐没，只剩下路旁零零落落的小酒馆和单调乏味的灌木丛，但很快它又在不经意间再生，眼前重现繁花似锦的大道和光彩夺目的大酒店，就像正在穿过独立存在却又紧挨在一起的13座平凡的城市。冬日的暮色已经开始笼罩眼前的道路，巴黎大侦探一言不发地坐着，警惕地盯着前方，观察着渐渐滑向车后的街道两旁。等他们刚把卡姆登小镇甩在身后的时候，两名警察几乎沉入梦乡。瓦朗坦突然蹦起来，拍了两人的肩膀，喊司机停车。好在两个人没睡死，还知道跟着跳起来。

他们跌跌撞撞地下了车，直到站在路上时，也没弄明白为什么下车。他们东张西望，想弄清楚怎么回事，这时才发现瓦朗坦正得意洋洋地指着路左边的一扇窗户。那扇窗户很大，位于一家金碧辉煌的小酒店临街的一面，这是个专为正餐预留的位置，标着“餐厅”的字样。这扇窗和小酒店正面的那排窗户一样，镶着磨砂和压花玻璃，但在玻璃的正中央却有个很大的黑色星状裂纹，自中心向周边延展，如同嵌在冰上的星星。

“我们终于找到线索了，”瓦朗坦摇着手杖喊道，“玻璃窗破了的地方。”

“什么窗？什么线索？”他的第一助理问道，“有什么证据可以证明这和他们有关系？”

瓦朗坦闻听此言，勃然大怒，几乎折断了他的手杖。

“证据！”他大喊着，“上帝啊！这个人在找证据！是啊，当然，这个跟他们有关系的可能性是二十分之一。可我们还有别的什么可做？难道你们不明白，我们能做的不过是，要么追踪任何希望渺茫的线索，要么就回家睡觉？”他咚咚有声地走进餐厅，他的伙伴紧随身后。他们很快就被安顿在一张小餐桌前入座，开始吃这顿迟来的午餐。从里面查看破玻璃上的星形，他们并没有什么新发现。

“我看到你们的窗子被打破了。” 付账的时候，瓦朗坦对服务员说。

“是的，先生。”服务员回答，低头忙着数该找的零钱，瓦朗坦没声张，给了他一笔丰厚的小费。服务员直起腰，神色温和，但明显流露出兴奋。

“啊，是的，先生，”他说，“那件事很诡异，先生。”

“是吗？说来听听。”侦探装作漫不经心的样子但又透着好奇地发问。

“是这样，两个穿黑衣服的男人走进来，”服务员说，“就是现在到处都能见到的国外来的神父。他们静静地吃了顿简单的午饭，其中一位付了账就出去了。另外那位刚要出去的时候，我看了看手里的零钱，发现他给我的小费是平常的三倍。我就冲着差不多出了门的那位‘嗨’了一声，说‘你给多了’，他说‘哦，是吗’口气很平静。我说‘是啊’，拿起那张账单给他看。唉，还真是邪门。”

“什么意思？”侦探问。

“我可以对天发誓，我在账单上写的是4先令。可是现在，我看到上面分明写着14先令。”

“呃？”瓦朗坦不由得叫出了声，他动作很慢，但眼里却充满渴望，“然后呢？”

“那个站在门口的神父很平静地说‘很抱歉给你添了麻烦，那些钱应该够赔窗户玻璃的’。我说‘什么窗户玻璃’。他说着‘我要打碎的那块’。就用他的伞把那块倒霉的玻璃捅破了。”

这三位打探内情的人同时惊呼一声。巡官悄声说：“难道我们正在追捕逃出精神病院的疯子？”服务员继续兴致勃勃地讲着这个离奇的故事：

“我当时就傻眼了，有那么一会儿，不知道该怎么做。那个人大步流星走了出去，追上了正在街角等他的朋友。然后，我冲出围栏去追，但他们走得太快了，一转眼就进了布洛克街。”

“布洛克街。”侦探边说边飞快地冲向那条街，速度不亚于被他追的那两个人。

接下来的路程，他们走在裸露的砖铺成的路上，感觉却像是在隧道中。街上灯光稀疏，甚至都见不到几个窗户。这些街道就像是两排背靠背的建筑之间留出的通道。暮色更深了，就连那个伦敦警察都很难猜出他们正朝哪个方向走。然而，巡官相当肯定地说，他们最终能走到汉普斯蒂德·希思公园某处。突然，一户人家点着的煤气灯从一扇凸出的窗户射出光线，像牛眼灯一样穿透了暗蓝的暮色。瓦朗坦停在一家装饰得花里胡哨的糖果店门前，迟疑了一下，走了进去。他十分庄重地站在花花绿绿的糖果中间，仔细挑选了十三支巧克力雪茄。他的动作表明他准备拆开一支，但他其实并不需要。

店里有个瘦削、面相显老的年轻女人，起初狐疑地审视着他优雅的外表，但当她看到他身后的门口站着穿蓝制服的巡官时，她才如梦方醒。

“噢，”她说，“如果你们来是为了那个包裹，我已经寄出去了。”

“包裹？”瓦朗坦重复着，这回轮到他满腹狐疑了。

“我是说那个先生落在这儿的包裹，那个神父先生。”

“天哪，”瓦朗坦说，他头一次流露出真正热切期待的神情，俯身向前，“看在上天的分上，快告诉我们到底发生了什么事。”

“哦，”这女人有些怀疑地说，“大约半小时之前，两个神父进来买了些薄荷糖，说了几句话，然后就朝公园那边去了。可一转眼，其中一位跑回来了，说‘我落下了一件包裹！’我就到处找，但没找到。他就说‘算了，不过如果你什么时候看到了，就寄到这个地址。’他留下一个地址，还给了我1先令作为麻烦我的补偿。我在店里又找了一遍，不成想，居然找到了那个棕色纸包，然后我就照他说的地址寄走了。我现在记不起那个地址了，大概是威斯敏斯特[①]附近。那件东西这么重要，我想也许警察是为它而来的吧。”

“正是，”瓦朗坦简短地说，“汉普斯蒂德·希思公园就在附近吗？”

“一直向前，步行15分钟，”这个女人说，“然后你们就会看到公园了。”瓦朗坦冲出小店向前飞奔，另外两位很不情愿地小跑着跟上。

他们穿过的那条街非常狭窄，阴影密布，以至于一大片空旷的原野和广阔的天空不期然出现在眼前时，他们惊异地发现，原来夜色尚浅，视线仍很清晰。在渐黑的树林和深紫色的远景中，一个完美的孔雀绿穹顶披上了金黄色。鲜活的绿色，刚好有了足够深的色调，衬托出水晶般的一两颗星星。金黄色的余晖穿过汉普斯蒂德的边缘，洒落在这片空旷的低地上，也就是人们熟知的“健康谷地”。度假的人们游兴未尽，还没完全散去；几对情侣相互依偎在公园长椅上；远处荡秋千的女孩不时发出欢笑声，此起彼伏。天国的荣光层层加深，愈发地黯淡，渐渐笼罩了人类极端的庸

① 威斯敏斯特：伦敦西部的贵族居住区，在泰晤士河北岸，区内有白金汉宫、议会大厦、首相官邸、政府各部和威斯敏斯特教堂等。

俗。瓦朗坦站在斜坡上，目光越过低谷，他看到了——那个他一心追寻的东西。

远处黑黢黢的人群开始四散而去，但有两个黑影显得特别突出，他们并没有分开——那两个人像是穿着神父的衣服。尽管他们如同昆虫一样微小，但瓦朗坦还是可以看出，其中一位比另一位要矮许多。虽然另外那位像学生一样垂首听讲，举止也无惹眼之处，但他可以看出那人身高明显超过了1.8米。他咬紧牙关，继续前行，不耐烦地旋动着他的手杖。等他明显走近时，那两个黑影放大了许多，他又有了新发现，这个发现令他心里一惊，却也是他所期盼的。无论高个神父是谁，那个矮个神父的身份已经确切无疑了。那是瓦朗坦在哈维奇火车上遇到的朋友，来自埃塞克斯的矮胖的神父，当初他还提醒这位神父不要见人就说他的棕色纸包裹里有什么。

到目前为止，发生的一切都终于契合在一起，有了足够合理的解释。瓦朗坦在那天上午询问的过程中了解到，来自埃塞克斯的布朗神父带着一个镶蓝宝石的纯银十字架赶赴“圣体大会”，向一些参会的外国神父们展示这个价值不菲的古董。这无疑就是“带蓝石头的银器”；而火车上那个矮小、没见过世面的人无疑就是布朗神父。现在，弗朗博也发现了瓦朗坦所发现的，这丝毫不奇怪，因为弗朗博知晓了一切。不仅如此，当弗朗博听说了蓝宝石十字架，他便起了偷到手的歹念，这同样不足为怪，这在整个自然界的历史上都屡见不鲜，极其自然。还有一件事就更加顺理成章，无以为怪了：面对这个拿着伞和包裹的小笨羊，弗朗博只需略施小计，便会大获全胜。布朗神父是那种任何人用一根细绳就能牵着去北极的人，像弗朗博这样一个演员，打扮成神父的模样，并把布朗神父引到汉普斯蒂德·希思公园，想来也不稀奇。至此，这宗案件的情节已经足够清晰明了了，侦探不由得为这个神父的无助生发了怜悯之情。与此同时，也深恨弗朗博居然忍心对这样一个天真的受害者下手。不过，瓦朗坦思前想后，要理清所有在此期间发生的事，以及将他带向最终胜利的种种现象的同时，他也在绞尽脑汁找寻其中隐含的哪怕是极不起眼的规律。从埃塞克斯一个神父那里偷一个镶蓝宝石的银十字架，这种行为与向墙上泼汤之间有什么关联？将坚果和橙子张冠李戴，或者先付玻璃钱再将它打破的行为与偷窃之间又有着什么联系呢？他已经成功完成了追踪，然而不知怎么的，他漏掉了中间的过程。在他失败（这很少见）的时候，他通常把握了线索，却在抓罪犯时无故失手。在这里，他抓住了罪犯，却仍然无法把握线索。

他们追踪的那两个人正像两只黑苍蝇一样穿过一座小山上的大片绿地。他们显然沉浸在交谈之中，而且可能并没有留意他们正走向哪里，但他们的去向定会是希思公园里更荒凉、更僻静的荒野高处。追踪者不断加快脚步，距离越来越近，为了不被发现，他们不得不屈尊，像猎鹿人一样潜行，蜷伏在树丛后，甚至在深草中匍匐。靠着这些有失文雅但不乏巧妙的举动，猎手们已然来到与猎物近在咫尺，可以听到他们低声交谈的位置，但是他们只能依稀听辨出“理性”这个反复出现的词汇。他们在说这个词的时候，往往会提高音量，甚至有些孩子气，除此之外，还是听不清他们在说什么。警探们爬过一个凹地并钻过密密匝匝的灌木丛后，却再也看不到那两个人的踪影。他们急得团团转，熬过了懊恼心焦的十分钟，才弄清他们的去向。他们循踪追迹，转到浑圆的山顶另一侧，仿佛进入了圆形剧场，眼前展现出五彩缤纷但又有些许荒凉的落日美景。在这个居高临下、鲜有人注意的地方，在一棵大树下，有条破旧的长木椅，上面坐着那两个神父，依旧在高谈阔论。炫丽的黄绿色依然涂抹在渐黑的天际，穹顶正缓缓地由孔雀绿变为孔雀蓝，点点星辰也相应地更加凸显出来，如同一颗颗宝石。瓦朗坦朝他的随从打手势示意，自己设法爬到一棵枝杈繁茂的大树后面，站了起来，在周边死一般的寂静中，他头一次听清了两个神父之间的对话。

他听了大概有一分半钟，内心升起一团可怕的疑云。也许他拖着两个英国警察来到夜幕中的荒郊野岭所干的差事，纯属神经不正常的举动，与在刺蓟草里找无花果的行为一样愚蠢透顶。因为他们就像名副其实的神父那样，虔诚、博学，畅谈着玄妙深奥的神学命题。埃塞克斯的矮个神父出言简洁明了，他的圆脸朝着繁星渐现的天空；另一位说话时则低着头，仿佛他不配见星辰。无论是在意大利修道院白色的回廊中，还是在西班牙黑色的大教堂里，你所听到的神父们纯粹的神学对话，内容也不过如此。

他最初听到的是布朗神父那段话的结尾部分，是这样说的：“——（才是）在中世纪时所称天堂永葆圣洁的真正含义。”

高个神父点了点低垂的头说：“噢，是啊，现代这些不信神的人借助理性来说服他人，谁能看着我们身在其中的万千世界而不会觉得，或许在高高在上的宇宙一体中存在的理性根本就不合理？”

“不是这样的，”另一位神父说，“理性总是合理的，即使在仅存的地狱之境，即使在失落的万物之疆也是如此。我知道，人们常指责教会降低理性的地位，但事实恰好相反。在世间，唯有教会将理性尊为至高无上；在世间，唯有教会公开申明天主本身就是理性的终极。”

另一名神父面孔冷峻，抬头看着星光灿烂的天空，说：“可有谁知道在无限的宇宙中是否——？”

“只是物理意义上的无限，”矮小的神父说，在凳子上猛地转过身，“而不是指在逃离真理法则意义上的无限。”

藏身树后的瓦朗坦压抑内心燃烧的怒火，暗地里使劲扯着自己的指甲。他似乎听到了两个英国警探的窃笑声，凭着他的胡猜乱想驱使他们一路奔波来到这里，结果就为了聆听这两个上了岁数的神父谈天论道。他一时心绪烦乱，便错过了高个神父同样精彩的回复，而当他再次屏息聆听时，他又听到了布朗神父说：“理性和公义紧紧抓着哪怕是最遥远、最孤独的恒星。看看那些星星，难道它们看上去不像是一颗颗钻石和蓝宝石吗？哦，你大可随意想象疯狂的植物学或者地理学。想着枝繁叶茂、密实的森林。想着月亮是个蓝色的月亮，一颗硕大的蓝宝石。但你千万不要幻想着狂乱的天文学会给理性和行为上的正义带来丝毫影响。即使是在蛋白石铺就的平原上，在珍珠裁成的绝壁下，你仍然会看到‘不可偷盗’的告示。”

瓦朗坦已蹲伏良久，身体僵硬，他本想站起身，带着此生最愚蠢的失误留下的满腔羞愧，悄无声息地饮恨而去，但是高个神父的沉默让他感觉其中恐有蹊跷，他保持不动，静候他开口。他终于说话了，依然低垂着头，双手放在膝盖上，说的话也很简单：“哦，我认为或许在其他世界，存在高于我们理性的东西。天国的奥秘深不可测，而我也只能俯首称臣。”

然后，他仍是一副低眉顺目的模样，态度和声音丝毫没变，补充了一句："你就把那个镶蓝宝石的十字架交给我吧，行吗？这里只有我俩，我能像撕稻草娃娃一样把你撕成碎片。"

他说话的语调和态度一如既往，但说出的内容却大相径庭，无形中增添了凛凛杀气。古董保护人只是略微转了一下头，几乎无法察觉。他似乎僵在了那里，傻乎乎地面对着星空。也许他没听懂，也许他听懂了，但被吓傻了，不能动弹。

"对，"高个神父说，声音依然低沉，身体依然未动，"对，我是弗朗博。"然后，停顿了一下，继续说道："得啦，可以把十字架给我了吧？"

"不。"另一个说，音调有些奇怪。

弗朗博突然抛掉了神职人员的所有矫饰伪装。这个江洋大盗向后靠在椅子上，闷声长笑。"不，"他大喊着，"你不会把它交给我，你这个骄傲的高级神父。你不会把它交给我，你这个禁欲的小呆子。我该挑明你不会把它交给我的原因吗？因为它在我的手上，就在我胸前口袋里。"

在黄昏中，来自埃塞克斯的小矮个儿转过脸，似乎很茫然，就像《私人秘书》里描写的那样，焦急而又胆怯地问："你——你确定吗？"

弗朗博高兴得大喊大叫。

"说真的，你太搞笑了，简直是在演滑稽剧。"他大声说，"是的，你这个傻瓜，我当然确定。我故意做了一件那个纸包裹的复制品，现在，我的朋友，你拿着复制品，我拿着宝石。一个偷梁换柱的老戏法，布朗神父——一个非常古老的戏法。"

"是啊，"布朗神父说，手捋着头发，仍然是一副奇怪的若有所思的神情，“没错，我以前也有所耳闻。”

江洋大盗似乎突然对这个矮小的神父产生了兴趣，俯身向前。

“你有所耳闻？”他问，“你在哪儿听说的？”

“喔，我当然不能告诉你他的名字，”矮个子的回答很简单，“你知道，他是来向我忏悔的。他过了大约二十年富裕日子，靠的就是复制棕色纸包裹。所以呢，你明白吧，在我开始怀疑你的时候，我就立刻想到了那个可怜的家伙做事的手法。”

“开始怀疑我？”这个罪犯加重语气重复着，“是因为我把你带到这个荒无人烟的地方才让你有胆怀疑我吗？”

“不，不，”布朗带着歉意说，“告诉你吧，初次见面的时候，我就怀疑你了。你袖子上的凸起让我起了疑心，你们这类人通常会在那个位置戴着有镶铆钉的腕带。”

“该死的，”弗朗博叫喊着，“你怎么会听说过镶铆钉的腕带？”

“哦，每个神父都照看着一小群，你应该知道这个！”布朗神父说，茫然地挑起眉毛，“我在哈特尔普尔当助理牧师的时候，就有三人戴着这种腕带。所以，实话告诉你吧，从一开始我就怀疑你，我打定主意，要想办法确保十字架的安全。你知道吗，我还暗中留意你的一举一动。就这样，我终于发现你掉了包。然后，我又换了回来。再然后，我就把那个真包落在后面了。”

“落在后面了？”弗朗博重复着，此前他一直以胜利者的口吻说话，现在第一次有了不同的腔调。

“嗯，是这么回事，”矮小的牧师以他一贯若无其事的方式说，“我回到那个糖果店去问是否有个包裹丢在了店里，而且给他们留了地址，如果找到了的话。当然，我知道根本没落下东西，可是在我第二次离开那家小店的时候，我真这么做了。这样一来，他们就不会拿着那个宝贵的包裹来追我，而是把它寄给我在威斯敏斯特的一个朋友。”然后他不无悲伤地补充说，“那招也是我从哈特尔普尔一个可怜的人那里学到的。他以前用这种方式在火车站偷手提包，不过，他现在到一家修道院修行去了。噢，你知道，人总是在学习的，”他的表情依旧满含无可奈何的歉意，挠着头接着说，“有什么办法呢，身为神父，人们总是会向他忏悔他们做过的这类事。”

弗朗博从他内侧衣兜里抽出一个棕色纸包裹，撕成了碎片，结果发现除了纸和里面包着的几根铅棒，什么都没有。他一跃而起，叫喊道：“我不相信你说的话。我不相信你这个乡巴佬有这种能耐。我只相信那东西还在你身上，如果你胆敢不交出来，想想看，这里只有我们两个人，我就会动手抢过来！”

“不，”布朗神父也站了起来，“你不会动手抢。首先，因为我真的没带在身上。其次，因为在场的并非只有我们两个人。”

弗朗博闻听此言，当即收住要迈出的脚步。

“在那棵大树后面，”布朗神父指着那边说，“有两个强壮的警察和当今世上最伟大的侦探。你可能会问，他们怎么会来到这里？不瞒你说，当然是我把他们引来的！我是怎么做到的呢？问的好，你要是想听，我就跟你说说。愿天主保佑你，当我们在罪犯群中工作的时候，总要学会做这种事的20种手法！噢，我开始也不确定你就是个盗贼，不该轻易下定论。诬称我们神职人员中的一分子是盗贼，总不是好事。所以，我就设法试探你，看看是否能让你露出本相。一般来说，一个人发现咖啡里加的是盐而不是糖，多多少少会有所反应；如果他装作若无其事，不事声张，那他一定心里有鬼。我调换了盐和白糖，而你却一声不吭。一个人看到自己账单上的金额无端高出了三倍，通常来说会大加反对。如果他乖乖照单全收，那他定有不愿声张的缘由。我改了你账单上的数额，而你照样付了款。”

话说到这儿，按说弗朗博该像只猛虎一样暴跳如雷，但他仿佛被施了魔咒，僵立在原地，目瞪口呆。

“好了，”布朗神父慢条斯理地继续讲述，“你自然不会给警察留下任何行踪，像你这样的人不得不如此。在我们去过的所有地方，我都会设法做件事，让它引起轰动，成为大家整天都会谈论的话题。我并没有造成太大损害，不过是泼脏了墙，弄翻了苹果，砸坏了窗玻璃，但是我保住了十字架，这个十字架总要受到保护。它现在已经到了威斯敏斯特。我倒是有些纳闷，你居然没有用‘驴之哨’[①]来阻止它。”

“用什么？”弗朗博问。

“我很高兴你从来没听说过它，”神父做了个鬼脸说，“这事很龌龊。我确信你这个人太善良了，不可能成了吹哨的。就算我用‘点杀器’都没法与它对抗。我的腿功欠佳。”

---

① 驴之哨：与下文提到的“点杀器”一样，均为作者杜撰的黑社会中人所用的器具。本书中的布朗神父貌似天真、木讷，却拥有超出众人的广泛知识。作者所要表现的是，即使像弗朗博这种江洋大盗，对本人所处社会环境的了解程度也远不如布朗神父。

“你究竟在说什么？”他又问道。

“噢，我的确以为你会知道什么是‘点杀器’，”布朗神父惬意中混杂着惊讶地说道，“噢，你还不至于会错到那种很离谱的地步吧！”

“你怎么会知道这些吓人的招数？”弗朗博大声问。

神父单纯的圆脸上浮现出一丝微笑。

“喔，我想，因为我是个禁欲的傻瓜吧，”他说，“难道你就从来没想过，一个人如果几乎每天都要听大家告解他们真正的罪恶，能不了解人类作恶的各种手段吗？但事实上，我从事的职业另一面也让我确认你不是真神父。”

“什么？”盗贼张着大嘴问。

“你攻击理性，”布朗神父说，“这违背神学的基本原理。”

就在他转身收拾自己的随身之物时，三名警察从暮色浸没下的树林后现身。弗朗博不愧是个艺术家兼运动员，只见他退后一步，面向瓦朗坦大大咧咧地鞠躬。

“别向我鞠躬，我的朋友，”瓦朗坦斩钉截铁地说，“咱们还是一起向大师鞠躬吧。”

两人脱帽致敬，站了片刻，而矮小的埃塞克斯神父只是眨着眼四处张望，寻找他的那把伞。

花园谜案

预订的晚餐时间已过，巴黎警察局局长阿里斯蒂德·瓦朗坦迟到了，客人们早已先于他陆续到场。不过，他的下人伊凡办事牢靠，一再安抚大家少安毋躁。伊凡岁数不小了，灰白的脸上有道疤痕，八字须也跟脸色一样灰白。他总是坐在门厅一张桌子旁边，门厅里悬挂着各种武器。瓦朗坦的房子如同其主人一样特别，并声名远扬。这是座老房子，高墙耸立，杨树入云，紧邻塞纳河，但这建筑却也古怪，或许正因为如此才会被警察看重。它只能从正门出入，此外再无别的出入口，而正门一直由伊凡和那些武器把守着。房后的花园很开阔，精巧别致，有许多门通向屋内。但在花园与外界之间没有任何出入口。它的三面环绕着平滑、无法攀爬的高墙，墙头上还有特制的金属刺钉。对一个令成百个罪犯恨之入骨，必欲杀之而后快的人来说，这座花园不失为一个静心冥思的理想去处。

伊凡向客人们解释着，说东道主打过电话，因为有事，要耽搁十分钟。实际上，他在就执行死刑之类的烦心事做最后一点安排。虽然他打心底里厌恶这些工作，却还是一如既往地认真核实每个细节。他在追捕罪犯时毫不留情，但在惩罚他们时却又心慈手软。他在法国，也可以说在整个欧洲都享有巨大的声名，因此，在涉及减刑或是否该对某些囚犯执行死刑时，人们总是求助于他，而他也常常欣然从命，不负众人加于其身的殊荣。他是伟大的具有人道主义情怀的法国自由思想家之一，而他们唯一的错处便是滥施仁慈，令其比公正更冷酷。

当瓦朗坦露面时，他已经穿戴整齐：黑色晚礼服和红色玫瑰形胸饰，衬着他泛白的深色胡须，看上去仪表堂堂。他进了大门之后，径直走向屋后的书房。书房内通向花园的门敞开着。他小心翼翼地将公文箱放回老地方并锁上，然后站在敞着的门边，眺望着花园。空中一钩弯月，在酝酿着暴风雨的乱云飞渡中时隐时现。瓦朗坦触景生情，生发无限遐思。这种表现有些异常，与他固有的科学家气质着实不大相称。然而或许正是这种科学气质才使他具有某种预示其重大人生变故的超自然能力。无论他陷入了何种玄奥之境，至少他很快摆脱并恢复了常态，因为他知道自己已经迟到了，他的客人们早就到了。在进入客厅的那一刻，他扫视全场，即刻便认定重要客人尚未到场，而其他客人基本都到了。他看到了英国大使盖勒韦勋爵，一个脾气暴躁的老头儿，面孔像是有斑的粗皮赤褐色苹果，佩戴着嘉德勋章[①]的蓝绶带。他看到了清瘦纤细的盖勒韦夫人，满头银发，表情丰富的脸上透着高傲。他看到了她女儿玛格丽特·格雷厄姆，一个白皙漂亮的姑娘，长着一张小精灵的面孔，披着红棕色的头发。他看到了蒙特·圣·米歇尔公爵夫人和她的两个女儿，母女三人都长着黑眼睛，体态

① 嘉德勋章：授予英国骑士的一种勋章，它起源于中世纪，是今天世界上历史最悠久的骑士勋章和英国荣誉制度最高的一级。

丰盈。他看到了西蒙医生，一个典型的法国科学家，戴着眼镜，棕色的络腮胡，横向皱纹爬满了额头，想必他总要傲慢地挑起眉毛，所以皱纹算是对他的惩罚。他看到了来自英国埃塞克斯郡科博尔的布朗神父，两人前不久在英格兰结识。他看到了或许更能引起他兴趣的一个人：他身材高挑，一身笔挺的军装，正向盖勒韦夫妇鞠躬致意，而对方仅仅略微作了回应，并未将他放在眼里。他形单影只，走向主人表达敬意。这位就是奥布莱恩，法国外籍军团的指挥官。他瘦骨嶙峋，趾高气扬，黑发蓝眼，脸刮得干干净净，忧郁的神情中又洋溢着一股豪气，作为以虽胜犹败和成功自杀闻名的海外军团的军官，这种表现似乎再自然不过了。他出身爱尔兰绅士家庭，孩童时代便结识了盖勒韦一家，特别是玛格丽特·格雷厄姆。为了逃债，他被迫背井离乡，如今可以身穿军服，腰佩军刀，脚蹬战靴，自由自在地招摇过市，不必再顾忌英国那套繁文缛节。当他向大使一家鞠躬致意时，盖勒韦勋爵和盖勒韦女士僵硬地微微弯下腰，而玛格丽特女士则干脆别过脸去。

但是，无论这些人相互之间有多少恩恩怨怨，尊贵的东道主对他们并无特别的兴趣。在他眼里，这些人都不是今晚的主角。出于某种特别的理由，此刻瓦朗坦期盼的是个炙手可热的人物。在他伟大的侦探生涯中，他曾多次远赴美国办案，硕果累累，他在美国期间结识了这个人，后来成为好朋友。这个人叫朱利叶斯·K. 布雷恩，一个百万富翁。他就像是散财童子，四处慷慨解囊，捐助众多的小教派。然而，他这种青红不分的做派成为了人们茶余饭后的笑柄，英美报刊时不时地对此大加研讨一番。没人能说得清布雷恩先生到底是个无神论者、摩门教徒还是个基督教科学派信徒，但他随时会将大把的钱洒向任何人，只要他们属于某个智识群体，且又从未沾过他的光。他的嗜好之一就是等待美国的莎士比亚出现，这可是个比钓鱼更需要耐心的嗜好。他欣赏沃尔特·惠特曼[①]，但又觉着来自宾夕法尼亚州帕里斯的卢克·P. 坦纳[②]拥有比惠特曼任何时候都更“进步的”思想。他认为瓦朗坦是“进步的”，这却是对瓦朗坦的极大误解。

朱利叶斯·K. 布雷恩终于现身了，他的到来等于按响了开宴的铃声。他身上具备一种常人无法企及的强大气场，他这种显著的特点，无论他在与不在，都会对任何场合产生重大影响。他身宽体胖，一身黑礼服，看不出戴着怀表或者戒指。他有一头白发，像德国人那样梳向后面，红润的脸，热情洋溢又透着天真无邪，可他下唇处的一撮黑须彻底颠覆了那张原本孩子气的面庞，给人一种夸张的舞台效果，简直就是“为成就大恶而行善的”的墨菲斯托[③]的化身。不过，客厅里的人们只是盯着这个著名的美国人看了一眼，他的晚到已经影响了用人们的工作，于是在大家的督促下，他挽着盖勒韦女士快步走向餐厅。

总的来说，盖勒韦夫妇待人还算宽厚，只是在一件事上他们很在意，那就是只要玛格丽特女士不挽着那个探险家奥布莱恩，她的父亲就很满

---

① 沃尔特·惠特曼（1819—1892）：美国著名诗人、人文主义者。代表作有诗集《草叶集》等。

② 卢克·P. 坦纳：作者虚构的人物。

③ 墨菲斯托：最早出现于德国16世纪的民间传说中。1604年，英国剧作家克里斯多夫·马洛在《浮士德博士》中将其塑造为一个走向悲壮结局的堕落天使，在撒旦的傲慢和黑暗绝望之间痛苦挣扎；歌德的长篇诗剧《浮士德》又表现了他玩世不恭、冷酷却也机智的形象，并代表着“为成就大恶而行善的力量”。

意，而她确实也没这么做，而是仪态端庄地与西蒙医生一起走了进来。尽管如此，老盖勒韦勋爵显得坐立不安，举止近乎粗暴。他足够老练，在餐桌上没有表现得太过分。但晚餐结束后，当人们开始点起雪茄喷云吐雾时，那三位——西蒙医生、布朗神父、那个不受欢迎的求婚者和穿着外国军服的流放者奥布莱恩——相对年轻的男士们全都溜去了别处，或是挤入女人堆里，或是在暖房里吸烟。这时，英国外交家开始越来越不讲究外交策略了。有个念头不时地折磨他，刺痛他的神经：那个流氓奥布莱恩或许正向玛格丽特示爱。这时，坐在餐厅里喝咖啡的只剩下他，和见神就拜的白发美国佬布雷恩以及什么都不信的灰发瓦朗坦。布雷恩和瓦朗坦不管争论多激烈，也不会求助于盖勒韦勋爵。过了一段时间，这个玩弄辞藻的"进步的"舌战终于令两人感到单调乏味到了极点，觉得有必要换个玩法；盖勒韦勋爵也起身朝客厅走去。在长长的走廊里，他迷了路，来回折腾了七八分钟，就在他不知何去何从的时候，他听到医生正在高谈阔论，继而是神父低沉的声音，然后是众人的大笑声。他心中暗骂，他们很可能也在争论"科学和宗教"问题。但当他打开客厅门时，只注意到一件事，他看到那里缺了谁。他发现奥布莱恩指挥官缺席，玛格丽特女士也不在场。

他因感到厌烦而离开了餐厅，现在，他同样不耐烦地起身离开客厅，又一次来到走廊上。此刻他脑子里只有一个念头，这个念头折磨着他，挥之不去：看好女儿，让她远离那个没出息的爱尔兰裔阿尔及利亚人。他朝屋后瓦朗坦书房那边走去，结果意外地碰到了他女儿，只见她面色煞白、一脸不屑地从他身边一掠而过。这又成了第二个谜团。如果她和奥布莱恩在一起，那奥布莱恩去了哪里？如果她没跟奥布莱恩在一起，那她刚才去了哪里？他满腹狐疑，执意要解开这个谜。他在这座房子昏暗的后方摸索着，终于发现了供仆人进出花园的一道门。此时，一轮弯月当空，像是用它锐利的弯钩将积聚的乌云撕碎并一扫而光。银色的月光飘洒在花园各个角落，一身蓝衣的高大身影正大步流星地穿过草地，朝书房门走去，月光勾勒出那人的面庞，他分明就是奥布莱恩指挥官。

他倏然消失在落地窗后面，进了屋。这真让盖勒韦气不打一处来，无可名状的怒火在胸中燃烧。刚才花园里蓝白色调的场景，就如舞台上的一个布景，似乎以其蕴含的全部暴虐和柔情嘲弄他。这个爱尔兰人跨出大步的优雅姿态激怒了他，仿佛他不再是个父亲，而是情敌。月光也令他内心一阵狂乱，他感到自己像是中了魔咒，身不由己地坠入行吟诗人的花园，困于华托[①]仙境。他要大声喊出来，摆脱这种自作多情的愚蠢场面。于是，他加快脚步，紧追他的敌人。突然，他被脚下不知是树根还是石头的什么东西绊了一下，他先是恼恨，然后又好奇地看了看脚下。紧接着，月亮和杨树见证了非同一般的场景：一个英国老外交家没头没脑地在草地上一边飞奔，一边狂呼乱叫。

他嘶哑的吼叫声将面孔苍白、戴着反光眼镜、皱着眉头的西蒙医生引到了书房，他听清了这个老贵族叫喊的内容。盖勒韦勋爵狂喊着：“草丛里有具尸体，血淋淋的尸体。”

---

① 让-安东尼·华托（1684—1721）：法国洛可可时代最主要的代表画家。华托的画作描画的都是华丽高雅的场景，但其中却潜藏着忧郁气氛。他的作品《小丑》表现的就是一个在矛盾的世界中不知所措的小丑。

“我们必须立刻告知瓦朗坦，”等到来人上气不接下气地说明了他看到的情形后。医生说：“幸亏他就在这儿。”在他说话的当口，大侦探走进了书房，他被大呼小叫吸引了过来。原本他要尽地主之谊，表现出绅士般的关切，看看是否他的客人或者下人得了病。当他听说这里发生了血案，他即刻就转换了身份，一副精神抖擞、认真办案的劲头，对他来说，不管发生的事情多么突然或可怕，都是他职责所在。

“真奇怪，先生们，”他边说边匆匆走进花园，“本来我该四处探寻神秘事件，可现在这种事不请自来，出现在我家后院。在哪里？”此时，河里的雾气开始漫入花园，这让他们有些分不清方向。在战战兢兢的盖勒韦的指引下，他们终于看到了陷在深草中的尸体。此人看上去很高大、肩很宽。由于他脸朝下趴着，人们只能看到他宽阔的肩部。死者身穿黑衣，硕大的脑袋几乎秃顶，上面只有一两绺像海草一样棕色的头发。鲜血从他趴着的脸的下面蜿蜿蜒蜒地流出，形成一条红色印迹。

“最起码，”西蒙以一种低沉、独特的语调说，“他不是来参加晚宴的客人。”

“医生，检查一下，”瓦朗坦厉声喊道，“他也许还活着。”

医生弯下腰。“还有些体温，不过我恐怕他确实死了，”他答道，“帮我把他抬起来。”

他们小心翼翼地抬起他，刚离地大约3厘米左右，众人惊骇地发现他们所有关于他是死是活的猜疑顷刻间烟消云散：他的头滚落在了一边，与躯体完全分离。凶手不仅割断了喉咙，而且设法割断了脖子。瓦朗坦也感到有些震惊。“他活着的时候像大猩猩一样强壮。”他喃喃地说。

虽说西蒙医生对剖腹流产一类的场面早已司空见惯，但他提起那颗头颅的时候，还是不免心惊胆战。死者脖子和下巴处有些不太大的砍伤痕迹；面孔完好无损，看上去呆板、蜡黄，有的地方凹陷，有些地方肿胀；长着鹰钩鼻，眼皮厚重，像个凶暴的罗马皇帝。所有在场的人都不明就里地冷眼看着它。总体上看不出这个人有什么特别，只是在众人将他抬起来后，他胸前明晃晃的白衬衫上一片鲜艳的血红色看着有些扎眼。就像西蒙医生所说的那样，这个人从未在晚宴上出现过。但也有可能他想要参加晚宴，因为他的穿着无疑是为了出席这种场合。

瓦朗坦手脚并用，趴在草地上仔细查看，他那双训练有素的眼睛没放过方圆20米左右的每寸草地。不太懂侦探技巧的医生也在一旁帮忙，而那个英国勋爵则有一搭无一搭地四处乱看。他们辛苦半天一无所获，只找到了几根折断或者削得很短的树枝。瓦朗坦捡起树枝，随便看了看就扔了。

“几根树枝，”他沉着脸说，“几根树枝，一个被斩首的陌生人，草地上也就只有这些了。”

一时间，现场一片寂静，令人毛骨悚然。不多时，烦躁不安的盖勒韦厉声喊道：“那是谁？花园墙边的那个人是谁？”

在朦胧的月色中，一个矮小的身影，顶着一颗硕大的脑袋，摇摇摆摆地朝他们这边走来。起初看着像个小妖怪，走近一看，原来是那个手无缚鸡之力的小神父，当时众人离开客厅的时候，他落在了后面。

“诸位，”他慢条斯理地说，“这个花园没有门通向外面，难道你们忘了？”

瓦朗坦照例眉头紧锁，只要他看到一个神父，就会不由自主地露出这种表情。不过，他心里明白，这句话很在理。“你说的对，”他说，“在我们弄清他怎么被杀之前，我们恐怕首先要弄明白他是怎么进来的。现在，听我说，先生们，在无损我的地位和职责的前提下，我们大家都应该赞同，这件事不能牵扯到一些贵客，比如众位女士和一位外交官。如果我们认定它是宗罪案，那就必须依照侦办罪案的方式去处理。但在此之前，我可以酌情处理。我是警察局局长，担任这种公职自有优势，我能大张旗鼓地办，也有办法掩人耳目。但愿上天保佑，在我动员手下追捕凶犯之前，我要先把自己的客人全部撇清干系。先生们，我无意冒犯，但请诸位留在这里，直到明天中午再走，我家里有足够的卧室供大家休息。西蒙，我想，你知道去哪儿能找到我的手下伊凡，他在门厅那里，他靠得住。告诉他另外找人替他看门，让他立刻来见我。盖勒韦勋爵，有件事最适合你做，去告诉女士们这里发生的一切，要尽量安抚她们。另外，她们也不能离开这所房子。我和布朗神父留在这里，看着尸体。”

瓦朗坦一副战前动员的长官派头，众人像听到了冲锋号一样，迅速分头行动去完成派给自己的任务。西蒙医生奔向门厅，去找伊凡。盖勒韦去了客厅，尽量委婉地告诉女士们这个坏消息，等大家都回到这里时就不必再大惊小怪了。与此同时，虔诚的神父和正直的无神论者分别站在尸首两端，一动不动。月光下的两个身影似已化作两尊雕像，象征着各自对死亡的哲学思考。

伊凡，这个靠得住、脸上有疤还留着八字须的人，如同离弦的箭从屋内射出，然后又像一条狗见到了久违的主人，一溜烟儿地飞奔了过去。自家院里居然有个探案故事，这让他感到兴奋，苍白的脸上洋溢着生动的光彩。他急不可耐地请求主人允许他查看现场，这让主人感到一丝不悦。

“好吧，如果你非要看，伊凡，”瓦朗坦只好说，“但要快。我们必须进屋商议此事。”

伊凡提起那颗头，但又差点儿扔掉。

“哇，”他倒吸一口凉气，“这是——噢，不，这不是，这怎么可能。你认识这个人吗，先生？”

“不认识，”瓦朗坦冷淡地说，“我们最好进屋去。”

他们一前一后把尸体抬进书房，放在一个沙发上，然后众人都向客厅走去。

侦探静静地坐到了书桌旁，眼光冷峻，像端坐在巡回审判庭上的法官。他在纸上迅速写了几笔，然后问了一句：“都到齐了吗？”

“布雷恩先生没到。”蒙特·圣·米歇尔公爵夫人边说边向四面张望。

“没有，”盖勒韦勋爵粗声大嗓地说，“尼尔·奥布莱恩也没到。我想，那具尸体还热乎的时候，我看到那位先生正在花园里散步。”

“伊凡，”侦探说，“去找一下奥布莱恩指挥官和布雷恩先生。我知道，布雷恩先生正在餐厅里抽雪茄，至于奥布莱恩指挥官，我想，他正在暖房里散步。我不太确定。”

忠实的仆人立刻蹿了出去，瓦朗坦也不管他人有什么要说的，紧接着又展现出雷厉风行的战斗精神。

“在场的每个人都知道，有个人死在花园，他的头被整个割掉。西蒙医生，你已经查看过了。像那样割断一个人的喉咙，你觉得是否需要很大力气？或者，也许只要一把够锋利的匕首就能做到？”

“要我说的话，用匕首很难做到。”脸色苍白的医生说。

“你是否想过，”瓦朗坦接着问，“凶手用什么干的？”

“如果你指的是现代兵器的话，我还真没想过，”医生痛苦地挑着眉毛说，“砍断脖子不是件简单的事，我们看到的刀口很利落。凶手用的可能是把战斧或者以前刽子手用的那种斧头，也有可能是古时候流行的那种双手剑。”

“噢，天呐！”公爵夫人几乎要疯了，“可这儿没有什么双手剑和战斧啊。”

瓦朗坦仍然伏案疾书。“告诉我，”他一边刷刷写着，一边说，“有没有可能是用一把法国造长马刀干的？”

门口传来轻轻的敲门声。众人陡然一惊，像是听到了鬼叫门。在一片死寂中，西蒙医生硬着头皮说：“一把马刀——是的，我想有可能。”

“谢谢你，”瓦朗坦说，“进来，伊凡。”

忠实的伊凡推开门，带进来尼尔·奥布莱恩指挥官。伊凡终于发现他又跑到花园里散步去了。

失魂落魄的爱尔兰军官站在门口，很是不以为然。“找我有什么事？”他不满地高叫。

“请坐，”瓦朗坦语调平缓地说，“嗯，你没佩剑。你的剑在哪儿？”

“我把它放在藏书室的桌子上了，”奥布莱恩情绪不佳，爱尔兰口音更浓重了，“它碍手碍脚的，它让人觉得——”

“伊凡，”瓦朗坦说，“请你去趟藏书室把指挥官的剑拿过来。”仆人消失后，他又说："盖勒韦勋爵说在他发现尸体前不久看见你离开花园。你在花园里干什么呢？"

指挥官不管不顾地一屁股坐到椅子上。"啊，"他用纯粹的爱尔兰腔喊道，"'赏'月。我这个'人渣'在跟大自然交流。"

话音刚落，室内的空气几乎凝固了，久久没有任何声响。就这样过了一会儿，门外又响起刚才那种轻轻的吓人的敲门声。伊凡又出现了，手里拿着钢制的空剑鞘走了进来。"我只能找到这个。"他说。

"放到桌上。"瓦朗坦低着头说。

屋里一片异样的沉寂，众人的表现如同等候着被告席上的杀人犯被宣判死刑，公爵夫人也不再发出微弱的感叹。盖勒韦勋爵内心的怨恨终于找到了出气口，等到他的怨气渐渐平息，他的头脑才开始清醒。这时出乎众人意料的一个声音，打破了沉静。

"我想我可以告诉你们，"玛格丽特女士喊道，她的声音清晰，微微颤抖，一如妇女鼓足勇气当众发言时的那种表现，"既然他难以启齿，我来告诉你奥布莱恩先生当时在花园干什么。他向我求婚，被我回绝了。我说，以我的家庭情况，我唯一能做的就是对他表示尊重。他有些不高兴，似乎对我的敬意不以为然。我不知道，"她无奈地一笑，补充说，"他现在是否在意。因为我现在给予他的就是我的敬意。我发誓他绝对不会做出这种事。"

盖勒韦勋爵慢慢靠近他女儿，用自以为很低的声音警告她。"闭嘴，玛吉。"他本是在耳语，但声音却很洪亮，"你为什么要给这家伙打掩护？他的剑在哪儿？去哪儿找他那把该死的剑——"

他不再往下说，因为女儿正用异样眼神盯着他，这种眼神吸引着在场的每个人。

“你这个老傻瓜！”她毫不客气地回敬他，“你以为你能证明什么？我告诉你这个人是清白的，他跟我在一起。就算他不清白，他还是跟我在一起。如果他在花园里杀了人，谁更可能亲眼看见，或者至少知道？难道你如此痛恨尼尔，不惜连自己的女儿——”

盖勒韦夫人尖叫一声。其他所有的人都呆坐在那里，不由得想起那些很久以前传说中恋人之间发生的可怕悲剧。展现在他们眼前的活生生的场面：傲慢、面孔苍白的苏格兰贵族以及她的情人——那个爱尔兰探险者，犹如一幅悬挂在昏暗老宅中的油画。在场的人谁都不再出声，但在表面的平静之下，每个人脑海中都涌动着这古老记忆：被谋杀的丈夫和恶毒的奸夫淫妇。

就在这令人恐怖的寂静中，突然冒出个天真的声音：“那根雪茄很长吗？”

突然被打断思路的人们，转过头去看究竟是谁这么不着调。

“我说的是，”角落里的矮个子布朗神父说，“我说的是布雷恩先生抽的那根雪茄。好像不是一般的长。”

尽管这属于细枝末节问题，瓦朗坦不得不有同感，但同时露出不悦的表情，他抬起头。

“说的对，”他厉声说道，“伊凡，再去找找布雷恩先生，找到后立刻带他过来。”

这个家务总管刚刚关门离去，瓦朗坦就像完全变了个人，一脸诚恳地转向那个姑娘。

“玛格丽特女士，”他说，“我敢肯定，因为你的高尚之举，勇于澄清指挥官的行为，这里所有的人都对你心怀感激和赞赏。不过，这里还是有个漏洞。我知道，在你从书房去客厅时，盖勒韦勋爵碰到了你，仅仅在几分钟之后，他进了花园并且看到指挥官还在那里散步。”

“你该记得，”玛格丽特答道，语调中有一丝讥讽，“我刚刚回绝了他，我们怎么可能会手牵手一起回来？他是个绅士，不管怎么说。他没有急着进屋，于是就被指控谋杀。”

“在那段时间，”瓦朗坦严肃地说，“他可能真会——”

敲门声又响了起来，伊凡探头进来。

“打扰啦，先生，”他说，“布雷恩先生已经走了。”

“走了！”瓦朗坦闻讯大叫，头一次站起身。

“不见了，飞走了，蒸发了，”伊凡以他的法式幽默回答，“他的帽子和外衣也不见了，还有更惊人的。我跑到屋外想要找找他，结果有了一个大发现。”

“什么意思？”瓦朗坦问。

“我拿给你看，”他的仆人说着转身离去，回来时拿着一把寒光凛凛的马刀，刀尖和刀刃上还有斑斑血迹。在场的每个人都呆呆地盯着它，但经验丰富的伊凡相当冷静地继续说：“我发现这把刀被扔在往巴黎去的那条路旁边的草丛里，离这里大概50米左右的地方。也就是说，布雷恩逃走时顺手扔在了那里。”

人们又一次陷入沉默，但这次有些不一样。瓦朗坦接过马刀查验，沉思着，但他的心思显然不在刀上，然后恭敬有加地转向奥布莱恩。“指挥官，”他说，“我们确信，如果警方需要查验它的话，你会随时把它交出来。同时，”他补充道，啪的一声将马刀插入刀鞘，“请允许我把它还给你。”

这场面就像在军队里授勋一样，观众们情不自禁地鼓掌。

对奥布莱恩来说，这种姿态无疑标志着他境遇的一个转折点。等到第二天早上，他迎着晨曦再次漫步这个神秘花园的时候，郁郁寡欢的神态早已烟消云散，他感到由衷的快乐。盖勒韦勋爵是个绅士，已经向他道歉。玛格丽特女士也放下身架，表现得更像个可亲近的温柔女性，当两人早餐前徜徉在古老的花坛间时，她意味深长地向他表达了歉意。众人心情都轻松了许多。尽管死亡之谜待解，但在得知那个陌生的百万富翁畏罪潜逃到了巴黎，所有的人都因已撇清了嫌疑而松了一口气。与其说魔鬼被逐出了这座房子，不如说是他自我放逐。

虽然如此，这件事仍然是个谜。当奥布莱恩挨着西蒙医生一屁股坐到花园长凳上时，那个热爱思考的科学家立刻谈起这个话题。不过，奥布莱恩并没有积极参与讨论，因为他心里想着更美好的事情。

“我不能说对这件事有多大兴趣，”奥布莱恩坦率地说，“尤其是现在，案子似乎已经真相大白了。很明显，布雷恩不知何故痛恨这个人，把他引到花园，用我的剑杀了他。然后他逃离现场，去了城里，在逃跑的路上扔了那把剑。顺便说一下，伊凡告诉我那个死者衣袋里有张美钞。这样看来，他一定是布雷恩的同胞，这就足以盖棺论定了。我看不出这事还有什么解释不通的地方。”

“有五个难题，”医生平静地说，“就像连环谜。别误会，我并没质疑这事是布雷恩干的。我想他逃离这里就坐实了这件事是他干的。可我想不通他是怎么干的。第一：如果一个人可以用把小折刀，杀了人后再装进口袋，为什么非要用粗大笨重的马刀杀人？第二：为什么没有听到任何动静或喊叫声？一个人看到另一个人挥着弯刀的时候却一声不吭，这很正常吗？第三：一个仆人整晚都看守着前门，连只老鼠都很难进到瓦朗坦家的花园里，那个被杀的人是怎么进的花园？第四：考虑到刚才那些条件，布雷恩又是怎么从花园出去的？”

“再说第五个。”奥布莱恩说，眼睛盯着正顺着小道朝这边走过来的英国神父。

“小事一桩，我觉得，”医生说，“但我认为也够古怪的。刚开始看到被砍掉的头时，我推测杀手砍了不止一次。但仔细查看之后，我发现断口位置有很多处被砍过的痕迹，换句话说，是头被砍掉之后干的。难道布雷恩恨透了这家伙，竟然会在月下戮尸泄恨？”

“太恐怖了！”奥布莱恩说，不由得打了个冷战。

他们正聊着的时候，小个子布朗神父悄然来到他们身边，以他特有的腼腆，静静地等着他们说完。然后，他局促不安地说道：“我想说，很抱歉打扰你们，我奉命来通报一条消息！”

“消息？”西蒙重复着，眼镜背后的双眼不无痛楚地盯着他。

“是的，很不幸，”布朗神父柔声说道，“又发生了一宗谋杀案。”

两个人猛地跳了起来，空了的椅子摇来摇去。

“而且，更离奇的是，”神父眼神呆滞地盯着那朵牡丹花继续说道，

“令人厌恶的一类事，又有人被砍头了。他们在河边发现了还淌着血的第二颗头颅，那个地方离布雷恩逃往巴黎时走的路只有几码远。所以他们推测他——”

“天啊！”奥布莱恩喊叫着，“布雷恩是个偏执狂吗？”

“美国人在相互仇杀，”神父说着，表现得无动于衷。然后他补充了一句，“他们叫你们去藏书室那里看看。”

奥布莱恩指挥官跟着其他人一起去验尸，内心感到极度恶心。作为一名战士，他痛恨这种背后捅刀子的杀戮，这种斩首戮尸的行为何时才能结束？一个人被斩首，现在又有一个。这样看来（他不无苦涩地告诉自己），谚语“两个人的智慧好过一人”没错，但要说成“两颗人头好过一颗”就没道理了。[①]在他穿过书房的时候，他不禁被一个惊人相似的景象吓得差点儿跌倒。在瓦朗坦的书桌上，赫然现出血淋淋的第三颗人头的彩色画面，而且那是瓦朗坦本人的头。他定睛再看，才看清原来那是宣扬国家主义的报纸《断头台》的一个版面，这家报纸每周都会刊登一幅漫画，展示其政敌被处死后骨碌碌转动的眼球和扭动的躯体，而瓦朗坦是个反对教权主义的显要人物。但奥布莱恩是爱尔兰人，即使犯下罪恶，也是无心之举，他极其厌恶这种独属于法国知识界的野蛮残忍的游戏。他感受的巴黎是一个整体，从哥特式教堂怪诞的风格到报刊上粗俗的漫画。他还记得法国大革命期间沸沸扬扬的大笑话。他将整座城市视为某种丑恶能量的体

---

① “两个人的智慧好过一人”：英国谚语。英语中的“head”可理解为“头脑”或者“头”，故有此文字游戏。

现，从桌上那张血淋淋瓦朗坦的素描，到巴黎圣母院之顶，那个高居的不计其数的滴水嘴之上狞笑的怪兽。

藏书室狭长、低矮而且昏暗，只有泛红的晨曦透过低垂的百叶窗散射进来。瓦朗坦和他的仆人伊凡站在长条桌的另一边等着他们，略微倾斜的桌上横放着那具尸首，在曙光下显得巨大无比。那个在花园里找到的庞大黑衣身躯和蜡黄脸的头颅基本未变。今早从河边水草中捞起的另一颗人头摆在旁边，仍然滴滴答答淌着水。瓦朗坦的手下还在水里寻找第二具尸体。布朗神父根本就不像奥布莱恩那样多愁善感，他疾步上前，眨巴着眼仔细查看另一颗人头。借着射进来的晨光，他看到一团湿漉漉的白发遮住了大半个血肉模糊的脸，这个脑袋被扔进河里的时候，脸部定是撞到了树或石头，丑陋、发紫、看着像个罪犯。

“早晨好，奥布莱恩指挥官，”瓦朗坦亲切地打招呼，“恐怕你已经听说了布雷恩故技重施？”

布朗神父仍弯着腰查看那个白发的脑袋，头还没抬就说：“我估摸着，这颗头也是布雷恩砍掉的。”

“嗯，看来这种情况已在情理之中，”瓦朗坦手插在口袋里说，“和另外那个死法一样。离另外那个人被杀现场只有几米。用的是同一件武器，就是我们知道他拿走的那件。”

“是啊，是啊，我知道，”布朗神父恭谨地回答，“可是，你要知道，我怀疑布雷恩是否真有本事砍掉这颗脑袋。”

“为什么不会呢？”西蒙医生盯着他问。

“哦，医生，”神父抬起头，眨着眼说，“一个人能把自己的头砍下来吗？这我可不知道。”

奥布莱恩顿时感到嗡的一下，头昏脑涨。但医生则出于职业的敏感急忙跑上前，拨开了遮挡了面部的湿漉漉的白发。

“噢，毫无疑问，这是布雷恩，”神父平静地说，“他左耳上缺了一小片。”

侦探一直注视着神父，双眼炯炯有神，嘴唇紧闭，此刻他忍不住尖刻地说：“你倒是挺了解他的，布朗神父。”

“当然，”神父接上话茬儿，“我们已经交往了几个星期。他正考虑皈依我们教会。”

瓦朗坦的眼睛里几乎迸出火星，他紧握双拳，大踏步走向神父。“这么说，也许，”他火冒三丈，极尽讥讽地说，“也许他正想着把他全部积蓄都送给你的教堂？”

“也许他是这么想的，”布朗淡淡地回答，“有可能是这样。”

“如果是这样的话，”瓦朗坦面露可怕的微笑，大声说，“你可能确实知道了他的许多内情，他的生活，还有他的——”

奥布莱恩指挥官伸手抓住瓦朗坦的胳膊。“别再说这种诋毁人的废话，瓦朗坦，”他说，“不然就不会只有一把剑指着你。”

但瓦朗坦（在神父沉稳、谦卑的眼光盯视下）已经恢复常态。“好吧，”他立刻说，“大家自己的观点可以放一放。诸位先生已承诺不离开这里，你们的承诺依然有效；你们必须自觉遵守，还要互相监督。伊凡会在这里告诉你们任何想知道的事；我必须去办正事，向当局汇报情况。我们不能继续沉默了。我会在书房写报告，如果有什么消息就去那儿找我。”

“有什么新消息吗，伊凡？”在警察局局长大步走出房间时，西蒙医生问。

“只有一件新鲜事，我想，先生，”伊凡说着，皱起那张苍老灰白的脸，“不过，那件事倒也挺重要。你在草地上看到的那个老家伙，”他指着那个一身黑的庞大身躯和发黄的头，甚至不屑于假装心存敬意，“我们总算查出他是谁了。”

“太好了！”吃惊的医生急忙问，“那他是谁呢？”

“他叫阿诺德·贝克尔，”这位替补侦探说，“不过，他有很多化名。他属于那种四处游荡的无赖，据说去了美国，也许因此跟布雷恩结了仇。我们不怎么关注他，因为他主要在德国活动。当然，我们跟德国警察保持着联系。不过，诡异的是，他还有个孪生兄弟，叫路易斯·贝克尔，我们打过很多交道。实际上，就在昨天我们把他送上了断头台。喔，先生们，这事确实有些蹊跷，当我看到那个家伙趴在草地上的时候，我就觉得平生头一次真的见了鬼。要不是我亲眼看着路易斯·贝克尔上的断头台，我肯定会说横尸草地的那个人就是路易斯·贝克尔。当然，我很快就想起来他在德国还有个孪生兄弟，然后就顺着这条线索——”

滔滔不绝的伊凡终于收了口，理由非常充分，因为没人在听他唠叨。指挥官和医生都盯着布朗神父，只见他身体僵直地跳到地上，双手紧紧捂住太阳穴，好像他突然感到头疼欲裂一样。

“停！停！停！”他喊叫着，“先别说了，我想明白了一半儿。老天啊，能否助我一臂之力？我的大脑能否再做一次努力，让我看清一切？上天助我！我曾经很善于思考。我曾经能解读阿奎那全部著作的任何一页。我的头要裂开，还是要找出完整答案？我明白了一部分，但只是一部分。”

他双手紧紧抱着头，僵硬地站在那里，似乎在忍受着某种思想或者祈祷的折磨。另外那三个人在经历了狂乱的12个小时之后，只能眼睁睁地盯着刚出现的奇特场面。

当布朗神父终于松开并放下双手后，他们看到一张如同幼童那样鲜活而严肃的脸。他长吁一声，说道：“还是快点儿说出来，尽快解决这个问题吧。看这里，这是能让你们相信全部真相的最便捷的途径。”他转向医生。“西蒙医生，”他说，“你脑子很好使，我听说你今天早晨就这件事提出了五个疑问。好吧，请你再问一遍，我会给出答案。”

西蒙满脸狐疑和好奇，夹鼻眼镜从鼻子上滑落了下来，立刻答道：“呃，第一个疑问是，你已经知道了，为什么一个人非要用马刀杀死另一个人，而不是用短剑？”

“用短剑无法斩首，”布朗冷静地说，“而对这宗谋杀来说，绝对需要斩首。”

“为什么？”奥布莱恩好奇地问。

“下一个问题是什么？”布朗神父问。

“哦，这个人为什么没有大喊大叫或别的什么？”医生问，“军刀出现在花园里一定很不寻常。”

“树枝，”神父阴郁地说，然后转身冲着窗户，那里正好对着凶杀现场，“没人明白树枝的含义。为什么树枝会出现在那片草地（看着它），远离任何树的位置？它们不是折断掉下来的，是被砍断的。杀人者用军刀要了花招吸引住敌人，并向他演示，他能否把悬空的树枝砍断。然后，当他的敌人弯腰去看结果时，猛力挥刀，无声无息地将敌人的头砍掉。”

“哦，”医生慢条斯理地说，“那倒也说得通。但下面两个问题会难住任何人。”

神父仍站在那里望着窗外，仔细寻找着，等待着什么。

“你们都知道整个花园被围得水泄不通，”医生继续说，“可是，这个陌生人是怎样进的花园呢？”

矮个子神父头也没回就说：“花园里根本就没有陌生人。”

大家沉默不语，然后，突然有人咯咯地笑了起来，透着孩子气的笑声缓解了紧张气氛。布朗的说法太荒谬了，伊凡忍不住公开嘲弄他。

“噢！”他喊道，“难道说我们昨晚根本没有往沙发上抬一具肥大的尸体吗？我寻思着，他并没有进花园？”

“进花园？”布朗机械地重复着，“没有，并没有完全进去。”

“岂有此理，”西蒙大叫，“要么进，要么没进。”

“未必如此，”神父微微一笑说，“下一个问题是什么，医生？”

“我觉得你有病，”西蒙大声说，“如果你愿意听，我就说出下个问题。布雷恩是怎么从花园出去的？”

“他并没有出花园。”神父仍然望着窗外说。

“没有出花园？”西蒙简直要被气炸了。

“没完全出去。”布朗神父说。

西蒙挥舞着拳头，用他的法式逻辑激烈地申辩。“一个人只能出了花园或者没出花园。”他气得直叫。

“不总是这样的。”布朗神父说。

西蒙医生再也忍不住了，一跺脚站了起来。“我没时间听你胡说八道，”他气愤地说，“如果你连一个人在墙里和墙外都分不清楚，我就不会再跟你费口舌了。”

“医生，”神父非常和蔼地说，“我们的关系一直很好。看在我们是老朋友的分上，先别走，告诉我你的第五个问题。”

很不耐烦的西蒙一屁股坐在了门口那个椅子上，简略地说：“头部和肩部被砍的痕迹很奇特。似乎是在人死后干的。”

“没错，”纹丝未动的神父说，“他故意这样做，就是要误导你们得出一个简单的错误结论，而你们确实中了圈套。如此做法就为了让你们想当然地以为那颗头与躯体属于同一个人。”

在盖尔人奥布莱恩的大脑深处，远古人类臆造的妖魔鬼怪开始蠢蠢欲动，让他惊骇不已。他眼前浮现出蛮荒时代的形象，骑马的男人和打鱼的妇女纷至沓来，杂乱无章。有个声音，在他祖先来到世上之前便已存在的某种远古回音，似乎在对他耳语：“远离那个树上长着两种果子的恐怖花园。避开那个死了双头人的邪恶花园。”虽然他灵魂深处仍然潜藏着本民族古老、象征性的可耻形象已然被法国式智识同化的大脑，仍保持着足够的警觉和清醒，与其他人一样虽心存怀疑但却密切关注着这个奇特的神父。

布朗神父终于转过身，背靠窗户站着，他的面孔仍处在暗影中。即便如此，他们也能辨识出他灰白的脸色。布朗神父说起话来相当清醒，似乎根本不在意激荡着奥布莱恩内心的盖尔人魂灵。

“先生们，”他说，“你们在花园里发现的不是贝克尔的尸体，更不是什么陌生人的尸体。面对西蒙的冷静客观推理，我仍然要强调贝克尔只是部分在场。看这里！”他指着那具神秘的尸身说，“你们今生今世根本就没见过这个人。有谁曾经见过他？”

他迅速把那个无名氏泛黄的秃头推到一边，然后在它原来的位置放上有浓密头发的那颗头。于是，一个完整、严丝合缝、毋庸置疑的朱利尔斯·K. 布雷恩展现在众人面前。

“谋杀者，”布朗静静地继续说，“将他的敌人砍了头后，隔墙将那把剑扔到远处。他很聪明，不仅仅把剑扔出去了，也把那颗人头扔了出去。然后，他不过是将另一个人头安在了尸体身上，于是（如同他坚持要独自探寻）你们全都把他想象成了一个完全不同的人。”

“安上另一个头！”奥布莱恩瞪大眼睛说，“别的什么头？花园草丛里可不会长出头来，对吗？”

“不会，”布朗神父的声音有些沙哑，低头看着他的靴子，“但有个地方能。断头台的筐里会生出人头，就在发生谋杀前不到1小时的时候，警察局局长阿里斯蒂德·瓦朗坦就站在那个筐的旁边。喔，我的朋友们，在你们把我撕碎之前，再让我多说一分钟。如果一个人因某种可争辩的理由而发疯也算诚实的话，瓦朗坦称得上是个诚实的人。但你们怎么就没从他冰冷的灰色眼睛里看出来，他已经疯了！为了打破他所称的对“十字架”的迷信，他会做任何事。他一直在为之战斗，为之向往，现在又为此进行谋杀。布雷恩的几百万至今已散发给了大批教派，却作用甚微，未能打破世事的平衡。但瓦朗坦听到私下传言，说布雷恩像众多心不在焉的怀疑论者一样，正在向我们靠拢；这样一来事情就变样了。布雷恩将会大手散财，给囊中羞涩又好斗的法国教会添砖加瓦，他会出资支持六家《断头台》之类宣扬国家主义的报纸。这场战斗本来达到了某个平衡点，但这个狂热分子情急之下铤而走险。他决意要摧毁这个百万富翁，他行事的方式也很巧妙，一个伟大的侦探在犯下平生唯一罪案的时候，也要让它成为一项杰作，这才不负众望。他假称要进行犯罪学研究而要出贝克尔被砍掉的头，装在他的公务箱里拿回了家。他与布雷恩辩论了最后一次，盖勒韦勋爵没有听到最后那段；他没有说服布雷恩，于是就把他带到封闭的花园，讨论剑术，用树枝和军刀做示范，接着——”

刀疤脸伊凡蹦了起来。“你这个疯子，”他大喊，“你现在就去见我的主人，如果我带你——”

“正好，我本来就要去见他，”布朗心情沉重地说，“我必须让他坦白，所有诸如此类的事情。”

众人拥推着愁容满面的布朗，好像他是人质或祭品，一起冲进瓦朗坦异常安静的书房。

伟大的侦探坐在椅子上，他显然过于专注，没注意到喧闹着闯进来的众人。他们静静地站了一会儿，医生发觉他优雅、挺直的腰板有些不大对劲儿，急忙跑上前去碰了他一下，同时瞥见瓦朗坦的胳膊肘处有个小药盒。瓦朗坦坐在椅子上，已经气绝身亡。自杀者茫然面对着世界，表情中流露出的不仅仅是加图的自豪。

神秘的脚步声

“十二真渔夫”是一家对会员严格挑选的俱乐部，如果你有幸遇见其中一员在弗农酒店参加年度会员聚餐，当他脱下外套时，你就会发现他的礼服是绿色的而不是黑色。问他原因（如果你藐视名人，敢于直面这类人物的话），他可能会回答你说，他不想被误认为服务员。你尴尬地退下，就有可能错过了一个神秘而精彩的故事，而这个故事至今尚无答案。

如果（这是一种假设的猜想）你遇见一位随和勤勉，个子矮小的神父，也就是布朗神父，问他他这一生中最幸运的是什么，他可能会回答说，总的来说是在弗农酒店的那次，他阻止了一场犯罪事件的发生，并且或许拯救了一个灵魂，而他能做到这一点的原因仅仅是听了过道里的脚步声。或许他对自己那大胆完美的想象还是有些自豪的，并且很有可能会对你提及他的光荣事迹。但是考虑到你很难混到上层社交圈，去遇见“十二真渔夫”，或沉到社会底层混迹于贫民窟与罪犯当中碰到布朗神父，所以恐怕除了从我这里，你绝对听不到这种故事。

每年为“十二真渔夫”举办年度聚餐的弗农酒店，是一家只存在于寡头社会中的机构，这里的24位客人疯狂地追求礼节。它是一个如此颠倒的产物——一家排外商业机构。也就是说，在它身上花钱并不是为了吸引人们，而是要赶走顾客。在富豪们看来，商人们已经变得格外奸诈狡猾，比他们的顾客更为挑剔。他们积极地制造一些困难，这样他们那富裕而百无聊赖的客户们就会大费金钱并使出浑身解数去克服这种种困难。如果伦敦有家高档酒店规定，低于1.8米的人不得进入，那么1.8米高的人们就会乖乖成群结队地去就餐。又或者有一家昂贵的餐厅因其老板的突发奇想只在星期四下午营业，那么到了周四下午就将会顾客盈门。碰巧似的，弗农酒店就坐落在伦敦上流住宅区广场的一个角落。它是个小酒店并且有诸多不便之处。但正是这诸多的不便，它才被人们看作是保护某一特定阶级的屏障。其中尤其不便之处就是这个酒店只能供24个人同时进餐，对于那些想要独享私人空间的上流人士来说，这点却至关重要。店里唯一的一张大餐桌就是位于阳台的露天餐桌，在那里，客人们可以俯瞰伦敦最独特、最古老的花园。这样一来，也只有在风和日丽的日子，人们才能坐在这里享受美食，而这样的机会也就变得更加难得，但是越是难得，人们就越是渴望。酒店的现任老板是个叫利弗的犹太人，他使进入酒店用餐的机会如此难得，却反倒从中赚了近一百万。当然，除了一席难求之外，这家餐厅的服务也十分细致周到。酒店里的红酒和菜肴不逊于欧洲任何一家餐馆，而服务生也都经过训练，专门迎合英国上层社会惯有的做派。酒店老板对其服务生了如指掌，因为他们总共也就15个人。可以说进入这家酒店当服务生比进入国会当议员要难得多。每个服务生都要接受培训，教导他们保持绝对沉默，举止得体，就好像是一位绅士的用人一样。而且事实也的确如此，通常在此用餐的绅士至少会有一名侍者为他服务。

除了在这里，“十二真渔夫”俱乐部成员不会同意去其他任何地方用餐，因为他们坚持享有私密的奢华，就连想一下和其他俱乐部会员在同一栋大楼中进餐，都会让他们心烦不安。在年度聚餐上，他们就像在私宅里那样，习惯把各自的珍宝全都展示出来，尤其是远近驰名的整套鱼刀鱼叉。它们都是这个社团的标志，每一件都由纯银精致打造成鱼的形状，并在手柄处镶上一颗硕大的珍珠。每当上鱼羹时，他们都会把鱼刀鱼叉摆出来，而鱼羹又是这盛大宴会的重中之重。这个社团有着一系列的礼仪形式，书上从未记载它源自何处，对象是谁，而这正是其高贵之处所在。你不必先成为什么特殊人物才能有资格加入“十二真渔夫”俱乐部，除非你已经成为某种人，否则你根本都没可能听说过他们。这个俱乐部已成立了12年，主席为奥德利先生，副主席为切斯特公爵。

我或多或少地描述了一下这令人感到惊奇的酒店的情况，读者自然会有疑问，我是怎么知道这些的，甚至会怀疑如我的朋友布朗神父这般普通的人，又怎么会出现在那家豪华盛大的酒店中呢。就此来说，我的故事很简单，甚至有些粗俗。世上有一位上了年纪的反叛煽动者，他会冲进那些私密、高雅的聚会，向他们宣扬什么“普天之下皆兄弟”的可怕主张，而每当这位平等主义者骑上他那匹苍白的马时，布朗神父就会义不容辞地追寻着他。酒店中的一位意大利籍侍者在当天下午突发中风瘫痪了，而他的犹太老板有些信教，于是同意就近请来天主教神父。我们无意了解这位侍者向布朗神父忏悔了什么，因为神父有理由要保密。但是，很显然在此过程中，侍者需要写个便条或书面陈述，以便传达某种讯息或纠正某种过失。于是布朗神父让人给他提供一间客房和书写用品，在提出这个要求时，他态度谦顺却不乏倨傲，即使他在白金汉宫也会是这种表现。利弗先生陷入左右为难的境地。他待人友善，但这种和善极其有限，他厌恶任何困难或混乱场面。同时，在那晚，一位不寻常的陌生人的来访对他来说就像是刚擦干净的东西又沾上了一块污垢。弗农酒店本身并没有等候区或前厅，没有人会在大厅停留，也不会有不速之客。它只有15名服务员，只接待24位顾客。如果一位新宾客在那晚走进酒店是非常令人吃惊的，就像发现一位新兄弟在自家吃早餐或喝茶一样。再者，神父的样貌极其普通，衣服上满是泥污，从远处瞟上一眼没准还会让俱乐部的人产生恐慌。最终，利弗先生灵机一动，既然他不能彻底抹灭这个耻辱，那么不妨掩盖它。如果你走进（其实你永远不会）弗农酒店，你会经过一小段走廊，走廊上挂有色彩灰暗却很重要的图片，接着就来到了休息厅，右边的过道通向客房，左边的则通向酒店厨房和办公室。就在你左手边，是一间玻璃围成的办公室，它紧邻休息厅，可以说是房中之房，就像老式酒店的酒吧，或许这里原本就是酒吧所在。

这间办公室里坐着老板的代表（如果可能的话，谁都会尽量避免坐在这样一个办公室里）。往侍者房间的过道方向，就在这间办公室旁，是绅士们的衣帽间，这是绅士们活动领域的最后界限。办公室和行李寄存室之间有一间没有其他出口的隐秘房间。老板有时会在这里处理一些比较棘手和重要的事情，如借给公爵1000英镑或者是拒绝借给他哪怕是6便士。同意把这神圣的房间让出给一个小小的神父半个小时，让他在里面草草地做些记录，对弗利先生来说已经是容忍的极限了。布朗神父正在写下的故事非常有可能比现在这个要精彩得多，但是人们永远也不会知道故事的内容。我只能告诉你们那个故事和这个差不多长，而且最后两三段都还没有达到故事的高潮。

当神父写到最后两三段时，慢慢地，他开始神思远游，敏锐的感官开始苏醒。暮色降临，晚宴也开始了，他那被人遗忘的房间却没有灯光，越来越昏暗，但这却使得他的听觉越发敏锐。当布朗神父写到文件最后，最不重要的一部分时，他发现自己随着外面嘈杂声的韵律在写作，就像人们有时会随着火车隆隆的声音思考一样。当意识到这些时，他听出了这声音，不过是门外路过的普通脚步声而已，这在酒店来说是再正常不过的。他盯着黑暗的天花板，仔细聆听这脚步声。当他模糊地听了几秒钟后，站了起来，把头偏向一边全神贯注地倾听。然后他又坐了下来，把头埋进手中，不仅仅是在凝神细听，还在思考着什么。

任何时候听来，外面的脚步声与其他酒店里的脚步声并无差别。但一直听下去，就会发现那脚步声中总有点令人感到奇怪的地方。店里没有其他的脚步声，少数熟客都径直回到自己的套间去了，而那些训练有素的侍者只能在顾客要求服务时才能出现，所以这房间总是十分寂静。人们总忍不住要去追寻那些无法解释的异常现象。但是这些脚步声是那么奇怪，你根本不能决定它们到底是正常的还是不正常的。布朗神父把手指放在桌子的边缘，追随着门外的脚步声敲打着，就好像一个人努力在钢琴上学曲子。

首先，外面传来一阵急促而快速的碎步声，就似一个身手敏捷的人就要到达竞走终点的步子一样。有时脚步声也会停止，变成一种缓慢的、愉悦的踏步。脚步声不多但几乎是同时发生的。当上一个踏步声慢慢消失后，紧接着又是一阵跑步声或是轻快急促的脚步声，然后接着又是那沉重的踏步声。这肯定是同一双靴子发出来的声音，一部分是因为（刚刚已说过）周围没有其他人，还有一部分是因为脚步声中都有一丝微小但绝不会弄错的咯吱声。布朗神父的脑海里不禁浮现了许多疑问，这些看似简单的问题搅得他头都要爆炸了。他曾经看见人们为了起跳而助跑，为了滑行而助跑，到底什么人为了走路而跑步？又或是为什么为跑步而走路？然而又找不到其他说法来描述这双看不见的脚所迈出的怪异步伐。这个人或者先急速地走过走廊的一半，然后缓慢地走完剩下的路程；或者先慢慢地走然后急促地冲向另一头。可是无论是哪一种都讲不通，没有道理。布朗神父的脑子就像他所待的房间一样越来越昏暗。

他冷静下来想想，脑海里呈现一片黑暗，但这却似乎让他的思维更加生动。在想象中，他慢慢地看见那奇异的双脚在走廊上不自然地或是带有某种象征性地跳跃。难道这是一种异教徒的宗教舞蹈？抑或是一种全新的科学运动？布朗神父开始更深入地思考这脚步声所传达的信息。先来说这缓慢的脚步吧：这肯定不是酒店老板的脚步声，像他这类人走起路来要么总是急急忙忙左摇右摆，要么就坐在那儿不动。也不可能是在门外等候差遣的侍者或信差，就是听起来不像。那些可怜的听差（在寡头统治社会中）在微醉时走起路来总是踉踉跄跄，但是，总的来说，特别是在这种盛大场合下，他们都是端端正正地或站着或坐着的。不，那种沉稳却又轻快的脚步带着一种不屑的态度，脚步声不是特别大，但那个人也不在乎他发出了什么样的噪音。这只属于世上一种人，那就是西欧绅士，并且这位西欧绅士可能从未为生计而操劳过。

就当布朗神父十分肯定自己的推测时，脚步声突然变快了，像耗子般迅速冲过了门口。布朗神父发现，比起之前，虽然这脚步声快了许多，可是声音却变小了，就好似是踮着脚尖走的。但他并没觉得有什么不妥，反而是其他的——一些他不大记得的东西让他苦恼。他简直要被这些模糊的记忆弄疯了，记得却又似乎不记得，这让他感觉自己十分愚笨。显然，他好像在哪儿听到过那奇怪的、迅速的脚步声。他的房间没有通向走廊的直接出口，只有一边通向玻璃办公室，另一边通向隔壁的衣帽间。他试了试通往玻璃办公室的门，却发现被锁上了。他往窗户那边看了看，此时方形的玻璃窗映满了被夕阳染成紫色的云彩。顿时，他嗅到了罪恶的味道，就像猫嗅到了耗子一样。

布朗神父理智的一面（不论是好是坏）又占了上风。他想起酒店老板跟他说过他会锁上这道门，晚点再来开锁让他出去。布朗神父告诉自己，有可能他没想到的20件东西能解释外面这奇怪的脚步声，他提醒自己现在剩下的光亮只足够来完成自己的本分工作。他把纸张拿到窗边去借着最后一点傍晚黄昏的光亮，又重新投入到即将完成的记录中去。写了大概二十分钟，在越来越昏暗的光线里，他屈着背，越来越靠近纸张。突然间，他坐直了，又听到了那奇怪的脚步声。

这一次，脚步声又多了奇怪的一点。先前，这不知名的人走起来轻快敏捷，有着闪电般的速度，但他仍是走着的。可这一回他是跑的。你能听到走廊上他那敏捷轻快，富有弹跳性的步子，就像美洲豹跳跃着逃跑一样。不管在走廊上的是谁，他一定非常强壮敏捷。但是，当他旋风般无声地飞奔到办公室门前时，步子又突然变回之前那缓慢摇摆的状态。

布朗神父扔下手里的文纸，他知道办公室的门已被锁上，便径直走进另一边的衣帽间。那儿的侍者暂时不在，有可能是因为唯一的一批客人正在进餐，寄存室也形同虚设。他在这灰色外套的丛林中摸索着，发现昏暗的衣帽间一端向明亮的走廊敞开着，形状如同柜台或半敞开的门。平常我们递交雨伞接过票单这类的事，总要通过类似的柜台。半圆形拱门正上方亮着一盏吊灯，光线打下来照在布朗神父身上，在身后窗外昏暗暮色的衬托下，只能看到神父模糊的轮廓。但是在衣帽间外的走廊上，灯光射在那人的身上，就像舞台上的聚光灯，把他照得清清楚楚。

他是一个穿着普通礼服的优雅绅士。个高但瘦，看起来不大占据空间。给人感觉他可以像影子般悄无声息地滑过，而那些其实更加矮小的人却会被显得非常突出，惹人注目。他的面部在灯光下看起来黝黑而富有活力，是一张外国人的脸。他身材匀称修长，举止自信，又很幽默。唯一的不足就是与他的身材和举止相比，他那黑色外套真是不敢恭维，甚至有些古怪地披在身上，还怪异地鼓胀出来。看见暮色下布朗神父的黑色剪影时，他撕下一张写有编号的纸条，和蔼而威严地说："把帽子和外套给我，我有事得马上离开。"

布朗神父没作声，只是接过纸条，顺从地转身为他找外套。这不是他平生第一次做这种卑微的事了。他找到了外套，把它放在柜台上，与此同时，这位古怪的绅士在他马甲的口袋中掏了掏，笑着说："我没带银币。"接着扔给布朗神父半个金币，拿起衣服。

布朗神父仍旧一动不动地站在那阴影处，从那时起就丧失了理性。但在他失去理性时，他的头脑却是最清醒的。在这个时候，他能把一丝一丝的破碎线索拼在一起得出结论。通常，天主教堂（坚持常识）不认可这样的结论，而他自己也一样。但是，这是一种真实的灵感——在少数危急关头是非常重要的——无论是谁，在他失去理性的同时也能挽救他于危难。

“先生，我觉得您的口袋还是有些银币的。”布朗神父谦卑地说。

高个绅士瞪着神父呵斥道：“该死的，我给你金币，你还有什么好抱怨的？”

“因为有时候银币比金币更值钱，”神父不愠不怒地说，“也就是说，当数量很大时。”

这位陌生人好奇地打量着布朗神父，然后更加好奇地看了看通往主入口的通道，之后目光又回到神父身上，盯着神父身后的窗子仔细打量着，玻璃窗此时仍旧映满落日余晖。接着，他似乎下定了决心，把一只手撑在柜台上，然后像杂技演员一般敏捷地跳了过去，高耸在神父面前，一只巨大有力的手搭在了神父肩上。

“站着别动，”他低声吼道，“我不想威胁你，但是——”

“但我想威胁你，”布朗神父气势轩昂地说道，“我想以不死之虫，不灭之火来威胁你。”

“你只是一个奇怪可笑的衣帽间侍者。”那位绅士说。

“我是一名神父，弗朗博先生，”布朗说，“而且已经做好准备聆听你的忏悔了。”

弗朗博惊呆了，迟钝了一会儿，踉跄着跌坐在椅子上。

“十二真渔夫”晚宴的前两道菜进行得非常顺利。我没有他们的菜单，而且即使我有，也没有人能从菜单上看出个所以然来，因为菜单是用大厨专用的法语写的，但是即使是法国人也不大能看懂。餐前点心应该极具多样化，这是这个俱乐部的传统。餐前点心如此被人们看重是因为它就像这晚宴和俱乐部一样，是公开的无用附加物。俱乐部的另一个传统是汤羹应该清淡质朴，以便为后面的鱼宴做简单朴素的铺垫。他们间的谈话生疏而无关紧要，不知不觉整个大英帝国都被这种空谈支配着，就算无意中被一个普通英国人听到，他也不会有所察觉。两党的各内阁部长也都表现出虚情假意和毫无趣味的和善，以其教名互称。激进的财政部长因敲诈勒索被整个托利党所斥责，而这些人却称赞他抽象的诗歌和猎场里的马具。托利党领导人则因独断专行为人们所厌恶，但却成为话题人物。总的来说，这些人还是受到好评并且被称为宽容的自由主义者。不知怎的，政客总是重要人物，然而让他们倍受重视的却不是其政见。主席奥德利是一位和善的长者，至今仍戴着格莱斯顿[①]式领带。他是一个理想稳定型社会的象征。他从未做过什么事，更不用说做错什么事了。他反应不快，家境也不是特别的富裕。但只要他想做什么，就会树立目标马到成功。没有任何政党能忽视他，只要他想进内阁，就一定能进。副主席切斯特公爵是个年纪轻轻，前途光明的政客。他是个令人愉快的年轻人，有着一头金发和一张雀斑脸，才智平平却拥有大量地产。在公众场合，他总是十分引人注目。他的处事原则也十分简单：当他想到一个笑话时，就马上说出来，人们夸他聪明；而当他想不出时，就表明这不是应该谈笑风生的时候，这时

① 威廉·尤尔特·格莱斯顿：英国政治家，曾作为自由党人4次出任英国首相。

人们称赞他有才能。私下，在自己社交圈的俱乐部里，他就像一个还在上学的小男生一般直率而愚笨，惹人开心。奥德利先生从未参与政事，待人接物也稍有些严格。有时，他甚至说一些话来暗示自由主义者和保守者之间还是有些区别的，这让他的同伴十分尴尬。他自己是个保守派，甚至在私生活上也是如此。他有一头垂到衣领的褐色卷发，就像过去的政客一样。从后面望去，他就像大英帝国正需要的人一样。而从前看，他则像一位性情温和、生活放纵、生活在奥尔巴尼的单身汉，实际上他也确实住在那儿。

先前已说过，这露天餐桌共有24张座位，但俱乐部只有12位成员。这样一来，他们刚好都可以坐在餐桌靠里面的一边，奢华地享受这花园美景，因为没有人坐在对面挡住视线。在这个季节，即使暮色有些苍寂，花园中仍旧花团锦簇，色彩鲜艳动人。主席坐在一行人的中间，副主席则位于右端。12名客人刚坐下，15名侍者按照酒店惯例（由于某些不得而知的原因）背靠墙壁站成一排就像士兵列队给国王检阅一样。酒店老板则惊喜兴奋地向俱乐部成员鞠躬，好似之前从未听说过他们一般。当客人刚要开始用餐时，这一列侍者立马就消失了，只留下一两名悄无声息地收发餐碟。至于酒店老板利弗先生当然早就谦恭地退下了。但要说他再也没出现在宴会上，那是夸张甚至是无礼的。当主要的鱼宴端上来时——该怎么描述呢——那走来走去的身影充分说明了他就在附近徘徊着。这道神圣的鱼宴由（在粗俗的人来看）一个巨大的布丁组成，大小和形状都如同婚礼蛋糕一般，布丁中间有许多非常鲜美的鱼，它们早已变形，失去了上帝赐给它们的形态。十二渔夫拿起他们引以为傲的鱼刀鱼叉，严肃庄重地切起布丁来，好像这每一寸布丁都贵如其银制的刀叉一样。据我所知，事实也的确如此。人们都热切地，默默地吃着。只有当那位年轻公爵的餐碟几乎空了时，他才发表仪式般地讲话："除了这儿，哪儿也吃不到这个。"

"哪儿也吃不到。"奥德利先生转向公爵低沉地说，并数次点了点他那令人尊敬的头，"哪儿也吃不到，肯定的，除了在这儿。我记得在安格莱斯咖啡厅——"

说到这儿，他被来收餐碟的侍者打断了，甚至还为这生气恼火了一会儿。但是，很快他又重回到那似乎十分有价值的观点上来。"我记得在安格莱斯咖啡厅也能吃到。但味道比不上这儿的。"他像绞刑法官一样冷漠地摇了摇头，重复道，"比不上这儿呀"。

"安格斯莱咖啡厅真是徒有其名。"庞德上校说。这是（看起来）他几个月来的第一次开口。

"哦，是吗？我不觉得。"切斯特公爵反驳道，他是个乐观派，"有些东西还是很美味的。你不能以一概全——"。

一位侍者快速走进房间，然后突然停步。他的停下像其脚步一样悄无声息。但是那些和蔼可亲的绅士们习惯了那些围绕在他们身边，维持他们生活的无形机器，因为它运作得如此平稳，以至于一位侍者随意做一件出乎意料的事都会让他们感到诧异。他们会跟你我一样，感觉像被这个无生命的世界背叛了——感觉椅子从我们身边逃跑了。

这位侍者在那儿盯着看了几分钟，顿时餐桌边每个人都感到越来越强的耻辱感，这正是我们这个时代的产物，这是现代人道主义和贫富间可怕鸿沟的结合物。一个真正的有望贵族会向侍者扔东西，开始是扔空瓶子，最后是砸钱。一个真正的民主人士会像战友般率直地问他到底在干什么。但是这些现代富豪绝不能容忍穷人靠近他们，无论是奴隶还是朋友。仆人们出的差错只是令他们感到难堪的愚钝而已。他们不想变得冷漠无情，也害怕变得仁慈善良。不管这是件什么事，他们只想让它快点结束。这位侍者像患了僵硬症一般站在那愣了一会儿，然后转身飞速跑出房间。

当侍者再次出现在房间里时，或者准确地说是在门外时，身边陪同着另一侍者。他俩激烈地低声交谈并打着手势。过了一会儿，开头的那位侍者走开了，只留下后来的那位，之后他又带回了一名侍者。等到第四名侍者也加入到这次仓促的聚会中时，奥德利先生感觉很有必要打破沉默，表现出他的老练。他没有用主席槌而是高声咳了咳，说："年轻的流浪者在缅甸做得很好。现在，世上没有哪个国家能——。"

说着，第五名侍者箭步冲到他身边，对他耳语道："抱歉，有非常重要的事情。我们老板能跟您说几句吗？"

主席慌忙地转过身，一片茫然地看见利弗先生笨重地快步走向他们。其实，这位老板的步子仍与往常一样，但他的脸色却绝不平常：往常是温和的古铜色，现在却是病态的蜡黄色。

"请原谅我，奥德利先生，"他气喘吁吁地说，"恐怕您的刀叉放在鱼碟上，一块被收走了。"

"噢，我想是有这么回事。"主席温和地说。

"您看见他了？"酒店老板激动地喘着气问，"您看见收走您东西的侍者了？您认得他吗？"

"哪个侍者？"奥德利先生愤慨地回答说，"当然不认识了！"

弗利先生痛苦地摊开双手说："我从来没有派他过来，我不知道他什么时候又是为什么过来。我让我的侍从过来收碟子，但却发现碟子已经被收走了。"

奥德利先生此时看起来迷惑不解，根本不像大英帝国所需要的人。其他人也都目瞪口呆不知要说什么，除了木头人——庞德上校——他似乎被这一激，变得反常起来。他嗖地从椅子上站起来，其他人都坐着。他用眼镜框夹住镜片，好像忘记如何开口说话似的，低声粗哑地说："你的意思是，某个人偷了我们的银制鱼刀叉？"

老板更加无助地摊开双手，一瞬间坐在餐桌边的所有人都站了起来。

"你所有的侍者都在这了吗？"上校质问道，他的声音不高却尖锐刺耳。

"是的，他们都在这了。我注意到了。"年轻的公爵高声说道，同时把他那张娃娃脸凑到人群中来，"我进来的时候，总要数一数他们的人数。他们并排靠墙站着，这看起来非常奇怪。"

"但是一个人肯定不能记得那样清楚。"奥德利先生犹豫着表示怀疑。

"我记得清楚，我告诉你。"公爵兴奋地叫道，"这里从来没有多过15名侍者，今晚也不例外，我可以发誓。不多不少，正好15名。"

酒店老板转向他，惊讶地颤抖着。"你说——你说，"他变得有些结巴，"你看见了我所有的15名侍者？"

公爵表示赞同地回答说："是的，就和往常一样。有什么问题吗？"

"没事。"利弗先生说，语调更加深沉，"只是你也没记清，因为有一位侍者被发现死在楼上了。”

一时间房里骇人的寂静。有可能是因为（死亡这个词是那么的神秘）这些闲散的人各自审视了一会儿自己的灵魂，却发现灵魂像干瘪的豌豆一样毫无生气。他们其中一人——可能是公爵——甚至愚蠢而仁慈地慷慨问道：“我们能做什么吗？”

“他有一位神父。”犹太老板面无表情地说。

随着噩运的到来，他们都清醒地意识到了自己的处境。有那么离奇的一瞬间，他们都认为那第15名侍者就是楼上那位死者的鬼魂。大家都被那个想法压迫着说不出话来，因为鬼魂对他们来说就像乞丐一样让他们感到难堪。但是一想到被偷的银制餐具，这超自然的鬼魂说法就不攻自破了。上校从椅子上跳起来，大步跨向房门。“如果这儿有第15名侍者，我的朋友，”他说，“那么那第15名侍者就是一名小偷。立马去前后门查看，并看好其他东西。然后我们再谈。俱乐部的24颗珍珠值得找回。”

奥德利先生似乎还犹豫了一下，觉得一位绅士这样匆匆忙忙的有失体面。但是看见公爵以年轻人富有的活力冲下楼时，他也慎重地跟着下了楼。

同时，第六名侍者冲进房间声称他在一橱柜中发现了一堆鱼碟，但却不是银制的。

这一堆慌乱使冲下楼的客人和侍者兵分两路。大部分渔夫跟着酒店老板去向前室，宣告任何人不得出入。庞德上校则跟着主席、副主席和其他一两个侍者沿着走廊向侍者房间飞奔，这极有可能是窃贼逃跑的路线。他们跑过衣帽间的昏暗凹室，停在角落时，发现阴影处站有一个矮小，穿着黑外套的人影，一副神父打扮。

“嘿！”公爵大声叫道，“看见有人从这儿走过吗？”

那矮小的人影并没有直接回答公爵，只是说：“可能我这儿有你们正在找的东西，各位绅士。”

他们愣在那儿，将信将疑。那个人静静地走到衣帽间的后面，等他返回时，双手捧满了闪闪发亮的银器，好似售货员一般冷静地把它们都摆放在柜台上，一共是13套古雅别致的刀叉。

“你——你——”上校结巴了，最后终于失去了冷静。他往那昏暗的小房间中盯着看，发现了两样东西：一是这位像神父打扮，身材矮小，穿着黑色外套的男子。二是他身后破碎的玻璃窗，好像有什么人猛地从窗口跳了出去似的。“珍贵的东西就应该寄存起来，不是吗？”神父沉着地打趣道。

“是你——是你偷了这些东西吗？”奥德利先生盯着神父结结巴巴地说。

“如果是我偷的，”神父和气地说，“至少我又还回来啦。”

“但东西不是你偷的。”庞德上校说，他仍旧盯着那破碎的玻璃窗。

“说实话，的确不是我偷的。”神父幽默地说，并且严肃庄重地坐了下来。“但你知道是谁偷的。”上校说。

“我不知道他的真实姓名。”神父平静地说，“但我了解他的打斗水平和心理障碍。当他想掐死我时，我对他的体形做出了推测。当他忏悔时，我又对他的心理道德感做了估测。”

“噢，我说——忏悔啊！”年轻的切斯特惊讶地笑道。

布朗神父起身，双手靠在背后。“很奇怪，不是吗？”他说，“当那么多有权有势的富裕人家仍是冷酷无情而轻浮愚蠢时，他们从没为天主或人类付出过，而一个声名狼藉的窃贼却会忏悔。但是，不好意思，如果你这样想，你就践踏了我的神职。如果你怀疑忏悔的实际意义，那么，这是你们的刀叉。你们是十二真渔夫，这是你们的银制鱼器。但是，忏悔让我成了一位人类的渔夫。”

“那你抓住这个贼了吗？”上校皱眉问道。

布朗神父看着他那张紧锁眉头的脸，说：“是的，我抓到他了。我给他套上了无形的钩子，拴上了隐形的绳子，让他能够游走到这个世界的尽头，但我一拉，他就又能回来。”

人们沉默了好长一段时间。所有的人都慢慢散去，他们或收起自己的银器，庆幸自己亲密的伙伴又找回来了，或向酒店老板询问着这奇怪的事件。但是，那上校却仍一脸沉重地斜坐在柜台上，摇晃着细长的双腿，咬着黑色的胡子。

最后他轻声对神父说：“那肯定是个聪明的家伙，但是我想我认识一个聪明人。”

“他的确是个聪明的家伙，”神父回答说，“但是我不太清楚你认识的聪明人是指哪一位。”

“我指的就是你呀。”上校发出一阵短促的笑声，“放松些，我并不想让那个家伙去坐牢。但是我宁愿让出一些银制餐叉，因为我想知道你是怎么卷进这件事中的，又是如何从他那儿脱身的。我认为你是在场所有人中最难应付的人。”

布朗神父似乎有些喜欢他士兵式直率的讥讽。他微笑着说道："那么，当然，我不能把这个人的信息或故事透露给你，但我没理由不告诉你除这之外的一些情况，那都是我自己发现的。"

他跃过柜台，出乎意料的灵敏。然后坐在庞德上校的旁边，踢着他的短腿，就像一个小男孩顽皮地朝着大门乱踢一样。接着他就开始讲故事了，神情轻松自然，就好像是圣诞节坐在火边和老朋友聊天一样。

"你看，上校，"他说，"那时我正被关在房间里写东西，然后听到走廊上有一双脚在跳跃，这节拍就像死亡之舞一样怪异。首先是迅速而有趣的碎步，好像一个人踮着脚尖偷偷溜去赌博一样；接着就变成了缓慢的漫不经心的'嘎吱嘎吱'的步子，就像一个身材庞大的人夹着一根雪茄走来走去。但是我发誓这些脚步声都来自同一双脚，而且这两种不同的脚步轮流变化着；先是跑，再是走，然后又是跑。刚开始我还只是稍有些好奇，没太在意，到了后来简直要为之发疯了，好奇他为什么要同时走两种步伐。一种步伐据我所知就像上校您的一样。那是一个生活优裕的绅士在等候时踱的步子。他在那儿踱来踱去并不是因为他急切焦躁，而是因为他身体灵敏机警。我确实还知道另一种步子，但是我记不起来他是什么样的了。在旅途上我有碰到哪些狂野的家伙是以这种古怪的方式踮脚走的呢？接着，我听到什么地方有碟子的碰撞声，于是答案就清晰明朗了。那是侍者的脚步——身体微向前倾，眼睛向下看，脚尖摩擦着地板，礼服的燕尾和餐巾飘动着。然后，我又想了想，确信自己看到了犯罪的全过程，画面就像是我自己犯罪一般清晰。"

庞德上校热切地看着他，但神父那双灰色的温和双眼却盯着天花板，若有所思。

“一项犯罪，”他缓慢地说，“就像任何其他艺术品一样。不要惊讶，犯罪绝不是唯一一件来自地狱的艺术品。但是每一件艺术品，或神圣或恶俗，都有一个必不可少的特征——我的意思是他们的目的都很简单，不论过程怎样复杂。比如说，在《哈姆雷特》中，挖墓人的荒诞模样，疯女孩的鲜花，奥斯里克极致华丽的服装，鬼魂的苍白脸色和骷髅的狞笑等古怪事物，都是围绕在黑衣男子这个悲剧人物身边的。这也是，”他微笑着慢慢地从座位上走下来，“显然的，这也是一个黑衣男子的悲剧。”看到上校一脸迷惑的样子，他继续说，“整个故事都围绕着这件黑色外套。在这个故事中，就像《哈姆雷特》剧中，有着同样因过度修饰而剩余的东西——你们自己，也就是说。那躺着死去的侍者，本不应在那儿。有一双隐形的双手把你们桌上的银器全都收走藏起来。但是最终每个聪明的罪犯都是以某个简单的事实为基础——某个并不神秘的事实。而其神秘在于掩盖了事实，在于引开了人们的思绪。这场数额大、精心策划、（正常来看）最有利可图的偷窃案就是建立在这样一个再简单不过的事实上，那就是绅士的礼服和侍者的是一样的。其他的都是伪装，但也是极其高明的伪装啊。”

上校站了起来，皱眉瞅着他的靴子说：“但我仍不确定我听懂了。”

“上校，”布朗神父说，“那偷了你刀叉的大胆放肆的天使长在明亮灯光之下，在众目睽睽之下来来回回在走廊上走了二十次。他并没有藏在某个容易引起人们怀疑的昏暗角落里，而是在明亮的过道里来回走动。无论他走到哪里，那儿似乎都是他应该在的地方。不要问我他长什么样，你自己今晚都见过他六七次了。当你和所有绅士正在走廊尽头的接待室等待时，露台就在旁边。每当他走近你们时，他都低着头，餐巾飘动着，以侍者固有的闪电方式快速走过。他冲向露台，收拾了一些桌上的餐具，然后又快速走向办公室和侍者房间。他一看见酒店侍者，他的举手投足都立马完全变成了另一种人。他昂首阔步地走在侍者中间，装出一副漫不经心、傲慢无礼的样子，就像侍者们经常在顾客身上看到的那样。对于侍者来说，聚会上的盛宴后，顾客像园中的动物一般在整座酒店中徘徊踱步已经是司空见惯的事了。他们知道这些时髦的人习惯于在自己喜欢的地方散散步。在走廊来回走了几趟后，他有些不耐烦了，转过身，从办公室边走过。在旁边拱门的阴影下，他像被施了魔法般又匆忙地跑回"十二真渔夫"中，变成一个卑躬屈膝的侍者。为什么一位绅士要看一眼这个碰巧进来的侍者呢？为什么侍者要怀疑一位正在散步的高贵绅士呢？他还沉着冷静地要了一两次诡计。在酒店老板的私人房间，他轻描淡写地要了一瓶苏打水，说他口渴了，并亲切地说自己拿就可以了，接着他就拿着苏打水快速地，准确无误地穿过了你们一群人，就像是一名正在跑腿的普通侍者一样。虽然这样装下去不是办法，但只要坚持到鱼宴结束就行了。"

"他最危险的时刻就是当所有侍者站成一排时，但即使是在那个时候他也还是设法掩饰过去了。他尽量贴着转角处的墙壁站着，这样一来，在那个关键时刻，侍者都以为他是一名绅士，而绅士们则以为他是一名侍者。接下来的事情一转眼就过去了。如果任何一名侍者看见他离开了餐桌，他看到的是一名疲倦的贵族绅士。他只需要鱼宴后碟子被收走之前的两分钟内迅速伪装成一名灵敏的侍者迅速收拾盘子就行。他把盘子都放在一个橱柜里，而把银器都放在自己胸前的口袋里，塞得鼓鼓的，然后像兔子一样奔（我听见他跑来的脚步声）向衣帽间。在那儿，他只需又装成一名绅士就好——一名突然要因公离开的绅士。他只需把票单递给衣帽间的侍者，然后再次优雅地走出去，就像他进来时一样。只是——只是碰巧我在衣帽间被误认为了侍者。”

“你对他做了什么？”上校叫道，异乎寻常地紧张，“他跟你说什么了？”

“不好意思，”神父面无表情地说，“故事到此结束。”

“有趣的故事开始了。”庞德嘀咕道，“我想我明白了他那巧妙的诡计，但我却似乎还没明白你的。”

“我要走了。”布朗神父说。

他们一块沿着走廊向出口大厅走去，在那儿遇见了朝气蓬勃，一脸雀斑的切斯特公爵，他正欢快地快步向他们走来。

“过来，庞德。”他气喘吁吁地喊道，“我正到处找你呢。晚宴马上又要开始啦。奥德利前辈要发表讲话以纪念找回的餐叉。你不知道吧，我们想要开创一种新仪式来纪念这个时刻。我说，你已经找回你的东西了，有什么建议吗？”

“为什么？”上校问道，以某种嘲讽的神色赞成地看着他，“我说从今以后我们别穿黑色外套了，改穿绿色的。要是穿得像个侍者，不知道又会闹出什么乱子。”

“噢，别再说了。”这位年轻人说，“绅士绝不会像侍者。”

“我想或者说侍者绝不像绅士。”庞德上校说，像往常一样低声笑道，“尊敬的神父，你的朋友一定非常聪明，因为他要装绅士。”

布朗神父把他那件普通大衣的扣子一直扣到了脖子下，捂得严严实实，因为今晚是个暴风雨夜，然后他拿起了边上那把普通的雨伞。

“是的，”他说，“做绅士一定很难。但是，你知道吗，有时我想做侍者也同样难。”

一声“晚安”，神父推开了那座娱乐圣殿的笨重大门，金黄色的大门在他身后关上。他迈着轻快的步伐，穿过潮湿、昏暗的街道，去寻找一便士的巴士。

飞星

在弗朗博德高望重的晚年时代，他会说：“那是在圣诞节的时候，我大干了一场。那是我一生中最漂亮的一次犯罪，碰巧也是最后一次。作为一名艺术家，我作案时总要为它们搭配上特定的季节、合适的地点，我会选择某个露台或花园作为灾难发生的场地，如同为一个群雕作品布景。这样一来，地主财阀们就会被骗进嵌有橡木板的长型房间里；另一方面，在奢华咖啡厅的炫目灯影之下，犹太人则惊奇地发现自己身无分文。如果我想劫取某位主任牧师的钱财（并没有你想得那么简单），我会在英格兰某个教堂小镇设个局，这里应该绿草如茵、灰塔耸立。同样的，在法国，如果我从一名富有却邪恶的农夫那里榨出钱（几乎是不可能的），我会非常满足地把那卑微的脑袋卸下来，挂在一排灰蒙蒙的杨树前，悬在那片神圣又孕育过伟大米勒精神的高卢平原之上。”

“我最后一次犯案是在圣诞节，对象是愉悦、惬意的英国中产阶级。这是一场查尔斯·狄更斯式的犯案，发生于靠近帕特尼的一所豪华的老式中产阶级房屋中。房屋配有新月形车道和马厩。屋外的两扇门上写有屋主姓名，屋前栽着一棵猢狲树。这些描述足够了，你知道这类人的。真的，我觉得自己对查尔斯风格的模仿还是挺惟妙惟肖而富有文学气息的。现在看来，我真是后悔自己对那晚犯的案做了忏悔。”

接下来，弗朗博会从屋内发生的情况开始讲述这个故事。即便如此，这个故事仍然相当诡异。若从外面看就更让人难以理解了。而局外人必须由外及内研究它。以此看来，剧情开始的场景可能是这样的：当时是节礼日[①]的下午，这座房子的前门打开了，一个女孩儿出了门，走向栽有猢狲树的花园，她手里拿着面包准备去喂鸟。她有着一张漂亮的脸蛋，美丽的棕色眼睛；她裹着一件棕色毛皮大衣，分不清哪是头发哪是兽毛，更难以推测她身材如何。要不是她那张迷人的脸蛋，人们还当她是只摇摇晃晃的小熊呢。

冬日的黄昏，天空一片殷红，红宝石般的夕照已然笼罩冷清的花坛，仿佛凋零的玫瑰花魂充满了花坛。房屋的一边是马厩，另一边是一条两边栽满月桂的回廊，回廊通向屋后的大花园。年轻小姐撒完面包后（那天她已经做了四五次了，因为大多数面包都被狗吃了），默默地穿过月桂巷，走进屋后在夕暮下微光闪烁的常青树园。她突然惊叫一声，不知是真心还是假意，仰头看向那高耸的园墙，眼前出现离奇的一幕，一个古怪的身影横跨在墙上。

“噢，千万别跳，克鲁克先生，” 她惊呼道，“太高了。”

一个高大瘦削的小伙子像骑在一匹想象中的骏马上一样骑在界墙上，一头黑发像毛刷一样直立着，一副睿智高贵的模样，但他脸色蜡黄，与他

---

① 圣诞节后的第一个工作日。

的整体形象反差极大，而这种反差在那条艳丽的红领带反衬下变得更明显了，而这一处也正是他身上唯一令他花费心思的地方了。或许那条红领带象征着什么。他不顾女孩的警告，仍像蚱蜢一般跳下，落在女孩的身边，这一跳很有可能摔断他的双腿。

“我觉得我本该是个窃贼，”他平静地说，“如果不是碰巧投胎到了隔壁那个好人家，毫无疑问，我会成为一名窃贼。不管怎样，我不觉得这有什么不好的。”

“你怎么可以说这样的话！”女孩反驳道。

“哦，”年轻人说，“我说的是，如果投错了胎，恰好生在隔壁，倒也不错，正好可以让我有机会翻墙过来。”

“我总是弄不清你要说什么，或是做什么。”女孩说。

“我自己也经常搞不明白，但是过了一会儿我发现自己正站在墙这边。”

“那么墙的哪一边是你想要去的呢？”女孩笑着问。

“哪一边都行，只要是你在的那一边。”那个叫克鲁克的年轻人说。

正当他们穿过月桂巷走向房前花园时，一辆汽车的喇叭响了三声，声音越来越近，一辆精致典雅的浅绿色轿车像鸟一般飞了进来，在门口骤然停下，车身仍在颤动。

“喂，喂！”系红领带的年轻人说，“无论如何，有些人就是生来事事如意。亚当斯小姐，我不知道你家的圣诞老人如此新潮啊。”

“噢，那是我的教父，利奥波德·费希尔爵士。他总在节礼日来。”

接下来是一阵沉默，无意中表明双方都没什么交谈的兴趣。

“他很和善。”女孩说。

约翰·克鲁克是一名记者，对这位伦敦金融城巨头早有所闻，可如果那位巨头从未听说过他，这就不能怪他了，因为他在《号角》和《新时代》中发表过严厉抨击利奥波德爵士的几篇文章。克鲁克什么也没说，只是冷冷地看着他们下车，这可真是个漫长的过程。一名身着绿色制服，体型庞大，穿戴整洁的司机首先从前排出来，之后一名裹着灰色大衣，身材矮小，干净整洁的男仆从后排下来。他俩把利奥波德爵士搀扶到台阶上，然后开始为他脱外套，他就像是个被小心保护的包裹一样。身上的毛毯多得足够在集市上摆个摊儿了，毛皮衣着似乎囊括了森林里所有动物的皮毛，司机和男仆一条一条地解下他五颜六色的丝巾，最后爵士终于显出了人型。他是一位和善的老绅士，有着外国人的面孔，长着灰白的山羊胡，面露灿烂的微笑，戴着毛皮手套的双手互相揉搓着取暖。

早在这之前，门廊上的两扇门就从中间打开了，亚当斯上校（裹着裘皮大衣的女孩的父亲）亲自出来迎接他这位贵客。亚当斯上校个子高高的，有着黝黑的皮肤，是一个寡言少语的人。他戴着一顶红色吸烟帽，看起来像英格兰的将领或是埃及的帕夏[①]。站在他身边的是不久前从加拿大回来的内弟，詹姆斯·布朗特，一位留着黄色胡须、高大粗壮的乡绅。随他出门迎接的还有一位不大显眼的人物，附近罗马天主教教堂的神父。上校已故的妻子是一名天主教徒，按照惯例，孩子也随母亲信天主教。这位神父普普通通，毫无特别之处，就连他的名字布朗，也很平常。但是上校

① 旧时奥斯曼帝国和北非高级文武官的称号。

觉得他非常友善，所以家庭聚会时经常请他过来。

房屋的前厅很宽敞，足以容纳利奥波德爵士和从他身上扒下来的一大堆衣物。房屋的走廊与房屋相比，异常宽敞，从屋子的这头一直追到楼梯的末端。大厅的壁炉墙上悬挂着上校的佩剑，正是在这壁炉前上校向利奥波德爵士一一介绍了其他来客，包括脸色阴沉的克鲁克。那位受人尊敬的金融家在他贴身的礼服里左掏右掏的，最后终于从燕尾服的内口袋里掏出一个黑色的椭圆形小盒，兴奋地说这是给他教女的圣诞礼物。他的虚荣表现得很自然，恰到好处，并未引起众人的反感。他把小盒展现在大家面前，然后轻轻一触，打开了小盒子，刹那间从中放射出刺目的光芒，就像水晶喷泉射入人们的眼睛里。在橘色的丝绒巢里，摆着三颗像鸟蛋一般形状的纯净洁白的钻石，它们散发出的璀璨的光芒似乎就要点燃周边的空气。利奥波德爵士慈爱地笑着、细细品味着女孩表现出的惊异和狂喜、上校不动声色的赞赏和生硬的感谢以及在场所有人发出的惊叹。

“亲爱的，现在我得把它们收起来了。”费希尔边说边把小盒放回他的口袋中，“一路过来，我都小心翼翼地保管着。这三颗是非常珍贵的非洲钻石，因为他们经常被偷，所以名叫‘飞星’。所有的江洋大盗都在打它们的主意。即使是街头与酒店的粗人看到它们也会爱不释手。我有可能在来的路上就把它们弄丢了，极有可能是这样。”

“要我说，这是再自然不过的事了，”打着红领带的年轻人愤愤地说，“就算被他们偷走了，也不应怪在他们头上。他们向你讨一片面包，你甚至连一粒石子都不愿意给，他们就只好自己动手喽。”

“我不允许你这么说。”女孩激动地叫道，两颊涨得通红，“只有你变成那种人才会这么说话。你知道我指的是什么，你管拥护扫烟囱的人叫什么？”

“圣人。”布朗神父说。

“我觉得，鲁比指的是社会主义者。”利奥波德爵士高傲地笑道。

“提到激进分子，并不是说他靠萝卜为生；提到保守人士并不说明他是制作果酱的。同样的，我向你保证，社会主义者也并不意味着他渴望与扫烟囱的人交往。社会主义者要的是所有的烟囱都被打扫干净，而所有扫烟囱的人都得到报酬。”

“但是他却不允许你拥有自己的烟灰。”神父低声说。

克鲁克饶有兴趣甚至带着些敬佩地看着神父。“有谁会想要拥有自己的烟灰呢？”他问道。

“有一种人就可能想要，”布朗若有所思地回答说，“我听说园丁要用它。还有一次，圣诞节的时候魔术师没来，我就逗着六个孩子玩儿，往他们脸上涂抹烟灰，结果他们开心极了。”

“噢，太妙了，”鲁比高呼，“我真希望你也往这些家伙脸上抹一层烟灰。”

那个喧闹的加拿大人布朗特鼓掌欢呼表示赞同，惊讶的金融家则大声反对，就在此时，有人敲门，神父起身开门。房门敞开后，屋前花园又展现在人们面前，常青树、猢狲树等花木尽染美丽的紫色夕照。整幅画面如此多彩、离奇，好似剧中的舞台背景。有那么一会儿，人们都陶醉于其中，忘了门边还站着一位毫不起眼的人物。他风尘仆仆，衣衫褴褛，一看就知道是个普通的信差。“哪位是布朗特先生？”他问，犹豫着将一封信举在前面。布朗特先生停止了他那高声的欢呼，走了过来。他惊讶地撕开信封，读起信来。面色起初有些阴沉，可一会儿又明朗了。他转向主人，也就是他的姐夫。

“上校，真是不好意思，我总是扫大家的兴。可是我的一位老友今晚要为生意上的事来拜访我。不知道这会不会给您添麻烦？事实上，那个老友就是弗洛里安，那个著名的法国杂技演员和喜剧演员。几年前我在西部认识的他（他是法加混血），他好像有事要跟我谈，但我猜不透到底是什么。”

“当然不会，当然不会。我亲爱的兄弟，你带任何朋友来都行。自然乐意他来啦。”上校毫不在意地回答说。

“如果您真允许我带任何朋友来，他会在脸上抹上黑色的油彩。我相信他会瞒过所有人的眼睛。但我不在乎，我并不是什么举止优雅的人，反倒喜欢那令人快活的过时的老式哑剧，在那里面一个人能骑到自己的帽子顶上来。”布朗特笑道。

“拜托可别骑在我的帽子上来。”利奥波德爵士一脸严肃地说。

“好了，好了。不要吵了。还有比坐在帽子上更低级的笑话呢。”克鲁克欢快地说。

利奥波德爵士非常不喜欢这系着红领带的年轻人，觉得他咄咄逼人，与他那漂亮的教女过于亲密，于是他带着极度讽刺，威严专断的口吻说：“难怪你知道有比骑在帽子上更低贱的事情。那是什么呢？是做祷告吗？”

“比如说让帽子坐在您头上。”这位社会主义者说。

“好了，好了，好了。”那名加拿大乡绅带着一种粗鄙的仁慈喊道，“不要浪费一个欢快的夜晚。要我说，今晚我们一同做些什么。要是您不喜欢，就不涂脸，不坐帽子，但也得做些什么有意思的。为什么不来一段合适的古老的英格兰哑剧，比如什么小丑，耧斗菜[①]之类的。我12岁离开英国前曾看过一部哑剧，自那以后英格兰哑剧就像篝火般在我脑海里久久不灭。去年我才重回英国，却发现这种戏早已失传了。留下的都是哭哭啼啼的童话剧。我想要一把烧红的火钳和一名做成香肠的警察，他们却给我看披着月光进行道德说教的公主，‘青鸟[②]’或其他的什么东西。其实‘蓝胡子[③]’更对我的胃口，特别是当他变成老丑角时，我最爱了。”

“我完全赞成把警察变成一根香肠。这个比对社会主义的最新定义更贴切。但不可否认，这哑剧筹划起来还挺费时耗力的啊。”克鲁克说。

“一点也不会，”布朗特激动得有些忘乎所以了，“我们可以立即来个滑稽表演。原因有二：一，你可以即兴发挥，想到什么说什么；二，所需物品屋子里都有——什么桌子、毛巾架、洗涤盆之类的东西。”

“确实如此，”克鲁克表示赞同，并热切地点点头，走来走去，“不过，真是可惜啊，最近没有干掉警察，所以恐怕我搞不到警察制服。”

布朗特皱着眉头沉思了一会儿，突然两手一拍大腿。“不，我们可

---

① 意大利、英国等喜剧或哑剧中男丑角的女配角。

② 青鸟是幸福和追求的象征，是梅特林克具有世界影响的作品。该剧首先被K.C.斯坦尼斯拉夫斯基搬上舞台，后相继在德、英、法、美等各国上演。

③ “蓝胡子”是由法国诗人夏尔·佩罗所创作的童话、同时也是故事主角的名字。曾经收录在《格林童话》的初版中，但是第二版之后被删除。

以！”他喊道，“我这里有弗洛里安的地址，他认识伦敦每个服饰供应商。我这就打电话给他，让他来的时候带一套警察制服来。”说着他就奔向电话机。

“噢，太好了，教父。”鲁比叫道，高兴得手舞足蹈了。“我可以扮耧斗菜，而你就是老丑角。”

这位百万财主挺直了身体，变得庄重严肃起来，僵硬地说：“亲爱的，我觉得你得另外找人扮老丑角了。”

“如果你喜欢，我可以扮老丑角。”亚当斯上校说着并拿下嘴里的雪茄，这是他第一次也是最后一次说话。

“你应该在这儿立一座雕像。”那个加拿大人说，他刚打完电话回来，整个人容光焕发，“这样，我们就都配备齐全了。克鲁克先生可以扮小丑，他是记者，知道各种陈旧的老笑话。我来扮丑角，这个角色只需要一双长腿在那跳来跳去。我的朋友弗洛里安打电话来说会带一套警察制服，并且会在路上换好。我们可以把这个大厅当作舞台，观众坐在对面宽敞的木板楼梯上，一排高过一排。这两扇前门可以当作舞台背景，或开着或关着。关着时，舞台背景是英式室内场景。开着时，则是月下花园。这一切都像变魔术一样进行。”说着他从口袋里掏出一节粉笔，在前门和楼梯中间的地板上画了一条线，以作分割舞台的标记。

人们至今弄不清楚这个突发奇想的宴会是怎样及时准备好的。但是只要一个屋子里有青春活力，就会有莽撞轻率，也会有勤奋劳动，他们正是靠着这活力劲头，莽打莽撞地完成了准备工作。虽然并不是所有的人都能从那激情迸发的角色中分辨出真实的自我，但那晚房间里还是充满了青春与活力的。像以往一样，一贯追求享乐的众人已深受熏陶，创意越来越疯狂了。耧斗菜穿着一件漂亮的小短裙看起来迷人可爱，那小短裙的裙型就像客厅里的灯罩一样，妙不可言。小丑和老丑角则从厨房里要来了面粉给自己抹白，又从别的用人那里要来了胭脂给自己上点红彩。给他们胭脂的人却不愿意透露姓名（就像真正的基督教施主一样）。丑角全身都包满雪茄烟盒的锡箔纸，好不容易使自己免于撞碎古老的维多利亚枝形吊灯，不然，他身上可要盖满闪闪发亮的水晶了。事实上，他极有可能会落得如此。后来多亏了鲁比找出一些老式的哑剧珠宝，她曾戴着这些在化装舞会上假扮宝石女王。实际上，她的舅舅詹姆斯布朗特像孩子似的，早已兴奋地发狂了。他出其不意地将一片纸做的驴头戴在布朗神父头上，布朗神父耐心地随他摆弄，还偷偷地动了动他的耳朵。他还企图把驴子尾巴贴在利奥波德爵士的燕尾上。但是被爵士皱眉制止了。“舅舅真是太荒唐了。为什么他如此疯狂？”鲁比对克鲁克说，并一本正经地在他的肩上放了一串香肠。

“他是你耧斗菜的配角。我只是个讲点老笑话的小丑罢了。”克鲁克说。

“如果你是丑角就好了。”鲁比说着走开了，那串香肠仍挂在克鲁克肩上晃动。

布朗神父对这些幕后准备工作知道得一清二楚，甚至还帮忙把一个枕头变成了剧中的婴儿，赢得了大家的一阵喝彩。他绕到前边，坐在了观众席中间，充满期待却又一脸严肃的样子，那神情就像一名小孩初次到剧院观看下午场似的。观众不多，也就是一些亲戚，一两个当地友人，三两个仆人。利奥波德爵士坐在前排，他那丰满的毛领挡住了坐在旁边的神父的视线，但是至于神父错失了多少精彩之处，谁也不知道。这部哑剧虽然算不上是卑劣低俗的，可也完全是一团糟。大家都是即兴发挥，特别是克鲁克先生扮演的小丑更是如此。他本来就是个聪明的小伙子，今晚他更是被一种力量激励鼓舞着，那股力量让他知晓一切，顿时成为世上最聪明的智者。每当他看到一张脸，就马上联想到一种表情。他本应扮演小丑，但实际上，貌似所有角色他都有份，作者（如果所有的话）、台词提示者、布景画师、换景师，然后最重要的管弦乐队。在这场荒唐表演戛然而止的一些间歇时段，他就会穿着戏服猛冲到钢琴边，匆匆地弹出几首流行乐曲，曲调怪异，但作为这荒唐哑剧的背景音乐是再合适不过了。

作为舞台背景的两扇前门被打开了，哑剧在这一瞬间达到了高潮，展现在人们面前的是月下美丽的花园，而著名喜剧演员弗洛里安的到来更是引起了轰动，他扮成警察煞有其事地站在门口。钢琴边的小丑则适时弹起了《彭赞斯海盗》中的警察之歌，琴声被震耳欲聋的掌声和欢呼声给淹没了，这位伟大喜剧演员的每一个动作姿态都像极了一名警察，他的模仿真是惟妙惟肖，恰到好处。扮演丑角的加拿大乡绅扑过去，敲打他的头盔，而小丑克鲁克先生此时正唱到“你在哪儿弄到了那顶帽子”，他望着弗洛里安，装出一副惊讶羡慕的表情，之后，那个蹦蹦跳跳的丑角又敲了一下弗洛里安头上的帽子（克鲁克则弹了几段《这样我们又有了一顶帽子》）。紧接着，丑角冲向警察并把他压倒在地，顿时观众席响起了雷鸣般的掌声。接着警察倒地不起，开始上演了远近闻名的死人模仿秀，人们对死人逼真的模仿使得帕特尼这座城市至今仍声名远扬。真是不敢相信一个活人能可以模仿得如此逼真。

那个强壮敏捷的丑角伴着疯狂荒诞的钢琴曲，把警察像麻袋一样甩来甩去，左扭右扭或者把他像体操用的瓶状棒一样抛向空中，所有的动作都配合着疯狂的钢琴曲。当丑角把那扮演警察的喜剧家高高举起时，一旁的小丑弹道《我从你的梦中来》。当他把警察斜拽到背上时，又弹道《肩上扛着背包》。最后当他把警察重重摔在地上时，那狂乱的曲子突然变为清脆的叮当声，并和着歌词，大致是“我给爱人寄了封信，在路上我却把它弄丢了。”

就在这极度混乱荒诞的时刻，布朗神父的视线完全被挡住了，因为坐在他前面的利奥波德爵士站起身来，猛地把手伸进口袋左摸右掏，翻遍了所有衣袋。一会儿又紧张地坐下，手仍旧在口袋里摸索着，然后又站了起来。有那么一会儿，他好像就要大步跨上舞台，后来他朝正在弹钢琴的小丑瞪了一眼，就一声不吭地冲出了房间。

业余表演的舞蹈荒诞却不失优雅，而坐在利奥波德爵士身后的神父仅仅看了几分钟。丑角的舞蹈虽真实但却粗劣，只见他越跳越往后，最后跳出了大门，舞进了那月色盈满、悄声寂静的花园里。他身上贴满了锡箔纸，在舞台灯光的照射下本已经够闪烁耀眼了，当他在这明亮的月下舞动时就更加银光闪耀、虚幻缥缈。观众们围拢过来，掌声如潮，这时布朗神父的手臂突然被人碰了一下，那人低声邀请他去上校的书房一趟。

他跟着这名传话者走向书房，心中疑问渐增，而书房中呈现的庄重却又滑稽的场面更是加深了他的疑虑。书房中坐着亚当斯上校，仍旧一副老丑角的打扮，眉毛上方的鲸鱼骨不断地上下点动，但是，他那悲伤的眼神却足以让农神节上那些纵情狂欢的人骤然冷静下来。利奥波德爵士靠在壁炉墙上，惊慌失措的样子。

“这是一件令人痛心的事，布朗神父，”亚当斯说，“事实是，下午我们见到的那些钻石好像从我朋友燕尾服的口袋里消失了。既然你——”

“既然我——”布朗神父咧嘴笑道，“就坐在他后面——”

“没别的意思。”亚当斯上校坚定地看着费希尔说道，但这就足以说明他们的确有这样的想法，“我只是想让你帮个小忙，只要是绅士都会答应。”

“就是翻开他的口袋。”布朗神父说着，便把口袋里东西都倒了出来：六七枚便士，一张回程票，一个银制十字架，一本每日祈祷书和一块巧克力。

上校看了神父好一会儿，然后说：“你知道吗，比起看看您口袋里有什么，我更想知道您脑袋里装的是什么。我知道，我女儿是你们中的一员，而且她最近——”说到这儿，他打住了。

“最近，”老费希尔大声说，“她敞开他父亲的房门，让一个社会主义者做客，那家伙曾公开声称他会去偷任何有钱人的东西。而这飞星被偷就是最终结果。这里就有一位有钱人——并且是最富裕的有钱人。”

“如果你想要我脑袋里的东西，就拿去吧。”布朗神父无奈地说，“你看了之后不妨说说它的价值。但是从那个空口袋里我发现了一件事情，那就是：想要偷宝石的人绝不会拥护社会主义。他们更有可能，”布朗神父认真地补充道，“不信奉社会主义。”

听到这里，另外两人陡然变色，布朗神父继续说道：“要知道，我们或多或少了解这类人。一个社会主义者宁愿偷金字塔也不会偷钻石。我们应该把目光转向那些我们不太熟知的人。比如说那个扮演警察的人——弗洛里安。我倒想知道此刻他到底在哪儿。”

老丑角立马跳了起来，大步走出房门。此后，书房内一片沉寂。百万富翁紧盯着神父，神父却聚精会神地看着他的每日祷告书。隔了一会儿，老丑角回到房间，脸色凝重，断断续续地说：“那个警察仍然躺在舞台上。幕布都拉上拉下六次了，他仍躺在那一动不动。”

布朗神父放下书起身站起来，面无表情地盯着他，陷入深思。慢慢地，神父灰色的双眼中透出一丝光亮，他含糊地说道：“请原谅我，上校。你妻子是什么时候去世的？”

“我妻子啊！”这名军人瞪着眼回答道，“今年去世的，就在两个月前。他弟弟詹姆斯一个星期前才赶来，太晚了啊。”

这位矮小的神父突然像兔子一样嗖地跳了起来。“快走吧！”他喊道，显得异乎寻常的激动。“快走吧！我们去瞧瞧那位警察！”

他们一行人冲向已闭幕的舞台，粗鲁地冲开耧斗菜和小丑（他们似乎正心满意足地窃窃私语），布朗神父蹲在卧倒在地的喜剧警察身边。

“是氯仿麻醉剂，”他边说边站起来，“我刚刚才想到。”

人们顿时目瞪口呆，过了一会儿，上校缓慢地说：“请你认真解释一下这到底什么意思呀。”

布朗神父突然哈哈大笑，随即停了下来，在他接下来的讲话中，仍不时强忍着不笑出来。“先生们，”他气喘吁吁地说，“我没时间跟你们说。我要去追那个罪犯了。但是这个假扮警察的伟大法国演员——这名和丑角跳华尔兹的人、被甩来甩去的聪明警察——他是——”布朗神父的声音再一次噎住了，之后他转身就跑。

“他是？”费希尔好奇地大声问道。

“一名真正的警察。”布朗神父说着跑进了黑暗中。

在茂密的花园的里头尽是些坑坑洼洼的阴湿地，长满了月桂和长青灌木，映衬着蔚蓝的天空和皎洁的月亮。即使是在冬至，这些灌木都如南方的树木一样青翠。随风摇摆的翠绿月桂，夜色下浓郁的紫蓝，水晶般的圆月，绘成了一幅令人无法抗拒的浪漫画面。可就在园中树木顶部的枝杈中，爬动着一个奇怪的身影，这看上去毫无浪漫可言。他全身上下闪闪发光，好似身披无数月亮。月光追随着他的每个动作，他的身影如同被点燃一样银光闪耀。他轻轻一跃，成功地从这个园中的一棵矮树跳到了另一个花园一棵高大茂密的树上。突然他停住不动。因为一个人影在那棵矮树下滑动，并准确地叫出了他的名字。

“嗨，弗朗博，”那个声音说道，“你可真像是一颗飞星啊，但飞星终究意味着只是流星。”

那个月桂树上银光闪闪的人影似乎向前倾了倾，确信能逃跑后，才开始听下面那身影矮小的人说话。

“弗朗博，你从没这么出色过。你在亚当斯夫人过世后的一星期就从加拿大赶来，这很聪明，因为这时没人有心情问起你的情况。你也很聪明，知道记下飞星和费希尔到来的时间。可是之后的事可都算不上聪明，纯粹因为你有天赋。偷走飞星，我认为这对你来说只是小菜一碟。除了靠假装把纸糊的驴尾贴在费希尔的燕尾上，就凭你熟练的手法，你能有上百种方法把飞星弄到手。但如果用其他方式，你可就没多大本事了。”

绿叶中的银光身影好似被催眠了一般原地不动，尽管他能轻易地从身后逃跑，可是他却盯着树下的人。

“噢，是的。”树下的人说，“整件事我都一清二楚。我知道你不光极力推荐演哑剧，你还一事两用。你要人不知鬼不觉地偷走钻石。你的同谋传来消息说你已经被人怀疑，一名优秀的警员当晚正赶来逮捕你。一个普通的贼一定感激不已并立马逃走，但你是一名诗人。你早已有了一个聪明绝顶的想法，那就是把珠宝藏在你那一身璀璨夺目的假珠宝中。你明白，如果自己穿上丑角的戏服，那么警察出场就再合适不过了。那位受人尊敬的警官从帕特尼警察局出发来逮捕你，却落入了这世上最巧妙古怪的圈套。两扇前门打开，他径直走向了圣诞哑剧的舞台，在这个舞台上，他将被舞蹈的丑角连踢带打，惊异之中被下了药，而来自帕特尼的名流们则发出震耳欲聋的欢笑声。喔，这应该是你最后一件杰作了。现在，顺便说一声，你该归还那些钻石了。”

闪亮的身影跳到了另一条树杈上，绿枝随即沙沙作响，但那个声音继续说道：“弗朗博，我希望你物归原主，放弃这种生活。你还年轻，有自尊心，又富于幽默，不要幻想这些能使你在那条路上长存。人或许能保持住一定程度的善良，但是没有人能保证不继续往罪恶的深渊走下去。那条路是一个无底洞，你只会越陷越深。善良的人酗酒后变得残酷，诚实的人杀人后开始撒谎。我认识许多人，他们刚开始时就和你一样，是一名坦诚的歹徒，劫富的快活强盗，但最终却深陷泥潭，不能自拔。莫里斯·勃鲁姆最初是个有原则的无政府主义者，一个贫苦家庭的父亲，最终却变为一名狡猾奸诈的间谍，一个搬弄是非的人，双方都利用他却又鄙视他。哈里·伯克最初分外真诚地发起免费资金运动，现在他依赖他姐姐给他无休止地提供白兰地和苏打水，可他姐姐自己都吃不饱。安布勋爵骑士般地进入了这个野蛮的社会，却遭受着伦敦最低劣的盘剥者敲诈。巴里隆上尉是在你之前一位不错的绅士，却死在了疯人院，临死前还恐惧地尖叫着'内奸'和'破产受益人'，正是这两类人出卖了他，使他受到迫害。弗朗博，我知道你身后的树林对你来说是一片自由的天地，也知道你可以像猴子般一闪就没入其中。但是总有一天你会变为一个毫无生气的老猴子。你将坐在自由的森林中，心灰意冷，濒临死亡，而那时树梢也是光秃秃的。"

一切都在进行着，好似树下的人用一根无形的绳索把另外一人拴在了树上。树下的人继续说道："你已经迈出了堕落的步子。你过去常夸口说从未做过什么卑鄙的事，但今晚你就在做着一件可鄙的事。你的行为使得一名诚实的男孩背负嫌疑，而他本来就受到多方责难。你是在拆散他和那个女孩，他俩深爱着对方。如果你继续走下去，你将在死前做出比这更卑鄙的事。"

此时，三颗闪耀夺目的钻石从树上落在了草地上。那个矮小的男人弯腰捡起它们，但当他再向上看时，那用树枝圈起的绿色鸟笼已是空空如也，银鸟早已飞走。

宝石失而复得（所有人中，布朗神父有幸意外捡到），这个夜晚也在人们的捧腹大笑中落下帷幕。利奥波德爵士居然还展示了一下自己的幽默感，他对布朗神父说虽然他本人有不同看法，但他却尊重那些因为信仰而恪守与世无争、超脱凡俗的人。

隐身人

夜幕初降，笼罩了卡姆登小镇。在清凉、暗蓝的暮色中，位于两条陡斜街道交汇处的一家糖果店，此时则如烟蒂一样闪烁着红光。或许将它比作正在燃放的烟花头更恰当，因为那团光灿烂多彩、五色杂陈，加之周边许多镜面折射，舞动在鲜艳的蛋糕和糖果上。只见大批街头流浪儿，脸紧贴在这炫目的玻璃上压扁了鼻子往里瞧。橱窗里的巧克力全都包在泛着金属色泽的彩纸里，有红的、绿的、金黄的，这些彩纸看着比巧克力还有诱惑力。橱窗里巨大的婚礼蛋糕，通体雪白，虽然看着遥不可及，却也令人心满意足，仿佛广袤的北极冰原都变成了果腹的美食。这种缤纷绚丽的场景自然会招来街区里10岁甚至12岁的孩子们的围观。但这街角同样吸引着稍大一些的年轻人。此刻，有个不下24岁的年轻人就正盯视着橱窗。对他来说，这家小店魅力四溢，尽管不能说他讨厌巧克力，但这种魅力的根由却并不全是因为巧克力。

这个年轻人身高体壮，一头红发，面孔冷峻坚毅，举止却显得无精打采。他的腋下夹着个扁平的灰色公文包，里面装着些黑白素描。信奉社会主义的伯父（一位海军上将）剥夺了他的继承权，只因他在一次演讲中反对社会主义经济理论。从此以后，他就四处推销这些素描，而且已经差不多成功地卖给了几家出版社。他叫约翰·特恩布尔·安格斯。

他最终走进了糖果店，穿过店堂，径直进了类似点心店餐厅的里屋，中途只向在此工作的年轻女士脱帽致意了一下。她是个皮肤浅黑的姑娘，一身黑衣，举止优雅、机敏，面色红润，有一双黑亮、灵活的眼睛。她稍作停留便跟了过来，等候他点餐。

很显然，对他来说点餐已是驾轻就熟，跟往常没什么两样。“请给我，”他精确地说，“一个半便士的面包，一小杯黑咖啡。”就在姑娘要转身走开的那一刻，他又加了一句：“还有，我要你嫁给我。”

年轻女士一下子愣住了，回敬道：“不许你开这种玩笑。”

红发小伙子抬起灰色的双眼，流露出令人难以捉摸的肃穆。

“我真心实意地向你请求，”他说，“就像半便士的面包一样真实、认真，它十分珍贵，人们会为它付出；它像这小面包一样让人无法消受，令人心痛。”

黑皮肤年轻女子目不转睛地盯着他，以几乎含有悲情的专注仔细审视着他。打量完毕，她脸上隐现出一丝微笑，接着坐到一把椅子上。

“难道你没想过，”安格斯心不在焉、自顾自地评说，“吃半便士的小面包是件很残忍的事吗？也许让半便士的小面包长大，两个人一起吃一便士的面包更合适。等我们结婚了，我就放弃这种残忍的掠食运动。”

黑皮肤年轻女子站起身，走到窗前，她显然已深陷感同身受的沉思当中。思忖良久之后，当她果断地猛然转过身来的时候，眼前的景象令她困惑不已：那人取来橱窗里的展品，精心铺摆在桌面上。其中有五颜六色堆成金字塔形的糖果，几盘三明治、两个圆酒瓶各装着用于制作油酥糕点的奇妙的波尔图酒和雪利酒。他小心翼翼地搬动那个用来装扮橱窗的巨型白糖蛋糕，轻轻地放在整齐布局的正中央。

“你这是在干什么啊？”她问道。

“办正事儿，我亲爱的劳拉。”他开口道。

“噢，看在老天的分上，先停下，”她大叫着，“还有，别用那种方式和我说话。我是说，这到底是怎么回事？”

“一种仪式正餐，霍普小姐。”

“那又是什么？”她指着白糖包裹的蛋糕，不耐烦地问道。

“婚礼蛋糕，安格斯太太。”他答道。

姑娘径直走过去，一阵稀里哗啦之后把它请出桌面，放回橱窗；然后，她返身回来，优雅地将胳膊肘支在桌上，并不欣赏这种举动，而是满含愠怒地看着他。

“你都不给我时间考虑。”她说。

“我才没那么傻呢，”他回答道，“这就是基督的谦卑[①]在我身上的体现。”

她仍然看着他，微笑之下的表情越来越严肃。

“安格斯先生，”她平稳地说道，“你接着说你的废话之前，我会尽量简短地跟你谈谈我本人的情况。”

---

① 基督的谦卑：“基督的谦卑包括他的出生，是在一种卑微的地位，且生在律法之下，忍受了人生的苦难，神的愤怒和十字架上诅咒的死，被埋葬，并且暂时服在死权之下。”——据诠释《圣经》教义的《小要理问答》。

“非常荣幸，”安格斯一本正经地回答，“你介绍自己的情况时，不妨也顺便谈谈关于我的事。”

“得啦，闭上你的嘴，给我老实听着，”她说，“我不觉得这事伤天害理，也没什么对不住人的地方。但如果这事与我无关，而且又像梦魇一般缠着我，你说我该怎么办呢？”

“那样的话，”男子严肃地说，“我该建议你把蛋糕带回家。”

“得了，你先听我讲完这个故事。”劳拉·霍普固执地说，“是这么回事，我得告诉你，我父亲在拉德伯里经营一家叫‘红鱼’的小客栈。我常常在酒吧里招待客人。”

“难怪我总觉得这糖果店里有基督氛围①呢。”他说。

“拉德伯里是东部郡一个挺小的地方，绿草如茵，却死气沉沉。来‘红鱼’客栈的主要是一些过路的商人，至于其他的客人，都是很可怕的人，是你压根儿就没见过的那类人。我说的是一群矮小、懒散、勉强能吃饱饭的人，他们整天除了泡酒吧、赌马外，根本不干正经事。他们穿得也是破破烂烂的，倒也对得起他们那副臭皮囊。即便是这些小混混也不常来我们这个客栈。不过，有那么两个人不一样，他们是常客，都是普通人，应该说他们方方面面都很普通。他们两个都靠自己的钱过活，特别讲究穿着，整日里闲得无聊。我有些可怜他们，因为他们两个都有点儿畸形，常会受到那些乡巴佬的嘲笑，我觉得可能就为这，他们才没事儿就偷偷溜进

① 基督氛围：希腊文的“鱼”字由“耶稣、基督、神的、儿子、救主”几个词汇的首个字母组成，初期的基督徒为躲避罗马帝国的迫害以此为彼此间联系的暗号。后来，鱼便成为基督教的符号之一。

我们这个客人很少的小酒吧。其实，他们也不算真的畸形，不过就是显得怪异而已。其中一个个子矮小，看着像侏儒，或者说至少像赛马的骑手，虽然没有一点骑手的样子。他的脑袋又圆又黑，黑胡须修理得很整齐，眼睛滴溜溜地乱转，透着股灵气；袋里的钱叮当作响；粗大的金表链不时发出哗啦的声音。他每次来的时候，都穿得比绅士还绅士，看着太假。虽说游手好闲，无所事事，但他一点也不笨。让人很好奇的是，他精通很多实际上没什么用的小技巧，有种能即兴发挥，当场变戏法的本事。比如让15根火柴自己逐个点燃，看着像放烟花；或者把香蕉之类的东西削成跳舞的洋娃娃。他叫伊西多尔·斯迈思。我现在还能想象出他的样子，一张小黑脸，朝柜台走来，用五支雪茄做成一只跳跃的袋鼠。

“另一个家伙更是寡言少语、平淡无奇。但不知为什么，我总觉得比起那小不点斯迈思，他更让我心里发毛。他瘦高个儿，浅色头发，高耸的鼻梁，可以说他身上透着一股鬼魅般的帅气。他患有斜视症，说真的，我以前从来没见过也没听说过那种瘆人的斜视。当他直视你的时候，你真不知道自己究竟在哪里，更别说弄清楚他看的到底是什么。我敢说那种畸形让这个可怜的家伙很痛苦，因为就在斯迈思到处显摆自己会变戏法时，斜眼人詹姆斯·韦尔金独自躲在我们的酒吧里狂饮，或者在周围灰蒙蒙的田野里四处乱走。当然了，我想斯迈思不见得不在意自己如此矮小的身材，但不管怎么说，他想得开，能巧妙地应付。正因为这样，我既疑惑又惊讶，而且于心不安的是他俩居然在同一周向我求婚。

“唉，我做了一件至今想起来都觉得很蠢的事。可不管怎样，这两个畸形人也算是我的朋友，我害怕他们会想到我拒绝他们的真正原因是他们长得太丑，可以说是丑得无与伦比。于是我就胡乱编个正儿八经的理由蒙他们，说我只会嫁给在社会上自己闯出一片天地的人，还说我做人的原则是绝对不会像他们那样靠遗产生活。我这样说也是好心，不想伤害他们。但我说的那些话惹了祸。两天之后，我听说他俩都离开家乡闯世界去了，这听上去真像童话故事，愚不可及。

“从那天开始一直到现在，我再也没有见过他们。但我收到过小个子斯迈思写的两封信，写得还挺激动人呢。”

“另外那个有音信吗？”安格斯问。

“没有，他从来没写过信，”姑娘迟疑了一下，说道，“斯迈思的第一封信只告诉我他与韦尔金一道出发去伦敦，但韦尔金是个飞毛腿，小个子被落下很远，就在路边歇脚。凑巧一个巡回表演的杂耍班子看中了他，一是因为他近乎侏儒的身材，二是他这人的确很机灵。他在表演界混得不错，很快被送到水族馆游乐场，去表演戏法，我忘记了戏法的名字。那是第一封信。第二封信就更惊人了。我上周才收到。”

名叫安格斯的男子端起咖啡杯，一饮而尽，然后看着姑娘，眼神里流露出温柔和耐心。她嘴角微动，轻笑一声，接着往下说：“我猜你一定瞧见过关于‘斯迈思无声服务’的广告牌吧？不然的话，你就是世界上唯一不知道这件事的人。哦，我了解的也不多，它是一种带发条装置的发明，让机器包揽所有家务活。你该听过‘按下按钮——一个从不喝酒的男管家；转动拉杆——十个从不调情的女佣’的广告语。好吧，不管那种机器是怎么回事，反正它们很赚钱，哗啦啦地全流进了我在拉德伯里认识的小淘气鬼的口袋里。这可怜的小家伙终于有了自己的事业，我真为他高兴。

但事实上，我真怕他不定什么时候就会出现，告诉我他已经闯出了属于自己的一片天地——他的确做到了。”

“另外那个人呢？”安格斯继续固执地追问，表面显得很平静。

劳拉·霍普突然站起身，“我的朋友，”她说，“我觉得你是个巫师。没错，这正是我要说的。我没见过那人写的一行字。我压根儿不知道他在做什么，人在哪里。但我最怕的就是他。我处处都能感受到他的存在。正是他快把我逼疯了。的确，我认为他要把我逼疯了，因为在他根本不可能出现的地方，我却感觉到了他的存在；在他根本不会说话的场合，我却听到了他的声音。”

“噢，亲爱的，”年轻人高兴地说，“就算他是撒旦，那他的鬼把戏也玩儿完了，因为你已经把这种感觉告诉了别人。小姑娘，从不跟别人交流才会让人发疯。不过，你是什么时候开始感觉到我们的斜眼朋友，出现了幻听？”

“不是幻听，詹姆斯·韦尔金的笑声就跟你的说话声一样真实、近在眼前。”女孩镇定地说，“但周边确实看不到任何人，我就站在街角这家店铺门外，能够同时看清这条街的两边。我不记得他是怎么笑的了，只觉得那种笑声和他的斜视一样诡异。有将近一年了，我都没有怎么想起他。但是，就在我听到了他诡异的笑声之后几秒钟，我就收到了他的情敌寄来的第一封信。我说的可都是事实啊。”

“难道你做了什么事，才会让那个幽灵说话，发出尖叫之类的声音？”安格斯有些好奇地问。

劳拉突然打了个冷战，肯定地说：“是的，当时我刚读完斯迈思宣告他成功的第二封信。就在那时，我听见韦尔金说‘他还是不会拥有你。’声音非常清晰，仿佛他本人就在屋里。这太可怕啦，我觉得自己真的疯了。”

“如果你真的疯了，”年轻人说，“你一定会认为自己没疯。但在我看来，这个看不见的先生确实有点儿诡异。多一个人多一份智慧。不管是什么东西发出的声音，我倒是可以帮你解脱，说真的，我是个心智健全、脚踏实地的人，请你先让我把婚礼蛋糕从橱窗里拿过来吧。”

话音未落，外面街上便传来一阵刺耳的尖啸声，一辆小汽车风驰电掣般地冲至店门口，嘎的一声停住。眨眼间，头戴锃亮高顶丝质礼帽的小矮个儿咚咚有声地走进了外屋。

到此为止，安格斯一直表现得嘻嘻哈哈，没把她神神叨叨的说法当回事，这时却一下子紧张起来，突然跨出内屋，冲着这位新来的人迎了上去。他仅仅看了一眼，便足以证实这个热恋中的人出于极度醋意的猜想。站在他面前的是个衣冠楚楚、近乎侏儒的形象：坚挺的黑胡须傲慢地向前翘着，狡黠的眼睛滴溜溜地打着转，整洁的手指却流露着紧张。很明显，他不是别人，正是劳拉描述的那个能用香蕉皮、火柴盒做出洋娃娃，靠着金属质地“不喝酒的男管家”和“不调情的女佣”，赚得钵满盆满的小矮人伊西多尔·斯迈思。这两个人本能地领悟了对方显露的痴情对象，心照不宣，冷眼相视，表现出情敌之间特有的那种好奇。

然而，对他们之间充满敌意的缘由，斯迈思先生却没有丝毫暗示，只是短促而暴躁地说：“霍普小姐看见窗上的东西了吗？”

“窗上？”安格斯瞪大双眼，喃喃地重复。

“没时间解释那么多，”小矮个富豪急促地说，“这里发生了愚蠢透顶的事，必须要调查清楚。”

他抬起手中擦得锃亮的手杖，指着因安格斯为置婚礼而搜罗一空的橱窗。安格斯惊奇地发现在玻璃的外面贴着一张长条纸，他之前隔着玻璃朝里张望的时候肯定还没有。他跟着精力充沛的斯迈思来到街上，看到玻璃上横向粘着一条约1.3米长的邮票纸，纸上潦草地写着：如果你嫁给斯迈思，他就得死。

“劳拉，”安格斯的红脑袋探进店里喊道，“你没疯！”

“这是韦尔金那家伙的笔迹，”斯迈思气哼哼地说，“我很多年没见过他了，但他总是骚扰我。就在过去的两周时间里，我接连出现了他写给我的五封恐吓信。我甚至都查不出是谁把信送过去的，更别提究竟是不是韦尔金本人干的了。公寓的门房发誓说他从未见过任何可疑的人，然而就在这儿，他居然在光天化日之下给商店的橱窗糊上了一道墙裙似的东西，而商店里的人——”

“一点没错，”安格斯平和地说，“店里还有人在喝茶。哦，先生，我欣赏你能直截了当地用常理来应付这类事情。稍后我们可以谈些别的事情。那家伙应该还没走远，我发誓十几分钟前我最后一次走近橱窗时，上面确实还没糊上纸。不过从另外一个角度看，他已经跑得无影无踪，没法儿追了，因为我们搞不清他往哪边跑了。斯迈思先生，如果可以的话，我向你提个建议，马上找个行家里手暗中调查这件事，但不要张扬。我认识一个绝顶聪明的人，他最近刚开业承接这类业务，办公地点离这里不远，开车过去只要五分钟。他叫弗朗博，尽管年轻气盛，但绝对是个诚实的人。他聪明能干，不会让你白花钱。他住在汉普斯蒂德的勒科瑙公寓大厦。”

“真是无巧不成书啊，”小矮人扬起两道浓眉说，“我就住在喜马拉雅公寓大厦，拐过街角就是他住的地方。或许你能跟我一起走，我回家去收拾好韦尔金写给我的诡异信件，与此同时你去帮我找来你的侦探朋友。”

“你安排得挺好，”安格斯彬彬有礼地说，“好吧，行动越快越好。”

两个人接下来的动作就像商量好的一样，竟是惊人的一致，他们先是正式向姑娘道别，然后双双跳进了那辆迅捷的小汽车。当斯迈思开着车转过一个大弯后，安格斯惊喜地看见一张宣传“斯迈思无声服务”的大幅招贴画：一个像洋娃娃的无头铁皮人，手里托着平底锅，上面写着“从不闹脾气的厨子”。

“我在自己公寓里就用它们，”长黑胡子的小矮人笑着说，“一方面是为了做广告，另一方面是为了图方便。我跟你实话实说，只要你懂得按那个按钮，我的那些上发条的玩偶就可以给你搬煤，拿红葡萄酒或取来时间表什么的，比我知道的活人佣工勤快得多。但我不否认，我只是私下对你说，这种仆人也有不好的地方。”

“真的？”安格斯说，“还有他们办不到的事吗？”

“不错，”斯迈思冷冷地说，“它们不能告诉我，谁把恐吓信放在了我的公寓。”

车子像车主本人一样小巧、敏捷。事实上，与他的家政服务产品一样，这也是他的发明。就算他手艺一般全靠广告吹嘘，他也非常真诚地相信自己做的东西。亮如白昼的车灯撕破了死寂的夜色，在他们眼前照射出一条长长的弯路。他们行驶在蜿蜒的白色路面上，越来越快，感觉自己越来越渺小。不久后，弯道越来越急，路面也变得模糊起来。就如现代宗教里的一个说法，他们正处在螺旋式上升之中。的确，他们在伦敦一角驶向顶峰，虽说这里不如爱丁堡风景如画，却也同样陡峭。他们驶过层层平台，终于看到了那个独特的公寓大厦，犹如一座埃及金字塔，高高在上，落日的余晖给它镀上了一层金色。转过街角，他们进入名为喜马拉雅公寓的新月形建筑时，仿佛突然开启了一扇窗，异样的风景豁然映入眼帘：那一层层公寓房好似端坐在无数重叠的绿色石板之上，俯瞰着伦敦。在大厦的对面，也就是这个砾石砌成的新月形建筑的另一面，有一片圈起的场地，里面灌木丛生，与其说它是个花园，不如说更像一道陡峭的篱笆或堤岸。再往下看，有一条人工开凿的沟渠，像是一条壕沟围绕着掩映在绿荫中的要塞。当车子绕行半月形建筑的一个角时，他们看到一个卖栗子的流动摊位，而在他们刚转过弯时，安格斯就看到一名身着深蓝色警服的警察正慢悠悠地走着。在高远、孤寂的都市郊区，他们能见到的人影不过就这几个。但安格斯心里有种莫名其妙的感觉，这些人咏诵着伦敦无言的诗篇，恍若一个故事中的人物形象。

小车急速驶到一栋房前，刚一停稳，车主就从车内蹿出，跑向身披亮闪闪绶带的高个门警和只穿着衬衣的勤杂工，他要确认是否有人打探过他的公寓。他们向他保证，自他上次问过之后，没有任何人或物逃过他们的眼睛，他这才放心，和困惑不解的安格斯走上电梯，迅速升到顶层。

“进来一下，”气喘吁吁的斯迈思说，“我要给你看看韦尔金写的那些信。然后，你再去拐角那边找你那个朋友。”他按了一下藏在墙上的按钮，房门自动开了。

呈现在他们眼前的是长而宽敞的前厅。在常人看来，此处唯一引人注目的是两侧摆放整齐的几排高大的人形机械，如同裁缝店里的模特儿。这些模特儿与裁缝店里的一样，都没有头，肩部浑圆，虽然稍嫌夸张，倒也赏心悦目，胸部则像鸡胸那样凸起。但除此之外，与其说它们像人，不如说它们更像车站里跟人高度差不多的自动售货机。它们有两个如同手臂的大钩子，用来端盘子；它们被漆成了豆绿色、朱红色或黑色，以便于区分；从其他各个方面看，它们不过是自动机器，没人会想着多看一眼。至少在此时此刻，没人顾得上仔细打量它们。因为在其中两排家务机器人之间，有样东西看来比世上大多数机械装置更有吸引力。那是一张白色破纸片，上面用红墨水潦草地写着一些字。敏捷的发明家几乎是在房门打开的同时，迅速拣起了它。他默默地把纸片递给安格斯。上面的红色墨迹还没干透，写着：如果你今天去见她，我会杀了你。

短暂的沉默之后，伊西多尔·斯迈思轻轻地说：“想来点儿威士忌吗？我觉得我该喝一杯。”

“谢谢，我觉得我更该去找弗朗博，”安格斯阴沉着脸说，“这事越来越严重了，我马上去叫他过来。”

“你说得对，”伊西多尔随即高兴地说，“那就尽快把他带到这儿来。”

但当安格斯回身关上前门时，瞥见斯迈思按了一个按钮，其中一个上发条的人形托着一个盘子离开原地，开始沿着地板上的凹槽滑行，盘子上有根弯管和细颈酒瓶。这场面的确有些异样，小矮人独自留在一群了无生机的仆人当中，一关上门它们就全复活了。

从斯迈思家出来走下六级台阶的地方，那个只穿衬衫的勤杂工正在一只洗衣桶边上忙活。安格斯停下来，让他保证待在原地，直到自己带着侦探回来，同时要留意任何一个上楼的陌生人。为了提高他做事的积极性，安格斯还承诺会给他一笔报酬。然后，安格斯跑下楼梯，来到前厅，又交代门警同样的任务，并且得知这座建筑没有后门。这样一来，事情就简单多了。他仍然不放心，就揪住那个四处巡视的警察，说服他站在大门的正对面看着。最后，他在流动摊贩那儿停下，买了1便士的栗子，问那个摊贩还要在这里待多久。

卖栗子的人翻起衣领，说他恐怕很快就得走，因为他觉得天要下雪。的确，夜空变得越来越灰暗，阴冷袭人。但安格斯费尽唇舌，想要卖栗子的人坚守原地。

“用你的栗子取暖吧，”他认真地说，“把剩下的全吃掉，我不会让你白干。只要你在这儿等到我回来，告诉我是否有任何人，无论男女老少，进了门警看着的那栋楼，我就给你1金镑[①]。”

然后，在他潇洒离开时，又最后看了一眼这座被包围的大厦。

“不管怎样，我把那间屋团团围住了，”他叨念着，“他们四个人不可能全是韦尔金先生的同谋。”

在鳞次栉比的房屋环抱的那座小山上，喜马拉雅公寓独占了山峦之

---

① 金镑：面值1英镑的英国金币，1914年后停用。

巅，而勒科瑙公寓则屈居低一级的平台之上。弗朗博先生那套办公室兼居所的公寓在一楼。无论从哪个角度看，它的风格都与充斥着美式机器、如宾馆般豪华但无生活气息的“无声服务”寓所迥然不同。安格斯的朋友弗朗博带他进了自己在办公室后面洛可可[①]风格的安乐窝，安乐窝里处处可见五花八门的饰物，有各式军刀、火绳枪、东方趣味的奇珍异玩、盛意大利红酒的烧瓶、古朴的炒菜锅、一只波斯猫，还有一个风尘仆仆的罗马天主教的小个子神父，他在这里显得很特别，与周边环境格格不入。

“这位是我的朋友，布朗神父，”弗朗博介绍道，“我常想让你会会他。今天天气真好，只是对我这样的南方人来说，稍微冷了一点。”

“是啊，我想天空会保持晴朗的。”安格斯说着，便在带紫色条纹的东方搁脚凳上坐下。

“不，”神父平静地说，“天开始下雪了。”

还真是，他话音还没落，就如卖栗人预见的一样，几片雪花已经从暗下来的窗外飘过。

“哦，”安格斯心情沉重地说，“我来这儿是为一件正事，这事说起来很诡异。弗朗博，情况是这样的。在离你家不远的地方，住着一位老兄，他急需你的帮助。有个隐身的情敌一直纠缠并恐吓他，但没人见过这个恶棍。”安格斯接着往下说，从劳拉讲的故事开始，又加上他自己的所见所闻，将斯迈思和韦尔金的来龙去脉原原本本描述一番——在两条空荡荡的街

① 洛可可：此风格起源于18世纪的法国，最初是为了反对宫廷的繁文缛节艺术而兴起的。其风格追求轻盈纤细的秀雅之美，在构图上也有意强调对称，后被新古典主义取代。

道交汇处，能听到一种不可思议的怪笑声；在别无他人的屋子里，能听到奇怪、清晰的话语。弗朗博表情越来越凝重，表现出明显的关切，而小个子神父似乎置身事外，只是屋中的一件摆设。当讲到潦草地写着字的邮票纸被糊到窗上时，弗朗博站起身来，他高大的身形顿时令房间显得狭窄。

“如果你不介意，”他说，“你最好在路上把剩下的情况告诉我，咱们现在就抄近路去那人的住处。不管怎样，我觉得这事非常紧急。”

“乐意效劳，”安格斯站起身说道，“不过，他目前还很安全，我安置了四个人，紧盯着他那个小窝的唯一出入口。”

他们来到街上，小个子神父像只温顺的小狗一样迈着小碎步紧紧跟着。他心情还不错，没话找话地说了句：“真快啊，地上都有积雪啦。”

他们穿街走巷，崎岖的小路上已披上银装，安格斯边走边讲他余下的故事。在他们到达新月形公寓大厦时，他已经讲完，于是便将注意力转向他布下的四个岗哨。卖栗人在拿到那个金镑后，一再发誓他一直盯着大门，没见到任何访客进入。那名警察更是振振有词，说他跟各种坏蛋打过交道，不管是戴高顶礼帽的还是衣衫褴褛的，所以说他已经很老到了，不会只关注表面上看着可疑的人物，谁都别想从他眼皮底下溜过，老天有眼，他确实没见到任何人。当他们三人聚到衣着鲜亮的门警身边时，他仍然双腿叉开，笑眯眯地站在门廊处。他进一步确证了前两位的说法。

“我不管他是公爵还是垃圾工，我有权问任何人为什么进公寓。”态度和蔼、身穿金色饰带边制服的大个子说，“我发誓打这位先生离开后就再也没人来过。”

无足轻重的布朗神父站在后面，不动声色地注视着人行道，此时语气温和地说："就是说，从开始下雪以来，就没有人上下过楼吗？我们还在弗朗博家时，雪就开始下了。"

"没人来过，先生，你大可相信我的话。"那个门官儿说，一副不容置疑的神态。

"那么我想知道那是什么？"神父问道，然后茫然地看着地面。

其他人也低头看过去，弗朗博惊叫一声，同时打了个法国人惯有的手势。毋庸置疑的是：从身披金色饰带的看门人守住的入口正中往下，实际上是从这个巨人叉开的两腿之间开始，有一串灰色脚印，清晰地呈现在铺满白雪的路面上。

"天啊，"安格斯不由自主地叫道，"隐身人！"

他二话没说，转身冲上楼梯，弗朗博紧随其后。但布朗神父仍然站在原地，在白雪覆盖的街上朝周边张望，似乎已无意再对自己提出的疑问探个究竟。

弗朗博显然是要用他壮实的肩膀撞开房门。但苏格兰人动了一下脑子，或者说他少了一点直觉。他在门框上到处乱摸，终于找到了暗藏的按钮。房门缓缓地开启。

室内基本上还是像他曾见到的那样，局促拥挤，未见什么异常。门厅里更昏暗了，只有几处被落日余晖照亮。在朦朦暮色中，依稀可见一两个无头机器不知何故离开了原地，站在别处。这些机器身上的红、绿漆色变深，身形有些模糊，这倒让它们更接近了人形。但就在它们中间，也就是此前发现那张写着红字纸片的地方，伏着一种东西，很像瓶中溅出来的红墨水，但却不是红墨水。

弗朗博的法国式头脑一动，简单地说了句："凶杀！"接着便展现出他身上的法国式暴力倾向，迅速冲进公寓，在里面四处乱翻，足足折腾了五分钟。他几乎搜遍了每个角落，连碗橱也没放过，但是，如果他是在找尸体的话，他一无所获。无论伊西多尔·斯迈思是死是活，反正他不在这里。经过一番挖地三尺的翻查之后，两人在主客厅会合，满头大汗，面面相觑。"朋友，"弗朗博一激动便说起了法语，"不但你那个凶手能隐身，他居然还把被害人变没了。"

安格斯环顾着这间暗淡的，充满人形傀儡的屋子。在他这个苏格兰人的灵魂深处，古老的盖尔人传说又开始蠢蠢欲动，令他心惊肉跳。其中一具真人大小的玩偶就站在那片血迹近旁。或许被杀者在倒下的一瞬间向它发出了召唤。它肩部用作手臂的钩子稍微向上抬起，安格斯突然感到惊恐不安，想象着可怜的斯迈思被自己的铁制孩子击毙了。这些机器造反了，杀死了它们的主人。但即便是这样，它们将他的尸体弄哪儿去了？

他好像正在做噩梦，有个声音在梦里说："他被吃了？"一想到人体被那些上发条的无头机器生吞活剥，他就恶心得直想吐。

他奋力挣扎，终于恢复了神志，对弗朗博说："喔，也只能这样了。这可怜的家伙就这么蒸发了，只在地板上留下一摊红色印迹。哪像是这个世界发生的故事。"

"不管他是否属于这个世界，"弗朗博说，"现在只能做一件事：我必须下楼，与我的朋友谈谈。"

他们走下楼梯，见到那个忙着摆弄洗衣桶的人，他重申没放过任何人，到了楼下见了门警和那个卖栗子的人，他们同样信誓旦旦，说自己没有丝毫放松警惕。但是，当安格斯要向第四个人求证时，却找不到了，他有些紧张地大喊：“那个警察在哪儿？”

“请原谅，”布朗神父说，“这怪我，我刚派他沿路去调查一件事，我认为那事值得一查。”

“不过，我们需要他尽快回来，”安格斯没容他往下说完，“因为楼上那个可怜的人不仅被人谋杀，连尸体都不见了。”

“怎么回事？”神父问道。

“神父，”弗朗博顿了一会儿才说道，“我向你发誓，无论是敌是友，没人进过屋，但斯迈思不见了，像被神怪偷走了。如果这也不算超自然现象，那我——”

他正说着话，一个不寻常的情景吸引了大家的注意力：穿蓝制服的高大警察转过半月形建筑的一角跑了过来，径直来到布朗跟前。

“你说得对，先生，”他气喘吁吁地说，“他们刚刚在下面的河沟里发现了可怜的斯迈思先生的尸体。”

安格斯猛地一拍头，“是他自己跑出门跳下去淹死的吗？”

“我发誓他没有走出来，”警察说，“而且他也不是淹死的，他是胸口被人刺了一刀死的。”

“你现在还会不会说没见过任何人进来？”弗朗博的语气很严厉。

“我们顺这条路走走吧。”神父提议说。

当他们到达半月形建筑的另一头时，神父突然悟到了什么，“我真笨！忘了问那个警察，他们是否找到了一只浅棕色的麻袋。”

“为什么是浅棕色麻袋？”安格斯诧异地问。

“因为如果是其他颜色，我们就得重新开始，”布朗神父说，“但如果是一只浅棕色麻袋，这案件就结了。”

“听你这样说真叫人高兴，”安格斯怪腔怪调地说，“据我所知，侦查还远未开始。”

“你一定要好好跟我们说说。”弗朗博说话时像个小孩，单纯中不乏凝重，有些怪异。

他们沿着高大的新月形建筑另一侧，既宽又长的一条大路向前走，不知不觉加快了脚步。布朗神父走在前面，步伐轻快，一路沉默不语。最后他终于开口了，话说得很隐晦，令人有所触动。“哦，恐怕你们会认为办这事该顺势而为。实际上，我们总归要从存于具体事务之下抽象的一面入手，才能理出头绪，除此以外，别无他法。”

“你们是否留意过，人们从来不会直接回答你的问题？他们只会针对你想要的答案，或者他们以为你想要的答案，予以相应的回答。假使一位女士问乡间别墅中的另一女士：‘有人和你待在一起吗？’那么另一位女士决不会回答：‘是的，一个男管家，三个男仆，一个客厅女佣，等等。’而女佣可能就在房间里，男管家就在她座椅后站着。她会说：‘没有什么人和我们在一起。’意思是说没有你心里想的那类人在场。但假设一个医生在查问某种传染病时，问道：‘谁待在这个房子里？’那么这名女士便会想到男管家、女佣和其他的人。每种语言都是这样。你从不会按照字面意义去回答一个问题，即便你得到的答案完全属实。当那四个相当诚实的人说没人进入大厦时，他们并不是说真的没人进过大厦，他们的意思是，没发现你可能要找的那种人。有个人的确进去又出来了，但他们根本就没注意到他。”

“隐身人？”安格斯的红眉毛一扬，追问道。

“一个人们视而不见的隐身人。”布朗神父答道。

一两分钟后，他接着刚才的话头，语气还像先前一样平易近人，继续说道：“当然，你不可能想到这样一个人，直到有什么东西引起了你的注意才会意识到他的存在。这就是他的聪明过人之处。而我也是受到安格斯先生讲的故事涉及的两三件事的启发，这才想到了他。首先，这个韦尔金有长距离散步的习惯；其次是糊在窗户上的大片邮票纸；接下来，最重要的是，那位年轻女士提到了根本说不通的两件事。少安毋躁，”他注意到苏格兰人的头陡然动了一下，急忙插了一句，“她以为那些是真的。在即将拿到信的那一刻，她不可能孤身一人站在街上。而她站在那里开始读刚收到的信时，也不可能是孤身一人。一定有什么人就在她的近旁，而他一定是人们熟视无睹的隐身人。”

“为什么一定会有人在她边上呢？”安格斯问道。

“因为，”神父说，“除非用的是信鸽，总该有人将信交到她手里吧？”

“难道你要说的是，”弗朗博强压着火问，“韦尔金将他情敌的信交给了那位女士？”

“对，”神父说，“韦尔金把他情敌的信交给了那位女士。你要知道，他不得不这样。”

“喔，我实在听不下去了，”弗朗博忍无可忍，“那家伙是谁？长什么样？一个人们视而不见的隐身人通常是怎样一副打扮？”

“他衣着相当光鲜，身上有红，蓝和金黄三种颜色，”神父紧接着话头，回答很具体，“身着这身很显眼、甚至有些招摇的制服，他在四个人的眼皮底下大摇大摆地走进了喜马拉雅公寓，残忍地杀害了斯迈思，又手提着尸体下楼，走回到大街上——”

“尊敬的先生，”安格斯驻足站定，大声说，“到底是你疯了，还是我疯了？”

“你没疯，”布朗说，“只是不太善于观察，比如说，你没有留意这个人。”

他疾步向前跨了几大步，把手搭在一个碰巧路过的普通邮差肩上。他们没有注意到隐身在树荫中的这个邮差匆匆从他们身边走过。

“不管怎样，通常没人会留意邮差，”他不无体谅地说，“然而，他们和其他人一样，也有感情，更重要的是能携带可以轻松装下小矮个尸体的大邮包。”

那个邮差没有像常人那样自然地转身看个究竟，而是闪身躲开，被花园的栅栏绊倒。他外表很普通，瘦弱的身形，留着金黄色的络腮胡。但当他惊恐地回头张望时，三人惊呆了，怔怔地站在那里：出现在他们眼前的是近乎恶魔般的斜视。

弗朗博回到他的安乐窝兼办公室，面对他的军刀，紫色的地毯和波斯猫，他还有一大堆事情要处理。约翰·特恩布尔·安格斯回到店里女孩那里，这个鲁莽的小伙子设法跟她好好相处。但布朗神父则披星戴月，在白雪皑皑的山间和那个凶手一起步行了数小时，永远不会有人知道他们之间到底都谈了些什么。

伯爵生死之谜

傍晚的天空中布满了黄褐色与银灰色交织的云团，这是暴风雨到来的前兆。布朗神父身穿一件灰色的苏格兰格子花呢披风，来到一个灰暗的苏格兰山谷尽头，注视着格伦盖尔这座怪异的城堡。城堡如死胡同一般停在了这座山谷或者说空谷的尽头，布朗神父感觉像是到了整个世界的尽头。城堡的屋顶和尖塔由海绿色石板砌成，傲然峭立，是按照古老的法兰西——苏格兰城堡的样式建成的，不免让人想起童话故事中巫婆那阴险邪恶的尖顶帽子；绿色角楼周围是松林，随风晃动，像是无数只成群的乌鸦在飞动，黑压压一片。然而，这种朦胧的梦幻之感，几乎让人昏昏欲睡的魔法，并不只是对自然景观的幻想。因为那里有一种傲慢、发狂与神秘的哀伤阴云，笼罩在苏格兰贵族府邸的上方，比其他任何一家孩子头顶上的阴云都更为沉重。因为苏格兰受到了两种人们称之为“传统”的毒害：一种是贵族的血统意识，另一种是加尔文教派的宿命意识。

布朗神父在格拉斯哥办事时，抽出了一天时间来看他的朋友，一位业余侦探弗朗博。弗朗博正在格伦盖尔城堡与另一位较为权威的警官搭档，调查已故的格伦盖尔伯爵的生死之谜。这个神秘人是这个家族的最后一位代表人物，早在16世纪，他的家族就凭借刚勇、疯狂甚至极端狡诈成为了恐怖家族，就连这个国家的阴险贵族势力也要对其畏惧三分。在王宫深处，围绕苏格兰的玛丽女王①而策划的众多复杂阴谋中，格伦盖尔伯爵是最深陷其中的一个。

下面这首乡间歌谣坦率地证实了这些人策划的阴谋诡计的动机和结果：

繁茂的树木离不开绿色汁液，
欧格利维斯家离不开灿灿金。

格伦盖尔城堡几百年都没有出过一位像样的爵爷了。到了维多利亚时代，人们一直以为，什么稀奇古怪的事儿都发生过了。不过，格伦盖尔城堡的最后一位爵爷却符合了家族传统的要求，做了家族留给他的唯一一件事——失踪。我的意思不是说他出国了，据各方面猜想，如果他还在人世的话，一定还在城堡里。可是，虽然他的名字还在教堂，红红的大字写在贵族名册里，但在光天化日之下，再也没有人看见过他。

如果有人见过他，那个人一定是一个孤独的男仆，这是介于马夫和园丁之间的一个人。他耳朵聋得厉害，稍微实际一点的人都会认为他是个哑巴，而稍微有洞察力的人则会说他是个傻子。这个仆人骨瘦如柴，一头红

① 玛丽女王（1542—1587）：出生后六天即继承王位，在1542—1567年间成为苏格兰女王，后成为法国法兰西斯二世王后，1561年返苏格兰，被迫退位，逃亡英格兰，因蓄意谋杀英格兰女王伊丽莎白被捕。

发，下颚和下巴都很尖，眼睛很蓝，人们叫他伊斯雷尔·高，是这个废弃庄园里唯一沉默寡言的人。他挖土豆的精神头儿以及他定期消失到厨房里的生活习惯，给人们一种印象，那就是他在为一位地位比他高的人准备膳食，也就是说那位奇怪的伯爵依然藏在城堡里。如果人们想进一步证实伯爵就在里面，这个仆人就坚称伯爵不在家。一天早晨，有人请长老会的长老和牧师（格伦盖尔家族是长老会的教徒）到城堡里一探究竟。结果发现，这位身兼园丁、马夫、厨师三职的仆人又为自己添加了一项工作，就是负责殡葬，他已经将他的贵族主人钉在了棺材里。不过，关于此事，不管调查进行到了什么程度，这件怪事儿都算是过去了，始终没有真相大白。原因就是，直到两三天前弗朗博侦探北上，这件事儿就从来没有依法进行调查过。而在弗朗博到达之前，格伦盖尔伯爵的遗体（如果确为他的尸体）躺在山上的小墓地里已有一段时间了。

穿过阴暗的花园，布朗神父来到城堡的隐蔽处，这时天空已是彤云密布，周围的空气都是湿的，像是要打雷。映着夕阳金色泛绿的余晖，他看到了一个人的轮廓，黑黢黢的，戴一顶高礼帽，肩上扛着一把大铁锹。这种怪异的组合会让人觉得此人是个教堂司事。但布朗神父却想到了挖土豆的聋仆人，神父觉得，想到他也是很自然的。神父对苏格兰农民有一些了解，他知道，作为一位官方调查员，“黑色装束”是很有必要的，因为这样显得体面；他也知道，这样的打扮不会耽误他挖一小时的土豆，这是很经济实惠的打算。当神父经过时，这个人吓了一跳，同时还用疑惑的眼神盯着神父，这足以显露出这类人的警惕心理。

弗朗博亲自为布朗神父打开了大门，神父看到弗朗博的旁边还站着一个瘦削的男人，铁灰色的头发，手里拿着一些文件，这个人就是苏格兰场的克雷文探长。门厅几乎空无一物，只有墙上还留着邪恶的欧格利维斯家族的一两幅画像，画布已变黑，画中人戴着乌黑的假发，苍白的面孔露出嘲笑的表情，俯视着门厅。

布朗神父随他们走进一间内室，看到几个同行已经在一条长长的橡木桌旁坐了下来，桌子两头铺满了字迹潦草的文件，文件两边是威士忌酒和雪茄烟。整张桌子上的剩余部分放置了一些零散的物品，各不相干，都是一些令人费解的东西。其中一件像是一小堆闪闪发光的碎玻璃，另一件则像是高高的褐色土堆，第三件似乎只是一根普通的木棍。

“你们这儿像是开了一家地质博物馆啊。”神父坐下来，朝着褐色土堆儿和亮晶晶的碎块儿倏地歪了一下头说道。

“不是地质博物馆，”弗朗博答道，“不过可以说是一个心理学博物馆。”

“哎呀，看在天主的分上，”警探笑着大声说道，“我们别用这种大字眼儿说话了。”

“难道你不知道心理学是什么意思？”弗朗博用亲切的惊讶口吻问道，“心理学的意思就是发疯了。”

“我还是不太理解。”探长回答。

“好吧，”弗朗博果断说道，“我的意思是，关于格伦盖尔伯爵，我们已经查出了一点，这一点就是他疯了。”

伊斯雷尔·高戴着高顶礼帽、扛着铁锹的黑色剪影绕过窗前，黑影在昏暗天空的映衬下依稀可见。布朗神父顺着人影看过去，应声道：“我感觉格伦盖尔伯爵一定是有些怪异，不然，活着的时候他不会把自己藏起来，死了也不会这么快就下葬了。但是哪一点让你觉得他精神失常呢？”

“嗯，”弗朗博说，“看看克雷文探长在伯爵家发现的东西吧，这里有一份清单，一看便知。”

“我们得找支蜡烛，”克雷文突然说道，“暴风雨要来了，天太黑，没法看了。”

“在你那堆稀奇古怪的玩意儿里，”布朗微笑着问道，“找得到蜡烛了吗？”

弗朗博一脸严肃的表情，乌黑的双眼紧紧盯着他的朋友。

“还有件怪事儿，”他说，“找到了25支蜡烛，却没有一丝烛台的踪影。”

房间里立即暗了下来，风也急速地刮起来了。布朗神父沿着桌子走到混在那些杂乱物品中的一捆蜡烛那儿停了下来，随即在那个红褐色土堆上方弯下腰，突然，神父一个刺耳的喷嚏打破了屋里的安静。

“嗨！”神父说，“这是鼻烟灰啊！”

他取出一支蜡烛，小心点燃，转过身来将其固定在威士忌酒瓶上。萧萧夜风吹过摇摇欲坠的窗子，吹得长长的烛焰像是一面舞动的旗帜。他们还能听到城堡四周方圆几英里的黑松林像黑色海浪拍打礁石一样的翻腾声。

“我来念这份物品清单，”克雷文拿起其中一份文件，表情严肃地说，“这个单子上写的是我们在城堡里找到的一些无法解释的零碎物品。你们要明白，总的来说，这个地方是被拆除、被遗忘过的，但还有一两间屋子明明是有人一直住着的，生活简单却并不脏乱，而且所说的人还不是这个名叫伊斯雷尔·高的仆人。清单如下，大家请听：

“第一项，一个相当大的宝库，里面几乎全是钻石，而且都是零散的，没有什么可以依托的底座。当然，欧格利维斯家族有一些自家的珠宝，这是很正常的事儿，但那些宝石恰恰几乎全是镶嵌在某些特定的装饰物上的。欧格利维斯家族过去好像常常零散地放在口袋里，像放铜钱一样。

“第二项，一撮一撮儿的鼻烟末儿，没有放在角制鼻烟盒里，甚至也没放进烟袋里，而是一撮一撮儿地出现在壁炉台、餐具柜、钢琴等上面，随处可见。仿佛这位老先生总是不愿意看自己口袋里有鼻烟袋，或是抬起鼻烟盒的盖子，因为他怕麻烦。

“第三项，这座房子里到处都是令人好奇的小堆小金属物，有的像钢簧，有的则像是极小的齿轮。似乎是从某种机械玩具上拆卸下来的。

“第四项，这儿的蜡烛除了插在瓶子上，别无其他东西可以固定。现在，我想让你们注意的是，这里的一切都比我们预想的要奇怪得多。对于主要谜团，我们有心理准备，我们一眼就看出来的是，这家的最后一位伯爵有点不太对劲儿。我们到这里来，就是要查明伯爵的确生活在这里，还是真的死在这儿了，或者，那个埋葬了伯爵的、外表吓人的红发仆人是否与伯爵的死有关。可是，你们要设想一下最坏的情况，也就是最恐怖或者最富戏剧性的解释：假如这个仆人真的杀了他的主人，或者主人根本就没有死，再假设主人打扮成了仆人的模样，或者仆人是被当成主人给埋了。

尽可能地想象威尔基·科林斯[1]式的悲剧，你们还是无法解释为何有蜡烛却不见烛台，为何一位出身贵族、上了年纪的绅士竟习惯把鼻烟灰撒在钢琴上。我们可以想象，这个案子的核心就是那些神秘的零碎物件。但是，不管想象力多么丰富，人脑也不可能把鼻烟灰、钻石、蜡烛以及钟表机械联系在一起。”

“我想我看出了里面的联系，”布朗神父说道，“伦盖尔强烈反对法国大革命，他热衷于旧制度，并试图完全回归波旁家族最后一批家庭成员的生活方式。他抽鼻烟，是因为那是18世纪的奢侈品；他点蜡烛，也是因为那是18世纪的照明用品。那些铁制钟表机械代表了路易十六时期锁匠的嗜好，而那些钻石则代表了路易十六的王后玛丽·安托瓦内特的钻石项链。”

这时，弗朗博和探长两个人都瞪圆了眼睛注视着神父。“这是个多么离奇的想法！”弗朗博叫道，“你真的以为那就是事实真相吗？”

“我很确定事实并非如此，”布朗神父答道，“只是，你非要说没人能把鼻烟灰、钻石、钟表机械还有蜡烛联系起来，我不过随口给出了这个联系。事实的真相，我非常肯定，还潜藏在更深处。”

他停顿了一下，听着角楼里哭号般的风声，接着说道：“已故的格伦盖尔伯爵是个盗贼。作为一名无法无天的强盗，他过着另外一种更加黑暗的生活。他不用烛台，是因为他只需要把蜡烛剪短，放进他提的小灯笼里。鼻烟是他的作案武器，就像最狂暴的法国罪犯惯用的胡椒粉一样，在

---

① 科林斯（1824—1889）：英国侦探小说家，布朗神父的故事中常提到他。

遇到抓他或追捕他的人时，他会突然将大把鼻烟投向他们。不过，证明他是盗贼的最后一条证据则是钻石与小钢轮的神奇吻合。这样就一定真相大白了吧？钻石和小钢轮是他仅有的两个用来切割玻璃的工具。”

一根大树枝从一棵折断了的松树上掉了下来，重重地打在他们身后的玻璃窗上，仿佛在模仿破窗而入的夜贼，不过没有人转身去看。大家都目不转睛地看着布朗神父。

“钻石和小钢轮，” 沉思的克雷文探长重复道，“这就是你认为可以成为那些零碎东西的真正解释吗？”

“我并不认为这个解释就很准确，”神父平静地回答，“只是因为你怀疑没有人可以将这四件东西联系起来。当然，真相或许更平淡无奇。格伦盖尔伯爵已经在他的庄园里发现了宝石，或者说他认为自己发现了。有人拿那些零散的钻石糊弄伯爵，说钻石是在城堡的洞穴里发现的。而小钢轮是用来切钻石用的。他就让山上的几个牧羊人或者说是粗汉子帮他，非常粗略地做，动静也很小。鼻烟就是这些苏格兰牧羊人的其中一件重要奢侈品了。这是一件可以用来收买他们的物品。他们没有烛台，是因为他们不需要。勘探洞穴时，他们是用手来拿蜡烛的。”

“还有吗？”弗朗博停顿了很长一段时间才问道，“我们真找到那个乏味的真相了吗？”

“噢，还没呢。”布朗神父说道。

窗外的风像是在嘲笑布朗神父，一声长啸后，便在松林最远处平息了下来。神父面无表情，继续说道：“我这么说，只是因为你们之前说没人能把鼻烟灰与钟表机械或是蜡烛和宝石联系起来。十条伪哲理就可以解释这个宇宙。同样，十条伪理论也可以解释格伦盖尔城堡。而我们想要的是宇宙和城堡最真实的一面。没有其他物证了吗？”

克雷文大笑，弗朗博微笑起身，信步沿着长桌走了几步。

“第五、六、七项等等，”他说，“都是各种各样的物品，却没有提供什么线索。发现了一套奇怪的东西，不是铅笔，而是铅笔芯。还有一根毫无意义的竹棍，两端已经裂开。这可能是作案工具。只是，目前没有什么案子。仅有的其他几件东西是一些旧祈祷书和天主教的小画片，我猜想，这是由欧格利维斯家族从中世纪留传下来的——他们的家族自豪感比他们的清教主义极端拘谨的准则更强烈。我们只能将其存放在博物馆，因为它们似乎已经被磨损得面目全非了，这一点让人不解。”

伴着微弱的光线，布朗神父拿起了几份文件，正准备仔细看时，外面猛烈的暴风雨驱赶着一团恐怖的乌云，盖过格伦盖尔城堡，让整个长长的屋子陷入了一片漆黑。在黑暗漂过之前，神父说了句话，但这个声音却像是出自一个完全陌生的人之口。

“克雷文先生，”神父说话的声音像是年轻了十岁，“你是不是有一份可以上山检查那座坟墓的搜查令？我们要查，当然是越快越好，直到把这个可怕的案子追查到底。如果我是你，现在就着手了，事不宜迟啊。”

“现在？”克雷文探长吃惊地重复道，“为什么是现在？”

“因为事态严重，”布朗神父回答道，“这不是撒了的鼻烟灰或零散的石子儿，有上百个理由可以解释。据我所知，现在要做的这件事只有一个理由，这个理由就在地底下。这些宗教画作不只是被孩子们或新教徒弄脏、扯破或胡乱涂画的，或许是在当事人无所事事时，或因偏见蓄意破坏的。这些画一直都被处理得很小心，还很特别。绘画的旧彩饰上，用大大的花体字写着天主名字的地方都被精细地抠了出来。另外一个被取走的部位是耶稣圣婴头顶的光环。因此我才说，我们还是带着搜查令、铁锹还有斧头到山上走一趟，砸开那口棺材吧。”

“你这是什么意思呢？”伦敦警官询问道。

“我的意思是，”矮个子神父答，音量似乎因为狂风的咆哮略微高了一些，“我的意思是，此时此刻，宇宙中大恶魔也许就坐在这座城堡的塔楼顶上呢，像一百头大象那么大，像《启示录》里的恶魔那样吼叫。而在城堡底部的某个地方有着黑魔法。”

“黑魔法，”弗朗博低声重复道，因为他是个很进步的人，不迷信这种东西，“不过这些东西到底意味着什么呢？”

“哦，我想，可能是一些可诅咒的东西，”布朗神父不耐烦地回答，“我怎么会知道呢？我怎么能猜出底下所有的谜团呢？或许你可以用鼻烟和竹棍折磨人，或许疯子喜欢蜡烛和钢轮，又或许有一种致人发狂的药物是需要用铅笔芯来做的。解开这谜的捷径就是上山到那个墓地。”

几位同行们不知不觉就按照布朗神父的提议跟随他到了花园，这时，一阵夜风劈面而来。不过，他们仍然像机器人一样顺从地跟着神父。克雷文手里拿着一把斧头，口袋里装着搜查令；弗朗博扛着那个古怪园丁的重铁锹；布朗神父则拿着那个天主名字被抠去的小本镀金图书。

上山到墓地的小路蜿蜒崎岖，但不长。只有在风力强劲时，他们走起来才显得吃力又漫长。爬上斜坡，越走越远，极目远眺，他们看到了松林，在风力的作用下，全都倒向了一边，那是无边无际的松林之海。无垠松林的统一姿态似乎徒劳无功，就仿佛这阵风在徒劳无益地吹着关于某个星球的口哨，一个无人居住又毫无意义的星球，歌唱着所有异教徒心中那古老的哀伤，刺耳、高亢的歌声穿过了这片无穷无尽的蓝灰色松林。你可以想象，地下世界深处的植物发出的这种声音，不正是那些迷失方向的流浪异教神灵的哭号吗？已经游荡在那片非理性森林里的神灵还能找回重返天堂的路吗？

“大家看，”布朗神父从容地低声说道，“在苏格兰出现之前，苏格兰人的好奇心就很强。事实上，他们现在也一样。但我想他们在史前时期就很崇敬恶魔了。那就是，”他和蔼地加了一句，“他们为何会欣然接受清教神学的原因。”

“我的朋友，”弗朗博突然变得有点儿恼火，“那些鼻烟灰是干什么用的？”

“朋友啊，”布朗神父露出同样严肃的表情，回答道，“一切真正的宗教都有一个标志：唯物主义。现在，崇敬恶魔就是一个完完全全的宗教。”

他们来到了这个绿草茵茵的山头，这是山上少有的几处没有松林呼啸怒号的地方。这里有一圈简陋的围栏，一半是木材，另一半是电线，在暴风雨中噼里啪啦，听到这种声音，我们就知道这里到了墓地的边缘。等到克雷文探长来到墓穴的一角时，弗朗博已经将铁锹插在墓穴上了，他的身子倚靠着铁锹，不过他们两个根本无法不像木头与电线那样不停地晃动。墓穴四周长了许多高高的蓟草，枯萎了的茅草成了灰白色。时不时会有蓟草种子被风吹落，飞过克雷文的身旁，这时候他都会轻轻跳起，就好像在躲避一支飞过来的箭。

弗朗博用铁锹将嗖嗖作响的杂草铲到湿土下面，然后停下来，像倚靠手杖似的靠着锹把。

“继续挖，”神父很温和地说，“我们只是尽力去发现真相，你怕什么？”

“我害怕发现真相。”弗朗博答道。

伦敦探长突然提高音调，兴奋地说了句话，表现出很健谈的样子，“我想知道他到底为什么把自己藏起来。我想，定是有什么难以启齿的原因，难道他是个麻风病人？”

“估计比这种情况还糟糕。”弗朗博说。

“那你觉得是什么”，另一个人问道，“比麻风病人还糟糕呢？”

“我想象不出来。”弗朗博说。

弗朗博用力挖了几分钟，然后哽塞着说道：“恐怕尸体已经变形了。”

“你知道，那份文件也不成样子了，”布朗神父静静地说，“不过我们还是保住了文件。”

弗朗博使出了浑身力气来挖这个墓穴。暴风雨已经驱散了像烟雾一样笼罩在小山的灰色云团，暗灰的夜空中露出了微弱的星光，一口制作粗糙的棺木的轮廓已经显现出来了。弗朗博不知用了什么方法，竟将其略微倾斜，挪到了草地上。克雷文手持斧头，一支蓟草梢拂过他，他随即往后缩了一下。然后，他大步前行，步伐更为坚定，使出弗朗博的那种力气，劈和扳并用，直到把这口棺材弄开。这时，里面所有的东西都在银灰的星光下闪闪发亮。

“是尸骨，”克雷文说道，“还是个男人的尸骨。”仿佛这是个意想不到的结果。

“他，”弗朗博的声音怪怪的，还有些起伏不定，“他的尸体是否完好呢？”

“似乎还好，”警官弯下身看了看这具难以辨认又有些腐烂的骸骨，沙哑地说，“稍等一下。”

弗朗博深深地喘了一口气。“现在我想起来了，”他惊叫道，“为什么疯子的尸体就不该是完好的呢？在这些邪恶又凄冷的小山上，什么东西可以保留人的尸体呢？我想是那片黑压压又绵延无际的松林。所有这些松林都普遍有一种从古至今都无人意识到的恐惧，就像无神论者的梦。松树啊，这里有更多的松树，数百万棵松树——”

“天呐！”棺材旁边的那个人惊叫，“可是这具尸体的脑袋不见了。”

另外两个人直直地站在那里，布朗神父第一次流露出受惊吓时那种担忧的神色。

“无头尸体！”他重复说道，“真的没有头吗？”这种反复的疑问给人的感觉就是，仿佛他已经料到这个人缺少其他的某个部位。

此时，他们的脑海中，就像闪过一幅全景图一样，有了一些荒诞不羁的幻觉：格伦盖尔家族出生了一个没有脑袋的婴儿，之后这个没有脑袋的年轻人把自己藏在城堡里，后来，这个没有脑袋的男人，就在那些古老的大厅或是绚丽多彩的花园里散步。但即使在那个发僵的瞬间，这个故事也没有留在他们的心中，因为它似乎没有任何理由留在那里。他们几个像几只筋疲力尽的动物，傻傻地站着，听着松林的呼啸和天空的尖厉声。他们的思想像巨大无比的野马，突然间挣脱了缰绳的束缚。

“有三个没头脑的人，”布朗神父说，“站在这个掘开的墓穴周围。”

这位从伦敦来的侦探，面色苍白，张开嘴正要说话，夜风一阵长啸，划破了长空，他就像个乡巴佬一样没说出话来。然后他看了看手中的斧头，好像这把斧头并不属于他，于是把它丢在地上。

“神父，”弗朗博用带有孩子气却又深沉的声音说道，“接下来我们要做什么呢？”这是他平时极少用的语调。

他朋友的回答如连珠炮似的一股脑儿都出来了。

“睡觉！”布朗神父大声说，“睡觉吧，我们已经无路可走了。你知道什么是睡眠吗？你知道吗？每个睡着的人都相信天主的存在。睡觉是件圣事。因为这是一种有信仰的行为，也是我们的一种食粮。我们需要一种圣餐，要是纯天然的就更好了。有些极少发生在他人身上的事情，偏偏让我们撞上了，落在他人头上的事情也许是最糟糕的了。”

克雷文张嘴说道：“这是什么意思？”

神父把脸转向城堡，回答：“我们已经找到了真相，不过这个真相完全不着边际。”

突然，神父迈着急促猛冲、莽撞大意的步子走到他们前面的小道，平时他几乎没这样走过，当他们又回到城堡时，他就像一条纯真的狗，倒头就睡去了。

虽然布朗神父对睡眠的赞美让人难以捉摸，他却比任何一个人都起得早，不过当然没那个沉默寡言的园丁早。一大早，神父就一边抽着大烟斗，一边看着这位沉默的“专家”在厨房外的果菜园辛苦劳作。破晓时分，猛烈的暴风雨最后变成了轰鸣雷震的大雨，天亮后，空气异常清新。园丁似乎一直在与人讲话，但是，一看到侦探们，他脸色就阴沉下来，把铁锹插进菜园的土里，说着一些关于早餐的事情，随后，他在白菜行里来回走了几趟，就回到厨房把自己关了起来。“他是一个很有价值的人，因为他挖土豆的方式很奇特。还有，”他用一种宽厚善良的口吻，平心静气地补充道，“他有自己的缺点，谁没有缺点呢？比如说那片土，他挖得并不均匀，”忽然，他在一小块地方跺了跺脚，“我很怀疑那片土下面的土豆。”

“为什么怀疑呢？”克雷文这样问道，因为他对矮个神父的这点兴趣感到好笑。

“我对此表示怀疑，”布朗神父解释说，“因为这位老园丁自己也对此感到怀疑。除了这块土地，其他每块他都挖得很均匀。这儿的土豆一定特别好。”

弗朗博拔出铁锹，迫不及待就插进了这片地。在一大堆土下面，他发现了一种东西，看起来不像土豆，倒像是一只长相怪异、带顶的蘑菇。铁锹撞在上面还发出了冷冷的咔嗒声。它像个球似的在地上滚动，咧着嘴对着他们笑。

“是格伦盖尔伯爵。”布朗神父沮丧地说，同时沉重地俯视这个颅骨。

经过片刻沉思，布朗神父从弗朗博手中把铁锹夺了过来，说：“我们得把这个颅骨重新藏起来。”说着便把它埋进了土里。之后，神父把铁锹直挺挺地插在土里，将自己矮小的身体和庞大的脑袋斜靠在铁锹的大手把上，目光茫然，皱纹满额。“要是有人能把这最后一件怪事儿弄清楚，案子就好办了啊。”神父咕哝着说道。他倚在大锹把上，双手捂着眉毛，像是在教堂里祈祷。

各个角落都放晴了，天空出现了蓝白相间的画面。鸟儿在花园里的小树上唧唧喳喳，鸣叫声无比响亮，仿佛是小树们在相互交谈。但此时这三个人却默不作声了。

“唉，我彻底放弃了，”弗朗博最后吵吵地说道，“我的脑子和这个世界不搭调，案子到这儿就进死胡同了。鼻烟、被撕毁的祈祷书，还有八音盒里面乱七八糟的东西……”

布朗神父挑了挑他堆满愁云的眉毛，极不耐烦地敲了敲锹把，对于他来说，这种行为并不常见。“噢，啧、啧、啧！”他叫道，“所有这些都已经清清楚楚了，今天一早，我睁开双眼时，就明白鼻烟、钟表机械等是怎么回事了。从那时起，我从老园丁身上弄清楚了这其中的关联，他根本不是装出来的那个样子，他既不聋也不傻。那些零散的物件也没什么问题。不过，那本被撕毁的大书，我还是搞错了，那里并没有什么妨碍。可是，这最后一件事太蹊跷了。掘死人的坟墓，并偷去死者的头颅——你们肯定这里面没有问题吗？这里面一定还存在‘黑魔法’吗？那不符合鼻烟和蜡烛的这种十分简单的逻辑。”说完，神父又开始来回踱步，郁郁寡欢地抽起烟来。

“我的朋友啊，”弗朗博用一种冷冷的幽默口吻说，“和我在一起，你可一定得小心，要知道，我曾经还是个罪犯呢。那种身份的一大优势就是，我总是自己编故事，然后按我的方式尽快付诸行动。我这个法国人，没什么耐心，这种需要空等的侦探工作，真让人受不了。我这一生，不管是福是祸，我做事都是当机立断。要打架，总是赶早，我从不拖欠账目，就连看牙医都从不拖延——”

听了弗朗博的话，布朗神父的烟斗一下子从嘴里掉了出来，落在砾石小道上摔成了三段。他站在那里，眼珠不停地转动，真是一副十足的白痴相。“天啊，我真是头大笨驴！”他不停地说道，“老天，我这头笨驴啊！”然后，他表现出有点酒醉的样子大笑了起来。

“牙医！”神父重复道，“我陷入精神迷潭足足六个小时，一切都是因为我从来没想到牙医！这么简单、美妙而又平静的想法！朋友们，地狱里的那一夜已经过去。现在，太阳升起来了，鸟儿在歌唱，牙医的光辉形象给了我们一丝慰藉。”

“我会把这件事搞清楚，”弗朗博大步前行，高声说道，“如果我用了宗教法庭的酷刑，就能实现。”

此时的布朗神父只想在阳光下的草坪上舞蹈，但他抑制住了自己的情绪，因为这种想法似乎只是一时兴起，他像个孩子一样，可怜兮兮地喊着：“喔，让我再傻一点点吧。你不知道我一直以来有多郁闷。现在我明白了，这个案子里根本就没什么深重的罪孽。也许，只是有点精神失常——有谁在意这个呢？”

他又转了一次身，严肃地看着他们。

“这个案子不是犯罪故事，”他说，“准确地说，是关于一种离奇又扭曲的诚信的故事。也许，我们正在与世上的某个人打交道，这个人只是拿了他该拿的东西。这是关于原始生存逻辑的一门学问，这种逻辑一直是该民族的宗教。当地流传着一首关于格伦盖尔家族的老歌谣——

繁茂的树木离不开绿色汁液

欧格利维斯家离不开灿灿金

这首歌谣既体现了字面上的意思，也有一定的隐喻性。它道出了格伦盖尔家族爱好追求财富，字面上来讲，他们也的确聚敛了黄金，他们有一大批黄金制成的饰品和器具。实际上，他们是一群代代相传的吝啬鬼。鉴于这个事实，把我们在城堡中发现的所有东西都串起来吧。有钻石，却不见金戒指底座；有蜡烛，却不见金烛台；有鼻烟，却不见金鼻烟盒；有铅笔芯，却不见金铅笔盒；有手杖，却不见金‘尖头’；有钟表机械，却没有金表——倒不如说金钟。听起来有点疯狂，在旧祈祷书里，圣像的光轮和天主的名字都是真金制成的，因此，这些都被拿走了。”

布朗神父在讲述这个疯狂的真相时，花园似乎变得明亮了，阳光越来越强，草儿也显得生机勃勃的。弗朗博点燃了一支烟，听着他的神父朋友继续讲述。

“被拿走了，”布朗神父接着说，“是被拿走了——不是被盗走了。盗贼是不会留下这个谜团的。如果是被盗走的，盗贼还会盗走金鼻烟盒和所有的鼻烟，还有金铅笔盒和所有的铅笔芯。我们要对付的是一个有古怪良知的人，但一定是个有良知的人。今天早晨，我在远处的那个菜园里找到了那位疯狂的道德家，于是，我弄清楚了整个故事的来龙去脉。”

“已故的阿奇博尔德·欧格利维是格伦盖尔家族有史以来最能称得上是好人的人。但他这种苛刻的道德情操却转变为孤僻愤世。他为其祖辈上不诚实的作风感到抑郁消沉，因此，他又莫名地把所有人都视为不诚实之人。他更是特别不相信慈善或施舍。他曾发誓，如果自己找到一个绝对正直的人，那么这个人将拥有格伦盖尔城堡所有的黄金。讲完了这么一句藐视世人的誓言，他就把自己封闭起来，至于这句誓言是否能够兑现，他没有抱一丝希望。然而，有一天，一个来自遥远村庄的小伙子给他送来一份误期的电报，这个男孩耳朵聋了，看起来傻傻的。这时，格伦盖尔做了一个带有讥讽态度的幽默举动，就是给这个男孩一个新法新铜币①。至少他认为是给了，但当他在翻看零钱时，发现那个新法新还在那里，而一个沙弗林金币②却不见了。这件事让他开始嘲笑人类的发展前景。不管怎么样，这个男孩都会表现出人类贪得无厌的丑态。这件事只有两种结果，一是男孩从此消失得无影无踪，成了偷硬币的窃贼；二是以品性正直的面孔，鬼鬼祟祟地回来，成为索取报酬的势利小人。那天半夜，格伦盖尔伯爵被一阵敲门声惊醒——因为他是独居，所以不得不亲自开门，而门口站的正是这个耳聋的傻瓜。这个傻小伙带给他的不是那个金币，而是19先令11便士3法新的零钱，一分不多一分不少。

“这位疯狂伯爵的大脑迅速被这种极不寻常的诚信行为征服了。他断定自己就是戴奥真尼斯③，那是一个一直在找寻诚实者的人，最后终于找

① 法新：1961年以前的英国铜币，等于1/4便士。

② 沙弗林：英国旧时面值1英镑的金币。

③ 戴奥真尼斯：又名第欧根尼，是古希腊哲学家。作为一个苦行主义的身体力行者，他居住在一只木桶内，过着乞丐一样的生活。每天白天他都会打着灯笼在街上“寻找诚实的人”。他揭露大多数传统的标准和信条的虚伪性，号召人们回复简朴自然的理想状态生活。他认为：“每种通行的印戳都是假的。人被打上了将帅与帝王的印戳，事物被打上了荣誉、智慧、幸福与财富的印戳；一切全都是破铜烂铁打上了假印戳罢了”。他对“德行”具有一种热烈的感情，他认为与德行比较起来，俗世的财富是无足计较的。

到了一位。他立了一份新遗嘱，我已经看过了。他把这个作风刻板的年轻人带到这座年久失修的大宅子里，将其调教成为他唯一的仆人——并以一种奇特的方式——让其成为了他的继承人。这个怪人无论了解什么，都能完全明白伯爵的两个固定不变的想法：第一，这份法律文书就是一切；第二，他将拥有格伦盖尔家族的所有黄金。到此为止，这就是整个故事了。就是这么简单。他已经拿走了这个宅子里全部的黄金，而且，除了黄金，他一丝不碰，连一撮儿鼻烟也不拿走。他把旧祈祷书上有金字的书页都撕去，留下剩余的部分完好无损，这就让他十分满意了。所有这些我都可以理解，但唯一不能理解就是这颗颅骨。人头和土豆埋在一起，确实让我心里感到不安。直到弗朗博说出‘牙医’那个词，我才慢慢释怀。

“一切都会好的。当他把伯爵牙齿上的黄金都刮掉，自然就会把颅骨放回坟墓中去的。”

果真，第二天清晨，弗朗博在穿过小山时，看到那个怪人，那位正直的守财奴，在挖开的墓穴旁边挖着什么，脖子上系着的格子披风随着山风摆动，头上还戴着那顶朴素庄重的大礼帽。

怪异的形状

以伦敦为原点的几条大路向北延伸，进入广袤的乡村地带，然后逐渐收窄，变成断断续续的街道。有些地段尚待铺设，但总体上看，还能保持着一条路的走向。一路走过来，首先映入眼帘的是簇拥在一起的几家小店铺，接着是围起来的一片耕地或者小牧场，然后是一家远近闻名的小酒店，继而又见一个商品菜园或是苗圃，然后是规模宏大的私宅，一片田地和另一家小客栈，等等。如果有人沿着这样一条大路走，他会经过一栋房子，而且很可能不由自主地被它吸引，但又说不出它到底有什么特别之处。这是一栋长条形、低矮的房子，依大路走向而建；外墙多被刷成白色和淡绿色，带阳台和遮阳棚，门廊上有个古雅的圆顶，像是人们在旧宅邸中见过的那种木制伞。事实上，这确实是栋老式房子，不仅有地道的英格兰风格，还带着克拉珀姆[①]富人区流行的乡间别墅风味。然而，这栋房子又像是主要为避暑而建。看着它刷白的墙面和遮阳篷，眼前依稀浮现印度

① 克拉珀姆：位于英格兰伦敦南部地区兰贝斯区。17世纪至18世纪开始，该地区出现了许多乡间别墅，曾是上层阶层所爱好居住的地区。

人用的薄头巾，甚至棕榈树的景象。我无法解释为何产生这种联想，也许它由印度裔英国人所建吧。

我敢说，不管谁在此路过，都会莫名其妙地迷上它，会觉得这栋房子里一定发生过令人津津乐道的故事。没错！诸位接下来就要听到，在19世纪某年的圣灵降临周[①]，这座房子里确实发生了一桩离奇的事情。

假如有人，恰好在圣灵降临节[②]前的那个星期四下午四点半路过此处，他就会看到前门打开，从中走出圣芒戈小教堂的布朗神父，吸着一个大烟斗。陪他一起出来的是他高大的法国朋友弗朗博，吸着一根小小的烟卷。这两个人不一定会引起读者的兴趣，但说实话，当这座白绿相间的房屋前门打开时，展现在人们眼前的还有其他有趣的事。这座房屋还有更为独特的地方，需要事先有个交代，这不仅能帮助读者理解我们要讲的悲剧故事，而且也让读者开开眼，领略一下那扇门后面的玄妙之处。

整座房子是按照T形设计建造的，只是那个T的一横很长，一竖很短。那一长横临街，顺着街道的走向，大门位于正中间。它分两层，包含了所有重要的房间。短短的那一竖直接从大门所在位置向后延展，是相互贯通的两个长条形房间。其中一间是书房，闻名遐迩的昆腾先生就是在这里写下了富含东方色彩、激情洋溢的诗篇和浪漫故事。继续向里走，就进入了玻璃暖房，热带奇花异葩恣意绽放、琳琅满目。它们形态各异，美不胜收，在午后阳光照射之下，更显得五彩斑斓、夺人眼目。因此，当前门洞

---

① 圣灵降临周：圣灵降临日起一星期，特别是头3天。

② 圣灵降临节：也称五旬节，复活节后的第50天或第七个星期日，是基督教节日，为纪念耶稣复活后差遣圣灵降临而举行的庆祝节日。

开时，任何恰巧经过的路人，都会驻足凝望，被夺魂摄魄的美艳惊得目瞪口呆——他的眼光会穿过富丽堂皇的厅堂，向深处看去，眼前一亮，仿佛童话剧中转换的布景，但见暖房中紫云缭绕，花团锦簇，金黄色的圆花瓣，暗红色的星形花朵，如此鲜艳夺目，近在眼前，却又扑朔迷离，显得那么遥远。

诗人伦纳德·昆腾亲力亲为，刻意打造了这种视觉效果，人们不禁要问，他的那些诗篇是否也如此完美地展现了他的性情。他沉醉在多彩的幻境中，对色彩的迷恋使他忽视了形式，哪怕是美好的形式。正因为如此，他全身心投入到东方艺术和东方形象上，流连在令人眼花缭乱的地毯、陆离眩目的刺绣中。它们呈现的色彩纷纭繁复，杂乱无章。他的作品说不上是至真至美的艺术成就，却不乏想象力和创造性，因而受到广泛的赞扬。他创作的史诗和爱情故事，着意渲染汪洋恣肆甚至近乎残酷的色彩；他讲述的故事发生在赋有热带情调的天堂。在那里，处处洋溢着热烈的金黄色和猩红色；在那里，东方英雄头戴缠着12条穆斯林头巾的主教冠，骑着漆成紫色或孔雀绿的大象；在那里，硕大无朋的钻石，100个黑人都难以抬起，在古老的火焰中燃烧，散发着奇异的色调。

简单地说，在普通人看来，他以浓墨重彩描绘的东方天堂，比西方人心目中的任何地狱都要邪恶。那些东方君主，看起来恐怕与疯子并无二致。而那些东方宝石，就算100个黑人踉踉跄跄地把它们抬到了邦德街[①]，

---

① 邦德街：伦敦高档时尚购物区之一，自18世纪初期以来就一直是财富和权利的象征。这里遍布着伦敦最高档的流行女装店、时尚精品店、珠宝店、古董店和艺术画廊等。

也会被那里的珠宝商当成冒牌货。昆腾终归是个天才，即便有些病态。而这种病态更多地体现在他的生活中，而不是他的作品里。他气质柔弱、喜怒无常，身体也因服用来自东方的鸦片而受到严重伤害。他妻子漂亮、勤劳，应该说，有些操劳过度。她反对丈夫吸鸦片，尤其厌恶那位身穿黄白袍的印度隐士，但她丈夫一再坚持要款待他几个月，把他当成维吉尔①，引导自己游历东方的天堂和地狱。

正是从这样一个充满艺术气息的环境中，布朗神父和他的朋友走了出来，来到门前的台阶上。他们的表情清楚地告诉人们，从那里走出来真的是一种解脱。弗朗博和昆腾曾在巴黎求学，共同度过了恣意妄为的学生时代，但他们直到上周末才恢复了联系。不过弗朗博近来的表现，越发地有责任感了，这导致他现在与诗人之间的关系并不融洽。弗朗博认为吸鸦片和在牛皮纸上写艳诗非君子所为。布朗神父和弗朗博在台阶上站了一会儿，刚要走向花园，只见临街的花园门猛地被推开，一个歪戴着圆顶硬礼帽的青年冲了进来，因为走得太急，上台阶的时候差点儿摔倒。这个小伙子看着就像个浪荡公子，鲜红的领带皱巴巴的，似乎是戴着它睡了一觉。他烦躁不安地摆弄着有节的小手杖，指指点点。

“听我说，”他上气不接下气地说，“我要见老昆腾。我必须要见他。他在家吗？”

“我想他在家，”布朗神父边说边清理他的烟斗，“但我不知道他是

---

① 维吉尔（前70—前19）：古罗马诗人，作品有《牧歌》、《埃涅阿斯纪》等。他同时也是诗人但丁最崇拜的作家。在《神曲》中，但丁提到自己在维吉尔的引导下，游历了地狱和炼狱。

否能见你。医生正给他看病。”

小伙子似乎头脑不太清醒，踉跄着走进大厅。与此同时，医生从昆腾的书房里走了出来，关上房门，然后戴上手套。

“要见昆腾先生？”医生冷冷地说，“不行，你不能见他。事实上，不管有多大的事都不行。谁都不能见，他刚喝了安眠药水。”

“不，你看看我，老伙计，”系红领带的小伙子急切地要抓住医生的外衣翻领，“看这儿，我现在很清醒，我跟你说。我——”

“说这些没用，阿特金森先生，”医生使劲挡住他，不让他靠近，“除非你能让安眠药失效，否则，别想让我改变我的决定。”然后他戴好帽子，和另外两人来到户外阳光下。医生是位脖子短粗、态度温和的小个子，留着一撮小胡子。他外表平淡无奇，但却给人一种能力很强的印象。

戴圆顶硬礼帽的小伙子似乎并不擅长跟人打交道，除了去抓对方的衣领这招以外，别无对策。他站在门口，好像刚被扔到屋外那样，一脸茫然，默默地看着那三个人穿过花园，渐渐走远。

“我刚才撒了一个弥天大谎，”医生大笑着说，“其实，可怜的昆腾要过将近半小时才会服药。不过，我真不愿他被那个小畜生打扰，他只想借钱，而且就算手头宽裕了，也不会想着还。他就是个肮脏的小无赖。他是昆腾夫人的弟弟，可昆腾夫人跟他正相反，是个好女人。”

“没错，”布朗神父说，“她的确是个好女人。”

“因此，我建议咱们就在花园里逛，一直到那家伙离开这里，”医生接着说，“然后我就把药拿给昆腾。阿特金森进不去，我把门锁上了。”

“如果是这样的话，哈里斯医生，”弗朗博说，“我们就往屋后走，去暖房那头。虽然从那里进不了暖房，但也值得从外面看看。”

“这主意不错，我还能看一眼我的病人，”大夫高兴地说，“因为他很喜欢去暖房的另一头，躺在装有厚垫靠背的褥榻上，周边是鲜红的一品红。不过那景象会让我浑身冒凉气。哎，你在干什么啊？”

布朗神父停下脚步，俯身从茂密的草丛中捡起一把东方式匕首，它的模样古怪、刀身扭曲，镶着五彩宝石和金属，做工精美。

“这是什么？”布朗神父有些厌恶地看着它说。

“噢，应该是昆腾的吧，”哈里斯医生漫不经心地说，“他家里有中国的各种小玩意儿。要不然就是他紧抓着不放的印度人的。”

“印度人？”布朗神父不解地问，眼睛仍然盯着手里的匕首。

“哦，一个印度魔术师，”医生不以为然地说，“当然，一个骗子而已。”

“你不相信魔术？”布朗神父低着头问他。

“嗨！什么魔术！”医生鄙夷地说。

“它真美，”神父低沉的声音中似乎流露着向往，“色彩鲜亮。不过，它的形状有问题。”

“有什么问题？”弗朗博瞪着眼问。

“完全不对劲儿。总体上看，形状很不好。难道你看到东方艺术时就没有这种感觉？色彩鲜艳，令人迷醉，但样式丑陋、邪恶，而且是故意做成那种样子。我在土耳其地毯上就看到过类似的邪恶图案。”

“我的天哪！”弗朗博笑着喊道。

“我不知道那上面的字母和符号属于哪种语言，不过我知道它们表示的是邪恶的字句，”布朗神父接着说，声音越来越低沉，“线条有意织歪，就像蛇蜷起身体，想逃跑的样子。”

“你说些什么啊！”医生大笑。

弗朗博平静地回答说：“神父有时会变得神秘兮兮的，但是我要提醒你，如果不是附近存在什么邪恶的东西，神父从来不会这样。”

“纯属瞎扯！”这位具有科学精神的医生说。

“哎，看看它，”神父伸直手臂让大家看这把奇形怪状的匕首，它就像一条闪亮的蛇。“难道你们没看出这匕首的形状不正常吗？难道你们没看出它并不是为了某种本该有的朴实功能打造的吗？匕首前端并不直接指向前方，刀刃也歪歪扭扭，不成样子。与其说它是件武器，倒不如说它是件实施酷刑的工具。”

“哦，看来你很不待见它，”哈里斯开玩笑说，“不如拿回去物归原主吧。我们绕了这么久还没走到头吗？这个暖房真让人琢磨不透。你也可以说这暖房的形状不好。”

“你不明白，”布朗神父摇着头说，“这座房子的形状的确古怪，甚至有些可笑，但却没什么不对的地方。”

他们说着话，已经绕过弧形玻璃，来到了暖房的另一边，延展的弧形玻璃是一整块，上面既没有门，也没有窗户，无法从这里进出。然而，那面玻璃却十分明净。太阳开始落山了，但阳光仍然很充足。透过玻璃，他们不仅能看到暖房里繁花似锦，也看到羸弱的诗人披着褐色天鹅绒外衣，倦怠地躺在沙发上看书，显然是看累了，昏昏欲睡。他脸色苍白，身体虚弱，一头乱蓬蓬的栗色头发，上唇的小胡子与整个面庞形成巨大反差，因为那绺胡须让他显得不够粗犷。对于他的这些特点，他们几个人已经了然于心，即便他们不熟悉，现在也顾不上细细观察了，因为他们的目光完全被另一件东西吸引住了。

就在他们走来的小道上，在弧形玻璃的圆弧外侧，站着一个高大的男人。他身披洁白的长袍，长袍一直拖到脚面。在斜阳照射之下，光秃秃的褐色脑袋、面庞和脖颈熠熠闪光，使得他犹如一尊青铜像。他正隔着玻璃看里面那位睡着的人，像座山一样屹立在那里，纹丝不动。

“那人是谁？”布朗神父叫着，不禁倒抽一口凉气，退后一步。

“哦，还能是谁，那个印度骗子，”哈里斯咕哝着，“不过，我还真不知道他在这儿干什么。”

“像是催眠术。”弗朗博咬着嘴唇说。

“为什么你们这些不懂医的人总要谈论催眠术？”医生说，“我看着倒像是他要偷东西。”

“哦，不管怎样，我们要打声招呼。”弗朗博一向属于行动派。他向前跨了一大步，来到那个印度人站着的地方。他身材高大，弯腰鞠躬时几乎都要高出那个东方人，他平和但有些冒失地说：“晚安，先生，你想要什么？”

硕大的黄面孔，像驶进港口靠泊的轮船般缓缓转动，朝向身后。这三个人惊异地发现他那黄紧闭的眼皮，似乎处在睡眠中。“谢谢你，”他用地道的英语说，“我什么都不要。”然后，眼睛睁开一道细缝，露出乳白色的眼珠，又说了一遍：“我什么都不要。”接着他又惊异地睁大眼睛，瞪着说：“我什么都不要。”说完就窸窸窣窣地快步走入迅速昏暗下来的花园。

“基督徒会比他更谦和的，”布朗神父喃喃地说，“他一定想要什么。”

“他究竟在干什么呀？”弗朗博皱着眉头，压低声音说。

“我回头再跟你聊。”布朗神父说。

阳光依旧，但已是傍晚的红霞，花园里的花草树丛在晚霞映照下渐渐成了黑黢黢的一片。他们转过了暖房圆弧的末端，默默地从另一侧绕到前门。他们走过书房与主建筑的结合处时，似乎惊动了什么，如同他们的到来惊扰了一只鸟。他们又一次看到了穿着白袍的印度苦行僧，他从阴影处现身，悄悄地飘向前门方向。令他们感到惊讶的是，他并非孤身一人。昆腾夫人的出现，使他们突然停下脚步，不得不驱散心中的疑团。昆腾夫人有一头浓密的金发，苍白的四方脸。她披着晚霞，正朝他们走来。她看上去有些严厉，但举止彬彬有礼。

“晚上好，哈里斯医生。”她简单地问候了一句。

“晚上好，昆腾夫人，”小个子医生热情地说，“我正要去给你丈夫送安眠药水。”

“是啊，”她声音很清晰，“我想也到时候了。”然后她朝他们一笑，很快进了屋。

“那个女人有些操劳过度，”布朗神父说，“这类女人通常会兢兢业业20年，精神紧绷，最后再也受不了，便做出可怕的事。”

小个子医生第一次饶有兴趣地盯着神父。“你学过医吗？”他问。

“你既要懂得人的身体，也要了解人的心理，”布朗神父回答道，

“而我们既要懂得人的心理，也要了解人的身体。”

“好吧，”医生说，“我该给昆腾拿药去了。”

他们转过屋角，朝房门口走去。他们正要进门时，第三次看到了那个身披白袍的人。他直冲着大门走来，好像刚从书房出来一样，但他们都知道那不可能，因为书房门是锁着的。

布朗神父和弗朗博心存疑惑，但谁都没说什么，而哈里斯医生更是不会对不可思议的事劳神费心。医生侧身让过这个无处不在的亚洲人。待他走出门后，快步走进大厅，不料想却看到了被自己早已抛到脑后的那个人。百无聊赖的阿特金森还在那儿溜达，嘴里哼着小曲儿，用他那根多节手杖四处乱捅。医生脸上顿时现出一阵厌恶，同时也做了决定。他急促地对同伴小声说：“我必须再把门锁上，不然的话，这个无赖就会进去。不过，两分钟后我就出来。”

大夫迅速打开门，又随手锁上，刚好把那个戴圆顶礼帽要冲进来的青年挡在了门外。小伙子很不耐烦地一屁股坐在大厅里的椅子上。弗朗博看着墙上挂的波斯照明灯，布朗神父呆呆地盯着那扇门，神情有些茫然。大约过了四分钟，门又开了。阿特金森这次行动很快。他扑上前去，顶住门不让它关上，同时大喊：“喂，昆腾，我要——”

昆腾的声音从书房的另一头清楚地传过来，有点儿像打哈欠，又像是无奈地大笑。

“噢，我知道你要什么。拿去吧，别再烦我啦。我正在写一首孔雀之歌。”

紧接着一枚半英镑的硬币从门缝飞出来，阿特金森急忙向前，敏捷地抓住了那枚硬币。

“这就算结了。”医生说着，猛地锁上门，走进花园，身后跟着众人。

“可怜的伦纳德总算能清净一下了，”他对布朗神父说，“他可以在里面待上一两个小时，不受打扰。”

“是啊，”神父回答说，“我们离开他的时候，可以听得出他很开心。”随后，布朗神父严肃地环视花园四周，看到吊儿郎当的阿特金森，正站在那儿把玩口袋中的硬币；再往远处看，紫色的晚霞中，那位印度人面向夕阳，笔直地坐在长满草的土埂上。然后他忽然说：“昆腾夫人去哪儿了？”

“她去楼上自己房间了，”医生说，“窗帘上的影子就是她。”

布朗神父抬头看了看，皱着眉头仔细查看瓦斯灯照出的暗影。

“对，”他说，“确实是她的影子。”便朝前走了几步，坐到花园椅子上。

弗朗博在他身边坐下，但医生精力充沛，总是走来走去，不愿坐着。他独自抽着烟，走向夕阳，只剩下两位朋友坐在那儿。

“神父，”弗朗博用法语说，“你怎么了？”

布朗神父沉默不语，一动不动，足足过了半分钟，才说道：“迷信是反宗教的，这儿的气氛有些问题。我想是那个印度人造成的，至少一部分是。”

神父又陷入了沉默，看着远处印度人的身影，他仍然僵直地坐在那儿，像是在祈祷。猛一看，他似乎一动不动，但当布朗神父定睛细看了一会儿后，发现他在有节奏地轻轻晃动，犹如幽暗的树梢在轻风吹拂下微微摇曳，那阵风掠过园中小径，搅动着地上的落叶。

周边快速阴暗下来，好像酝酿着暴风雨，但他们仍然能够看到分散在花园各处的几个人。阿特金森无精打采地倚靠着一棵树站着，昆腾的妻子仍然站在窗边，医生去了暖房那边闲逛，他们能看到他的雪茄发出鬼火般的光亮；那个印度苦行者仍然僵直地坐着，却又在微微晃动，他头顶上的树则开始猛烈地摇动。暴风雨真的要来了。

“那个印度人跟我们说话时，”布朗神父继续小声说，“我眼前浮现出一幅画面，是他和他整个世界的画面。而他说了三遍同样的话。他第一次说‘我什么都不要’的时候，他的意思是自己处在一个硬壳中，那个亚洲小世界坚不可摧。当他再次说‘我什么都不要’的时候，我知道他的意思是他自在自为，就像是宇宙自身，不需要上帝，他也不承认原罪。当他第三次说‘我什么都不要’的时候，他的眼里燃烧着火焰。我知道他的意思很清楚，的确是什么都不要，虚无才是他欲望所在、家园所在；他渴求虚无，如同渴求美酒；他要的是一切归于湮灭，纯粹是所有的、全部的毁灭。”

几滴雨点儿落下，弗朗博不知怎么就蹦了起来，抬头看了看，好像雨点打痛了他。与此同时，医生从暖房那头朝着他们狂奔，边跑边大喊大叫。

在他一溜烟儿跑过来之后，坐立不安的阿特金森正巧转身走向房屋正面，医生一把揪住他的衣领。“卑劣！”他大喊着，“你这条癞皮狗对昆腾干了什么？”

布朗神父挺身站了起来，声音中透着凛凛正气。

“别打架，”他冷静地大喊，“我们有办法控制住任何人。怎么回事，医生？”

“昆腾肯定出事了，”脸色煞白的医生说，“我透过玻璃看到他躺在那儿，不过他躺着的姿势有问题。不管怎样，我离开他的时候，还不是那样。”

“咱们进去看看他，”布朗神父赶忙说，“你别跟阿特金森过不去。自从我们在屋里听到昆腾说话之后，他就一直没有离开过我的视线。”

“我留在这儿看着他，”弗朗博急忙说，“你们进去看看。”

医生和神父飞快跑到书房门口，打开锁，冲进了屋。里面很黑，只有一个给病人用的小火炉微微发亮，因此，他们跑进来后没看清，差点儿被正中央的大红木桌子绊倒。这张桌子通常是诗人写作时用的。桌子中央放着一张纸，显然是故意留在那儿的。医生一把抓起这张纸，扫了一眼，便递给了布朗神父，同时大叫着“我的天啊，你看看”，便冲向里间的玻璃暖房。暖房里鲜艳的热带花卉仍然沐浴在黯淡下来的猩红色余晖中。

布朗神父拿着那张纸，反复读了三遍，只见上面写着：“我亲手杀死了自己，但我却死于谋杀！”大致可以确定这是伦纳德·昆腾本人的笔迹，因为他的笔迹非常独特，很难模仿，而且难以辨认。

布朗神父拿着那张纸，大步走向暖房，不料与往外走的医生撞个正着，从他的表情可以看出的确出事了，而他本人精神几近崩溃。哈里斯说“他自杀了”。

他们一起穿过惊艳的仙人掌和杜鹃花，看到伦纳德·昆腾这位诗人兼传奇小说家躺在那里，头垂在褥榻的外边，红色卷发散乱地铺在地上。他们在花园里捡到的那把怪匕首，正插在他身体的左侧。他松软的手仍放在匕首的柄上。

屋外，暴风雨骤然袭来，如同柯勒律治[①]笔下的夜晚，大雨铺天盖地而来，花园和玻璃屋顶变得漆黑一片。布朗神父用心研究的对象并不是那具尸体，而是那张纸。他把纸片凑到眼前，想在昏暗中细读。然后举起，想要借助微光，就在此时，突然亮起一道炫目的闪电，眼前的那张纸片反而变黑了。

闪电过后紧接着是轰隆隆的雷声，四周又陷入一片昏暗。雷声过后，从黑暗中传出布朗神父的声音："医生，这张纸的形状不对。"

"你是什么意思？"哈里斯医生蹙起眉头，瞪着眼问道。

"这张纸不是方的，"布朗神父回答说，"有一角被剪掉了。这是怎么一回事？"

"我怎么会知道？"医生没好气地说，"你觉得我们是不是该把这个可怜的家伙安置一下？他已经没救了。"

"不行，"神父回答说，"我们不能动他，就让他躺在原地，然后叫警察过来。"他说话的时候，仍在仔细地研究那张纸片。

在他们往外走，经过书房的时候，布朗神父在桌旁停下，从桌上拿起一把指甲剪。"喔，"他似乎松了一口气，"这就是他使用的工具。可还

---

① 塞缪尔·泰勒·柯勒律治（1772—1834）：英国浪漫派诗人和评论家，一生在贫病交困和鸦片成瘾的阴影下度过。主要作品有《古舟子咏》和《忽必烈汗》等。

是——”他皱起了眉头。

“噢，别再摆弄那张纸片啦！”医生毫不客气地说，“那是他的癖好。他有几百张那样的纸。他把纸全剪成那个样子。”医生指着在另一张小桌子上还没用过的一沓稿纸说。布朗神父走过去拿起一张，它的形状也不规则。

“还真是啊，”他说，“而且这上面的角也被剪掉了。”更让医生气愤的是，布朗神父居然开始计算纸的张数。

“别太介意，”神父歉意地一笑说，“被剪过的纸有23张，被剪掉的角却只有22个。我看出你不耐烦了，我们去找其他人吧。”

“谁去告诉他妻子？”哈里斯问，“你去告诉她好吗？我派个仆人去叫警察。”

“行。”布朗神父冷漠地说。随后他走出屋，来到大厅门口。

到了门口他才发现，这儿也有一出戏，不过更有意思。他那个魁梧高大的朋友弗朗博已经很长时间没摆出过那种姿势了，让他看着有些不习惯。阿特金森已经被收拾得没了脾气，四仰八叉地摔倒在台阶下面的小道上，高顶硬礼帽和手杖甩到了小道的另一边。原来阿特金森实在无法忍受弗朗博对他近乎苛刻的监督，试图将弗朗博击倒，但是跟这个曾经的巴黎霸王动手，可不是闹着玩的。

正当弗朗博要扑上去再次按住阿特金森时，神父轻轻拍了拍弗朗博的肩膀。

“我的朋友，和阿特金森讲和吧，”他说，“互相道个歉，说声‘晚安’。我们不需要再看住他了。”然后，阿特金森犹疑着爬起来，捡起他的礼帽和手杖，向花园大门走去。此时，布朗神父更加严肃地说：“那位印度人去哪儿了？”

他们三人个不由自主地转眼朝昏暗的草埂望去，在晚霞映照下，草埂周边的那些树呈现出紫色，在风雨中摇来摆去。此前他们曾看到那个印度人就在那里晃动着祈祷。但现在，这位印度人已经走开了。

“这个骗人的家伙，”医生愤怒地跺着脚说，“我现在知道了，是这个下贱的东西干的！”

“我原以为你不相信魔术。”布朗神父平静地说。

“我现在还是不信，”医生转着眼珠说，“只要一想到他是个假巫师，我就痛恨这个黄皮肤的恶魔。要是我觉得他是个真巫师的话，我会更恨他。”

“哦，他逃脱倒也无关紧要，”弗朗博说，“因为我们无法证明他有罪，也拿他没办法。我们不能去跟教区警察说，有人受到巫术或自我暗示的影响自杀了。”

与此同时，布朗神父进了屋，去把这个不幸的消息告诉死者的妻子。

神父出屋时，脸色有些苍白，也很悲伤。但他们见面都谈了什么，从来没有人知道，甚至在真相大白之后，还是没人知道。

正和医生小声交谈的弗朗博，一脸惊诧，他没想到他的朋友这么快就走出屋子，来到自己身旁。对此，神父并未留意，只是把医生拉到一旁，问他：“你已经派人去找警察了，对吗？”

“对，”哈里斯答道，“过10分钟，他们就到。”

“你帮我个忙好吧？”神父不动声色地问道，“实话告诉你，我收集了不少稀奇的案件，这些案件都存在类似这个印度人的情况，但却不能写进警方的案情报告中。现在我要你写一份案情报告，只供我个人保存。”神父严肃而坚定地盯着医生的脸说，“我在想，你了解这个案子的部分细节，但你觉得不便明说。我的职业和你的一样，都需要保密，所以我绝对不会对外泄露你写的任何内容。但你要如实写出全部情况。”

医生歪着头细心地听着，又盯着神父的脸看了一会儿，然后说道：“好吧。”接着就走进书房，随手关上了门。

“弗朗博，”布朗神父说，“阳台下面有个长椅，淋不着雨，我们可以去那儿抽烟。在这个世界上，你是我唯一的朋友，我想要和你聊聊。或者，也许不用说什么，就一起坐坐。”

他们舒适地坐在走廊长椅上。布朗神父一反常态，接过了弗朗博给他的优质的雪茄，一口接着一口慢悠悠地抽着，沉默不语。雨时大时小地敲打着顶棚，劈啪作响。

“我的朋友，”神父终于开了口，“这是一件非常诡异的案子，非常诡异。”

“我也觉得很诡异。”弗朗博回答，声音有些颤抖。

“你说它诡异，我也说它诡异，”布朗神父说，“然而，我们的意思截然相反。现代人常将两个不同的概念混为一谈：说到神秘的事物，往往带有两层含义，一是说它不可思议；一是说它具有复杂性。而奇迹的含义就简单多了。奇迹令人感到惊异，但它简单明了。正因为是奇迹，它才简单。它直接源自上帝（或者魔鬼），而不是间接来自自然或人类的意志。现在，你的意思是指这件案子不可思议，因为它很神奇，因为它是由一位邪恶的印度人用巫术造成的。你要明白，我并不是说不存在心灵或恶魔的因素。只有上帝和魔鬼才知道，什么样的环境会诱发人们犯下奇怪的罪行。但就当前而言，我的看法是这样的：假如这件事如你所说是纯粹的巫术所为，那么它就是不可思议的；但那样的话，它并不神秘，也就是说，它并不复杂。奇迹的特征就是神秘性，但它发生的方式很简单。现在看来，这件事发生的方式绝对不简单。”

远方闷雷轰轰，本已减弱的暴风雨似乎又暗流汹涌，要卷土重来。布朗神父抖落雪茄上的烟灰，接着说：“这件案子具有扭曲、丑恶和复杂的特征，既非源于天堂，也不属于地狱。正如人们知道一只蜗牛爬过会留下扭曲的踪迹，我也了解一个人留下的扭曲足迹。”

一道炫目的闪电突然撕裂了黑幕，但转瞬即逝，天空又陷入黑暗。布朗神父继续说：“在所有不正常的事物中，那张纸的形状最不正常。那张纸比致他死命的匕首还不正常。”

“你是说昆腾写明自杀的那张纸吗？”弗朗博问道。

“我说的是昆腾写下‘我亲手杀死了自己’的那张纸，”布朗神父回答说，“我的朋友，那张纸的形状是错误的。在这个邪恶的世上，我还从未见过那种错误的形状。”

“那张纸只被剪掉了一个角，”弗朗博说，“而且我知道昆腾所有的稿纸都被那样剪过。”

“手法很怪异，”布朗神父说，“在我看来，这是种令人厌恶的手法。听我说，弗朗博，这个昆腾，但愿他的灵魂升入天堂。他未必是个好人，但他确实是名妙笔生花的艺术家。虽然他的笔迹很难认，但笔力遒劲，字形漂亮。我无法证实我所说的，我无法证实任何事。但我可以百分之百地肯定，昆腾绝不会以那种不良方式剪掉纸上的一个小角。假如他出于某种目的，比如为了大小合适、装订或其他什么的，需要剪下一点，他会剪裁成别的样子。你还记得那张纸的形状吗？太不好看了。惹人讨厌的形状。就像这样，你还记得吗？”

布朗神父用燃着的雪茄在暗夜中快速挥动，画下不规则的正方形，由于他动作太快，弗朗博只看见形同象形文字的图案在黑暗中发出火光，也就是他的朋友曾谈起的象形文字符号，它们无法被破译，却毫无疑问象征着恶意。

“但是，”神父又开始抽雪茄，靠在椅子上凝视顶棚，弗朗博便说，“假设剪掉纸角的另有其人。那么那个人为什么要让昆腾自杀，又要剪他的稿纸呢？”

布朗神父从口中拿开雪茄，说道：“昆腾根本没有自杀。”

弗朗博瞪大眼睛盯着他。“啊，这太不可思议啦，”他大声说道，“那他为什么承认自杀呢？”

神父探身向前，双肘支在膝盖上，看着地面，深沉而又清晰地说：“他根本没有承认自杀。”

弗朗博放下雪茄。“你的意思是，”他说，“那句话是别人伪造的？”

“不，”布朗神父说，“的确是昆腾自己写的。”

“就是啊，”弗朗博越听越气，“昆腾在一张纸上亲笔写下‘我亲手杀死了自己’。”

"但形状不对。"神父冷静地说。

"噢，又是该死的形状！"弗朗博不耐烦地大叫。"形状对不对跟这事有什么关系吗？"

"总共有23张被剪过的纸，"神父不为所动，继续说，"可是只有22个剪掉的纸角。因此，有一个纸角被毁掉了，很可能是那张写了字的纸上的。现在明白一些了吗？"

弗朗博脸上露出一线希望的光亮，说："昆腾还写了别的内容，还有几个字。比如说'他们会告诉你们我亲手杀死了自己'，或者'别相信——'"

"就像孩子们通常说的，太好玩啦，"他的朋友说，"可那个纸角还不够半英寸宽，根本写不下一个字，更不用说五个字了。你想想看，有这样一个符号，它比逗号大不了多少，却是那个恶人的罪证，因此必须要弄掉。会是什么呢？"

弗朗博想了想，最后说："我实在想不出来。"

"会不会是个引号？"布朗神父说着，使劲将雪茄扔向远处，飞行的雪茄就像黑夜中的流星。

弗朗博张口结舌，布朗神父又将话题转回到了问题的根本上，说："伦纳德·昆腾是传奇小说作家，正写一篇有关巫术和催眠术的东方传奇小说。他——"

正在这时，他们身后的门被急速地打开，医生戴着帽子走了出来。他将一个长信封交到神父的手上。

"这是你要的材料，"医生说，"我要马上回家，再见。"

“再见。”布朗神父话音未落，便见医生疾步走向花园大门。他出门的时候，没有关上前门，一束煤气灯光线照在他们身上。借着这束光线，布朗打开信封，开始读这封信：

“亲爱的布朗神父，——你赢了，加利利人[①]。另外，我诅咒你那双眼睛，它们真有穿透力。难道你所宣扬的那套理论真的存在某种意义吗？

我从童年开始，便相信天性以及所有自然功能和本能，无论人们称之为道德的或是不道德的。早在我成为医生之前的很长时间里，当我还是小学生的时候，我就开始养老鼠和蜘蛛，我确信世界上最美好的事，便是成为一个好动物。但就在刚才，我的信念动摇了，我一直相信本性，但现在看来，本性会背叛一个人。你的那套宣教真的有意义吗？我越来越病态了。

我爱慕昆腾的妻子。那有什么错？天性让我去爱她，是爱让这个世界有了意义。我也诚心诚意地以为，昆腾的妻子和我这样一个洁净的动物在一起会更幸福，不必再受那个疯子的折磨。这种想法又有什么错呢？我不过是以科学家的方式正视事实而已。她本该过上更幸福的生活。

按照我的信条，我完全可以杀死昆腾，他死了对谁都好，甚至也是为了他好。但是作为一个心智健全的动物，我不想自我毁灭。所以，我下决心不做这事，除非我发现无须承担后果的机会。今天早晨我发现了这样的

① “你赢了，加利利人。”：因耶稣的家乡在加利利，加利利人代指耶稣。据称是罗马皇帝尤里安的临终遗言。他在位期间允许宗教信仰自由，本人信奉异教，是君士坦丁之后唯一的非基督教徒帝王。因此教会称他为“叛教者”。这句话表明，他承认自己在精神上败于基督教。

机会。

今天，我总共进入昆腾的书房三次。第一次进去的时候，他只谈了他正在写的一篇怪诞故事《圣徒的诅咒》，叙述的是某个印度隐士通过意念的力量迫使一名英格兰上校自杀身亡。他给我看了最后几页，甚至还把最后一段读给我听。大意是：旁遮普的征服者只剩下了枯黄的骨架，但仍然很高大，他拼尽全力用肘部支撑起自己的上身，凑近他侄子，气喘吁吁地说："我亲手杀死了自己，但是我却死于谋杀。"就这样，我遇到了千载难逢的机会，最后那句话正好写在一张纸的开头。我离开书房，满心欢喜地来到花园，完全被这个可怕的机会迷醉了。

我们绕着这座房子散步，接着又发生了两件对我有利的事。你怀疑那个印度人，并且发现了最可能是他用的匕首。我趁机把匕首藏到我的口袋里，回到了昆腾的书房，锁上了门，给他服了安眠药水。他当时根本不想理睬阿特金森，但我督促昆腾朝外喊一嗓子，好让阿特金森安静下来。我这样做的原因是，要向大家表明，在我第二次离开昆腾书房的时候，他还活着。昆腾在暖房里躺着，我从他那儿回到书房。我是个手脚麻利的人，用了一分半钟就办完了我想干的事。我把他那篇小说的第一部分全都丢进壁炉，烧成了灰。然后我发现引号是破绽，就把它们剪掉，为了不被发觉，我把所有的稿纸都剪成一样的。然后我就出了书房，心里明白，昆腾承认自杀的那张纸放在正中央的桌子上，而他本人仍然活着，躺在暖房那边睡觉。

最终的行动可以说是孤注一掷，你可以猜得出，我假装发现昆腾死了，并冲进他的屋。我用那张纸片拖住了你，我手脚很快，趁你看昆腾承认自杀的那张纸片时，我杀了他。当时他已经服了药，正在昏睡，我把匕首放到他的手里，然后刺入他的身体。匕首的形状很怪异，只有行家才能把握好角度，把它刺中心脏。我不知道你是否注意到了这一点。

在我干完这事之后，奇特的事发生了。天性抛弃了我。我感到恶心。我觉得好像做了错事。我想我的大脑要被撕裂。我已经将此事告诉了另外一个人。如果我要与她结婚生子，我便不再孤单面对此事，一想到这些，我就会从绝望中体验到某种快乐。我这是怎么啦？——发疯了——或者说，拜伦诗歌中的主人公，是否也会感受到这种懊悔？！我再也写不下去了。

詹姆斯·E.哈里斯”

布朗神父很仔细地折好这封信，放在胸前的口袋里，恰在此时，花园门的铃声响起，几名警察站在门外的街上，身上的雨衣泛着微光。

萨拉丁亲王的罪孽

弗朗博离开位于威斯敏斯特的办公室，要在一只小帆船上度过一个月的假期，可船实在太小，他大部分时间都在划船。此外，他还专捡东部乡下的小河沟走。河小水浅，小船看似在草场与麦田上穿行，简直像魔法船一样。船舱只能容下两个人，空间仅够携带必需品。而弗朗博带上的东西，以他与众不同的观念看来都是必要的。总而言之，可以概括为以下四部分：鲑鱼罐头，供他充饥果腹；上膛的手枪，供他争勇斗狠；一瓶白兰地，以防他累昏过去；一位神父，以防他死在半路。[①]他轻装出发，沿诺福克郡的小河缓缓前行，打算最后驶入湖区。但同时他又流连于两岸的果园与草场，以及映在水中的宅邸与乡村。他还优哉游哉地在池塘与河湾处钓鱼，不时又要靠岸登陆。

仿佛一位真正的贤哲，弗朗博的假期是漫无目的的。但是，又如同真正的贤哲，他也有他的理由。他此行有一个不那么要紧的目的，如果达到

① 天主教徒在临终时，需要做忏悔，总结自己的人生，祈求得到天主的宽恕。而根据天主教的教义，信徒必须向神父忏悔，才能转达给天主。

了，能为假期锦上添花，就算达不到，也不会对它有丝毫妨害。几年以前，他还是盗贼中的魁首，巴黎的红人，那时他经常收到各种充满狂热内容的信件，有赞美的，有谴责的，甚至还有表达爱意的。但是只有一封，在他的头脑中挥之不去。信封上盖着英国的邮戳，里面只有简简单单一张名片。卡片的背面用绿色墨水写着一段法文：若是你有一天金盆洗手、回心转意了，请来寒舍一叙。我很想见见你，要知道，这个时代的所有名人我都见过了。你曾经设计驱使一位侦探逮捕了另一位侦探。这可以称得上是法国历史上最绝妙的一幕。卡片正面用正体印着：萨拉丁亲王，诺福克郡，芦苇岛，芦苇屋。

弗朗博那时并没有把亲王的事放在心上，只知道他来自意大利南部，是个时髦的、杰出的人物。据说，他年轻时曾和一位已婚的贵妇私奔。这种小小的越轨行为在他的社交圈子里不值一提，但它的悲剧结局却令人久久不能忘怀：那位饱受耻辱的丈夫坠落到了西西里的断壁悬崖之下，据说是死于自杀。此后亲王在维也纳住了一段时日，但近些年他都是在疲于奔命的旅行中度过的。此时弗朗博像亲王本人一样，远离了欧洲大陆的喧嚣，定居于英伦一隅。他打算对亲王在诺福克湖区的避世隐居之所做一次不期而至的拜访。他拿不准自己能否找到那地方。说真的，那实在是个被人遗忘的小地方。可是，事有凑巧，他出乎意料地很快就找到了那里。

某夜，他们将船泊在一处隐没在长草与修剪过的树木之中的河岸。辛苦地划了一天的船，两人早早便已入睡。但天还未亮，他们就意外地被惊醒了。严格地说，是天还未被太阳照亮。一轮柠檬黄的大月亮悬在他们头顶的长草丛之上，夜空映出鲜明的紫罗兰色，虽是夜晚，却异常明亮。两个人不约而同地陷入了对童年的追忆，在那段充满奇异冒险的时光中，高大的野草总像树林一样盖在我们头顶。站在低矮的巨大月亮之下，雏菊和蒲公英都变得巨人般高大。这令他们想起了幼儿园的墙纸。这一处河床使他们沉浸在鲜花与矮树丛之中，叫他们目眩神迷。“好家伙！”弗朗博说，“简直是仙境啊！”

布朗神父直直地坐在船上，在胸前画着十字。他的行为过于唐突，以至于他的朋友温和地望着他，问他出什么事了。

“写作中世纪歌谣的人，”神父回答说，“比你更了解精灵与仙女。仙境中并不是只有美好的事。”

“胡说！”弗朗博说，“如此无邪的月亮之下只会有美好的事情发生。我等不及要去看看会有什么事情。在我们化为尘土之前，这辈子恐怕都不会再见到如此的月亮与美景。”

“好吧，”布朗神父说，“我没有说进入仙境总是错误的。我只是说那总是危险的。”

他们在渐渐变亮的河道上缓缓划动。天空中明亮的紫罗兰色与月亮耀眼的金色都逐渐淡去，消逝在黎明前广袤无边、暗淡无光的宇宙中。金黄发白的第一缕光线跃出地平线，他们前方的河上出现了一座小镇或是小村的黑色轮廓。天色已亮，所有的事物都清晰可见，此时他们已徜徉在这座河畔小镇的悬檐与桥梁下。那些房屋有着狭长的弯曲屋顶，好似在河边低头饮水，犹如一群红黑相间的巨大牲口。黎明的天光延展变亮。已是早上，可这座寂静小镇的码头与桥梁上却还不见人影。终于，他们见到了一位温和、富态的人，只见这人穿着件衬衣，脸庞圆得像才落下去的月亮，红色的连鬓胡子散落在他下半张脸上。他正倚着测量潮水的标杆。弗朗博不假思索地从摇曳的小船上站起身来，向那个人大声询问，问他是否知道芦苇岛或是芦苇屋。胖人的笑容更加灿烂了些，他随手一指河前方的转弯处。弗朗博只顾着向前划船，也没再跟人家多客套几句。

小船转过一个个郁郁葱葱的河湾，又划过一段段满是芦苇的寂静河道。就在搜寻即将变得单调乏味的时候，他们摇摆着转过一个急弯，进入了一片宁静的池塘或是湖泊，那里的景色一下子吸引住了他们。在那片开阔水域的中央，一座狭长低矮的小岛被水流围绕起来，岛上有一栋狭长低矮的屋子或者说是别墅。房子是用竹子或某种结实的热带藤条建的，墙壁由浅黄色的竹子并排搭成，其上斜架着深红色或是棕色的屋顶。长屋的其他部分无不如此。清晨的微风吹得岛周围的芦苇沙沙作响，古怪的肋状房屋在风中像巨大的排箫一样发出呜响。

“天啊！”弗朗博大叫，“就是这里，终于到了！如果真有芦苇岛这么个地方，一定就是这里了。这要是芦苇岛，那一定就是芦苇屋。我敢说那个胖子是个精灵。”

“也许吧，”布朗神父公正地评论道，“就算他是，他也是个坏精灵。”

弗朗博说话的同时，已将船靠向没在芦苇中的岸边。两人踏上狭长别致的小岛，走到古怪寂静的房子旁边。

房子背对着河道，这边也是仅有的能登岛的地方，正门在另一侧，面向长岛上的花园。来访者顺着屋檐下的小路绕过房子的三面。透过每一面墙上的窗户，他们看到一个狭长而明亮的房间。房间用薄木板嵌壁，里面摆满了镜子，似乎是为一顿精美的午餐做好了准备。他们绕到前门，见到两侧装饰着天青石蓝色的花盆。为他们开门的是一位男管家，他的外表乏善可陈——高大消瘦，灰白头发，无精打采。他低声说萨拉丁亲王此时不在家，但用不了一小时就会回来，家中随时恭候他与他的客人到来。弗朗博向他展示了那张带有绿色墨水笔迹的名片，这令死气沉沉的家仆羊皮纸般的面容上闪过一丝生气。他用一种矫饰的礼貌建议陌生人留下来。“亲王大人随时可能回来，”他说，“要是与某位绅士失之交臂，他一定会万分失望。按照他的吩咐，我们总会为他与他的朋友准备一点冷餐作午饭。我想他总希望这能派上用场。”

弗朗博对这次小小的探险抱有好奇心，于是欣然接受邀请，随着老人走进了装饰淡雅的狭长房间。房间的陈设并无特别之处，唯一不太寻常的是一扇扇落地窗与一面面椭圆形的长镜交替排列，使整个地方显得既明亮又虚幻。在这里用餐与在户外无异。有一两幅图片静静挂在墙角，其一是个穿军装的年轻人的大幅黑白照片，另一幅是画着两个长头发的小男孩的红色蜡笔素描。弗朗博问那个军人打扮的年轻人是不是亲王，男管家用简短的话语给予否定。他说，那是亲王的弟弟，史蒂芬·萨拉丁上尉。随后，老人似乎突然没了词儿，失去了交谈的兴致。

随着精致的咖啡与利口酒上桌，午饭进入尾声。客人们被领着参观了花园与图书馆，还见到了女管家——一位肤色较深，相貌俊俏的女士，气质高贵，仿佛石刻的圣母。只有她和男管家是亲王从海外带来的，其他仆人都是女管家新近从诺福克招来的。这位女士是安东尼夫人，但她说话时意大利口音很轻。弗朗博确定安东尼只是诺福克式的叫法，原名一定更具拉丁风味。男管家保罗先生也透出些异国风味，但是他的英文流利纯正，不逊色于任何一个贵族家中优雅的男仆。

这个地方如此美丽与独特，但又透出一股异样的悲哀。身处其中，时间仿佛凝滞了。到处是窗户的狭长房间充满了阳光，但却是死气沉沉的阳光。除了谈话的声音、玻璃杯的叮当声、仆人的脚步声，他们还能听到忧郁的流水声从房子的四周传来。

“我们转错了弯，来错了地方。”布朗神父说着，看向窗外灰绿色的莎草和闪着银光的河面，“别介意，正确的人出现在错误的地点也能起好作用。”

尽管布朗神父通常会保持沉默，但他是个异常敏感的人。在这不多的几小时里，他不知不觉地深陷在芦苇屋的秘密里了。他擅长装出一副友好的缄默形象，使别人不知不觉中说出各种小道传闻。他不发一言，就能从新认识的人那里获得他们所能提供的一切讯息。男管家天生少言寡语，可他打破了沉默，为主人愤愤不平。他说，有人在侵害他的主人。罪魁祸首就是亲王大人的弟弟。一提到他的名字，老人的脸就拉得老长，对其嗤之以鼻。史蒂芬上尉显然是个游手好闲的人，不断从他仁慈的哥哥那里成百上千地榨取金钱，逼得他逃离上流社会的生活，悄悄隐居到这里。男管家保罗的话里透着对主人的偏袒。

意大利女管家更善言辞，并且如布朗神父所想象的，更是心怀不满。她对主人的评价虽不乏敬畏，却透出几分刻薄。弗朗博和他的朋友站在布满镜子的房间中，细细观察画着两个男孩的红色素描，就在这时，女管家疾步走进屋里进行打扫。这个嵌满玻璃、闪闪发亮的地方有个特点，不管谁一进来都马上会映在四五面镜子里。布朗神父没回头就看见她了，赶忙停止了对这个家族的品头论足。但弗朗博的脸都快贴到画上了，而且还在大声说："要我看，萨拉丁家的这对兄弟都是一副天真相，实在说不清谁好谁坏。"随后，他意识到那位女士进来了，立马把话题转到无关的琐事上，然后溜进了花园。但布朗神父还在直勾勾地盯着红色的蜡笔素描看，安东尼夫人则直勾勾地凝视着布朗神父。

她棕色的大眼睛透着哀怨，好奇而痛苦的怀疑使她橄榄色的脸庞变得更暗了，她对陌生人的身份与目的起了疑心。也许是小个子神父的服装与信条触动了她对忏悔的记忆，也许是她怀疑他心里有鬼。她像个密谋者一样压低了声音对他说："你的朋友也许是对的。他说，两兄弟中很难选出哪个坏，哪个好。是很难，实在是很难挑出一个好的。"

"我不明白你的意思。"布朗神父边说边走向一旁。

女人又上前一步。她拧着眉，弯着腰，活像是头压低犄角、蓄势待发的公牛。

"就没有一个好的，"她恨恨地说，"上尉拿走他所有的钱确实够坏的，但我也不认为亲王给他钱是出于好意。上尉可不是他唯一的冤家对头。"

神父扭过去的脸上现出了一丝光彩，他无声地用口型说出了一个词："勒索。"就在他做这个动作的同时，那女人扭过头去，脸色霎时变白，几乎跌倒。门悄无声息地开了，苍白的保罗幽灵一样站在门口。由于镜墙的古怪把戏，仿佛有五个保罗从五扇门中同时走进来。

"亲王大人马上就到。"他说。

这时，有个人影从第一扇窗前走过，充满阳光的窗台就像是发光的舞台。下一瞬间，他走过了第二扇窗，众多镜子中映出一组相同的形象，鹰一样的侧脸和急匆匆的身影。他身材笔直、神情警惕，头发花白，脸色显出古怪的象牙黄色。他的鹰钩鼻很短，不像通常的那样长，脸颊与下巴清瘦，但他唇上与唇下的胡须略微掩盖了一些。唇上的胡须比唇下黑得多，那样子多少有些戏剧性。他的穿着打扮很时髦，头戴着一顶白帽子，身穿淡紫色的外衣和黄色的马甲，手握一副黄色的手套，边走边挥。他一转到正门前，他们就听到拘谨的保罗打开门，还听见刚进门的人高兴地说："很好，你瞧见我来了。"拘谨的保罗先鞠了一躬，上前答话，可声音小得根本听不见。有那么几分钟，也不知道他们在谈什么。然后男管家说："一切听您差遣。"萨拉丁亲王甩着手套愉快地走进房间向他们打招呼。他们又一次见识到了这光怪陆离的一幕——五位亲王穿过五扇门走进房间。

亲王将白帽子与黄手套放在桌上，相当亲切地伸出手。

"很高兴在这里见到你，弗朗博先生。"他说，"恕我冒昧，您在犯罪方面的名气真的很大。"

"怎么会呢，"弗朗博笑着答道，"我不是个小气的人。绝少有人能靠美德获得名声。"

亲王眼中闪过一丝怀疑，好像疑心对方话里有话。然后他也笑起来，邀请所有人坐下，当然他自己也不例外。

"我想这小地方还算舒适，"他以置身事外的语气说，"只恐怕没什么好玩的，但确实很适合钓钓鱼。"

神父像个小孩子一样愣愣地盯着他看，某些不甚清晰的想法总在他心头挥之不去。他看着那灰色的卷发，白里透黄的面容以及带着些纨绔子弟气质的修长身材，并没有不自然的地方，但却明显隐藏着什么，就像一个站在脚光灯前的诡异形象。他的某些地方令人产生无可名状的好奇，尤其是他的脸型。似曾相识的感觉折磨着布朗，那人仿佛是换了身衣服的老朋友。接着他突然想起了那些镜子，于是将自己的幻想归咎于多重镜像带来的心理作用。

萨拉丁亲王兴致盎然、娴熟地应酬着他的客人。他发现侦探喜欢钓鱼，又想好好玩玩，于是引导着弗朗博将船划到溪流中最佳的垂钓点。不到20分钟，他就划着自己的独木舟先回来了。他在图书馆找到了布朗神父，用同样礼貌的方式，投入到神父更具哲学性的爱好之中。他在钓鱼与书籍两方面的见识似乎都很广博，但都只是浮于表面。他能讲五六种语言，但都不过是些俏皮话。他显然在各色各样的城市与鱼龙混杂的圈子中生活过，因为他最为得意的故事总离不开赌场与大烟馆，要么就是澳洲土匪或者意大利强盗的事。布朗神父只知道名噪一时的萨拉丁近些年在不停地东奔西走，却没想到他这一路上过得如此寡廉鲜耻，或者说是滑稽可笑。

实际上，尽管在世人看来萨拉丁亲王是个尊贵的人，但在神父这样敏感的观察者眼中，他总显示出坐立不安的情绪，甚至是一副不可信赖的样子。他的面孔很严肃，但眼神却流露出狂野。他微小的习惯性动作表现出他的神情紧张，就像一个沉湎于酒精与麻药的人。而且他其实并不掌管家中的大小事务，也不在名义上如此做。一切都交付给两位老仆人，尤其是男管家，坦白地说，他才是这家里掌权的人。保罗先生这位男管家不仅仅是个管事的或者掌管财务的角色。他单独用餐，排场并不逊色于他的主人。所有仆人都怕他。他与亲王商谈时彬彬有礼，但又固执己见——仿佛他是亲王的律师。相比之下，阴郁的女管家只能算是个模糊的影子。她刻意隐藏自己的存在，只听候男管家差遣。而布朗再也没有听到她继续谈论弟弟勒索哥哥的事。亲王是否还在受上尉的盘剥，他不得而知，但萨拉丁表现出来的惴惴不安与讳莫如深证实了传言并非空穴来风。

等他们再次走进满是窗户与镜子的大厅时，昏黄的夜色已经笼罩了水面与柳岸。远处有只麻雀在鸣叫，仿佛精灵在敲打它的小鼓。神父的头脑中又浮现出哀伤的邪恶仙境，就像是一片乌云。“但愿弗朗博赶快回来。”他喃喃低语。

“你相信世界末日吗？”焦躁不安的萨拉丁亲王突然发问。

“不，”他的客人回答，“我相信最后的审判日。”

亲王从窗边转回头来，以一种怪异的方式盯着他。亲王的脸罩在夕阳投下的影子中。“你什么意思？”他问。

“我的意思是我们这里就像在挂毯的反面上，”布朗神父说，“这里发生的事似乎毫无意义，它们的意义要在别处才能彰显出来。在那里真正的罪人会遭报应。而在这里惩罚时常落到错误的对象头上。”

亲王发出了一声像动物一样的怪声，他的双眼在阴影笼罩的脸上闪着异光。另一位的心中悄悄爆发出一个精明的新念头。萨拉丁光鲜的外表与不安的情绪是否另有含义？亲王是不是——他是不是还神智健全？他在不断重复“错误的对象、错误的对象”，次数远远超过自然而然的感叹。

布朗神父渐渐意识到了另一个事实。他从面前的镜中看见寂静的大门敞开着，寂静的保罗先生站在门前，苍白冷漠的模样一如既往。

“我想最好还是赶快告诉大家，”他说话的语气像一位老律师一样带着拘谨的敬意，“有一艘六桨小船来到码头上，船尾坐着一位绅士。”

“一艘船！”亲王重复道，“一位绅士？”他站起身来。

惊慌引发了一阵沉默，只是偶尔从芦苇丛中传出几声鸟鸣。紧接着，不等有人开口说话，一张新面孔从窗前经过。那架势就和亲王一两个小时之前一样。但除了外形都恰好像鹰一般，两人没什么共同点。与萨拉丁的白色新帽子不同，他戴的一顶黑色老式或者是外国样式的帽子。帽子下面是一张年轻但却十分严肃的面孔，胡子刮得干干净净，坚毅的下巴上只露出发青的胡楂儿，恍惚中像是年轻的拿破仑。这样的联想与他老旧的装扮不无关系，他似乎还保留着父辈的着装品位。他穿了一件破旧的蓝色礼服大衣，军人式的红色马甲，粗糙的白色长裤。这种打扮在维多利亚时代很常见，可现今就不合时宜了。在这一身旧衣店的货色之中，他橄榄色的面庞显得异常年轻与惊人的真诚。

“糟糕！”萨拉丁亲王说着，扣上他的白帽子，亲自走向前门，推开大门，现身在夕阳中的花园里。

与此同时，新来的人和他的随从们直挺挺地站在草地上，好像一小队军人。六名船员已经把船拖上了岸，他们守在船边，戒备森严，手中的船桨立在地上仿佛长矛。他们一个个全都皮肤黑亮，有些人还戴着耳环。其中一人站在队伍最前面，在穿红马甲的橄榄肤色的年轻人身边，他抱着一只大号的黑箱子，那样式不太常见。

“你就是萨拉丁？”年轻人说。

萨拉丁漫不经心地给予肯定。

新来的人有一双阴郁的、狗一样警觉的棕色眼睛，与亲王不安的、闪着光的灰色眼睛截然不同。布朗神父又为眼前这一幕感到不舒服，他总觉得见过这张脸。他再次想起了嵌满镜子的房间，于是把这种巧合归咎其中。“都被那个水晶宫搅糊涂了！”他抱怨说，“看什么都觉得见过好多次了，就像在做梦。”

“如果你就是萨拉丁亲王。”年轻人说，“我要告诉你，我叫安托内利。”

“安托内利，”亲王无精打采地重复着，“我在哪儿听过这名字。”

“容我自我介绍。”年轻的意大利人说。

他用左手优雅地摘下他的老式帽子，右手冷不丁狠狠抽了萨拉丁亲王一巴掌，亲王的白帽子掉到台阶上，还撞倒了一只蓝色花盆。

好歹亲王也不是个懦夫，他蹿上前去抓住对手的喉咙，几乎把他逼回草地上。但他的对手却在此情急之下，表现出异乎寻常的淡定，从容地挣脱开了。

“好啊，”他喘着粗气，用不大流利的英语说，“我羞辱了你。我会给你讨回公道的机会。马尔科，打开箱子。”

他身旁戴着耳环的男人打开大黑箱上的锁，从里面掏出两把意大利式的西洋剑，钢质的剑柄与剑身做工精美。他将两把剑戳在草地上。陌生的年轻人面向大门站着，黄色的脸上满是复仇的渴望。两把剑立在草地上，像是墓地中的两个十字架。后面站的那一排铁塔一样的汉子，使得这里好似蛮族的法庭。发生了如此突然的变故，但其他景物还是没有变化。夕阳的余晖依然在草坪上闪耀，麻雀还在鸣叫，仿佛在宣告某个微不足道，但却可怖的劫数。

“萨拉丁亲王，”这位安托内利说，“我还是个婴儿时，你就杀了我父亲，偷走了我母亲。与母亲相比，我父亲倒算是幸运的人。你用不公平的手段谋害了我父亲，我要和你公平决斗。你和我可恶的母亲迫使他驾车去往西西里的一条小路，将他抛下悬崖，然后扬长而去。我也可以学你那样做，但那样太卑劣了。我满世界追寻你，你却一次次逃脱。这里就是世界的尽头了——你的路也走到头了。我抓到你了，我会给你机会，虽然你从没给过我父亲机会。选一把剑吧。”

萨拉丁亲王眉头紧锁、犹豫不决，他的耳朵被打得仍在嗡嗡作响。他跳上前去，抄起一把剑。布朗神父也跳上前，努力想要平息争端，但很快发现他的出现适得其反。萨拉丁是法国共济会[①]的成员，是激进的无神论者，神父对他的劝解，与他的理念背道而驰。而另一位，无论是神父还是世俗之人都不能改变他的想法。年轻人波拿巴式的面孔与棕色的眼中透出远远超过清教徒的严酷——根本是个异教徒。他是来自蒙昧时代的单纯杀手，石器时代的人——铁石心肠的人。

只有一个办法了，那就是把家里的人都召集起来。布朗神父赶快跑回

---

① 古代共济会发源于石匠之间，属于行业协会性质的秘密团体。现代共济会起源于英国，属于投身社会改革的政治团体。随启蒙运动，迅速扩散到西欧、中欧和北美。由于其反对教皇的权威，曾有两位教皇发布禁令，禁止天主教徒加入共济会。因此，布朗神父将共济会成员视为无神论者。

屋里。他发现独断的保罗给所有仆人都放了假，他们都离开了小岛，只有忧郁的安东尼夫人还在长屋中心神不安地走动。当她脸色惨白的望向他时，他解开了这满是镜子的宅邸中的谜团之一。安托内利深棕色的眼睛与安东尼夫人一模一样，他灵光一闪，对这件事了解了一半。

“你儿子在外面，”他没有半句废话，“他和亲王都要活不成了。保罗先生去哪儿了？”

“他在码头，”女人支支吾吾地说，“他去——他去——求救了。”

“安东尼夫人，”布朗神父严肃地说，“没时间废话了。我的朋友划船去钓鱼了。你儿子的船有他的人守着。只剩下这只独木舟了。保罗先生怎么把它划走了？”

“圣母啊！我不知道。”她说着，便晕倒在铺着席子的地板上。

布朗神父把她扶到沙发上，向她泼了一壶水，又大呼救命，跑到小岛的码头上。但小船已经驶到水流当中了，老保罗划船的那股劲头真不像是他这把年纪的人。

“我要救我的主人，”他大喊，同时眼中燃烧着疯狂的火焰，“我会救他的！”

布朗神父只能目送船只逆流而上，但愿老人能及时叫来镇上的人。

“一场决斗已经够糟了。”他摩挲着自己粗糙的土褐色头发，小声嘀咕，“但就算真是场决斗，它也不对劲儿。我能从骨子里感觉出来。但是哪里不对劲儿呢？”

他站在那里，盯着夕阳下波光粼粼的水面。此时，他听到岛上花园的另一端传来微弱的但很明确的一种声音。那是钢锋相击发出的冰冷之声。

他扭过头去。

从狭长小岛最远处的海角，或者说海岬上望过去，在最远处玫瑰外围的草坪上，决斗者已经交锋。夜幕像纯金圆顶一般罩在他们头上。从远处观望，所有细节都被过滤掉了。他们都脱掉了外衣，黄马甲、白头发的萨拉丁与红马甲、白裤子的安托内利两人在地平线上光彩夺目，仿佛跳舞的发条娃娃那样色彩艳丽。两把剑从剑尖到柄头都闪着光，就像两枚钻石制的大头针。两个如此小巧、明艳的形象实在惊人，看起来好像两只蝴蝶都打算将对方钉在软木塞上，制成标本。

布朗神父拼命跑过去，两条短腿车轮般交替。但等他赶到战场，他发现自己来得太迟又太早了。说太迟，是因为那里有一群倚着船桨的冷峻西西里人，他们不会让他上前去阻止这场打斗；说太早，是因为此时还无法预料会有怎样的灾难性后果。那两个人倒真是棋逢对手，亲王运用他的技巧时带着玩世不恭的信心，西西里人则在凶残中透露出谨慎。即使在水泄不通的圆形竞技场中，你也不可能见到比这更精彩的击剑比赛，河中满是芦苇的无名小岛上叮当作响、火花四溅。眼花缭乱的决斗长时间难分高下，想要劝架的神父心中又升起了希望，不管怎样，保罗很快会带着警察赶到。哪怕是弗朗博钓完鱼回来了，也会让人心安。以弗朗博的块头，他起码可以对付四个人。但目前还没有弗朗博的踪影，更奇怪的是，也不见保罗和警察的人影。除此之外，再没有别的指望了。在不知名湖泊中的遗世小岛上，他们与外界断绝了联系，宛如置身太平洋中的礁石上。

就在神父胡思乱想之际，西洋剑的碰撞声变得更加急促，只见亲王扬起了双臂，剑尖从他的肩胛骨之间刺了出来。他转了一大圈，好像是被人扔出去的半个玩具车轮。剑像流星一样从他手中甩了出去，扎进远处的河里。他倒下去的动静可谓惊天动地，身子撞在一丛玫瑰上，扬起一股红色的尘土——仿佛异教献祭仪式上的烟雾。西西里人用鲜血祭奠了他父亲的在天之灵。

神父立即跪到尸体旁，但也只来得及确认那是一具尸体。不等他再做无谓的尝试，远处的河上传来声音。他望见一艘警船直奔码头，船上载着巡警以及其他的重要人物，包括焦躁的保罗。小个子神父站起身来，板着脸，明显是在怀疑什么。

“为什么呢？”他嘟哝道，“到底为什么他没能早些回来呢？”

才过了七分钟，小岛就站满了外来的村民与警察。胜利的决斗者被警察逮捕。按惯例，警察提醒他，他说的任何话都有可能成为对他不利的证据。

“我什么都不会说，”狂热的小伙子说，可他的表情却轻松、平静，“我不会再多说一句。我得偿所愿，只求一死。”

然后他闭上嘴，被他们带走了。虽然很古怪，但他除了在庭审中说过一次“认罪”，真的没再张过口。

布朗神父望着转眼间就挤满了人的花园，看到血案的制造者被逮捕，看到尸体经过医生检查后被抬走。他的神情像是见到了一场丑恶梦境的终结。他一动不动，似乎仍然在梦中。他作为证人提供了自己的姓名与住址，但回绝了乘船归岸的邀请，仍旧独自待在岛上的花园里。他瞅着破碎的玫瑰丛，还有上演了那出短暂又费解的悲剧的绿色舞台。河上的光亮褪去，雾霭从沼泽地里升起，晚归的鸟儿断断续续地掠过。

他的潜意识（通常是很活跃的）顽固地卡在一件无法形容的事实上，那就是还有些事没有得到解释。这一整天里发生的一幕幕事件，并不能仅用一句“镜中世界”就敷衍过去。也许他看到的不过是场游戏或者化装舞会，并非真实。但是不会有人为了一个猜谜游戏，把人刺个对穿，或是被绞死。

他坐在码头的台阶上沉思。一艘船在闪闪发光的河上静静驶来，船上一个高大的身影渐渐清晰起来。神父站起来，激动得几乎哭出来。

“弗朗博！”他大叫道。他向朋友不断地挥手。他的朋友拎着渔具登岸，一脸的惊诧。“弗朗博，”他说，“你没被杀掉？”

“被杀？”垂钓者万分吃惊地说，“为什么我要被杀？”

“噢，几乎所有人都死了，”他的同伴疯疯癫癫地说，“萨拉丁被谋杀了，安托内利要被绞死，他母亲晕过去了，而我已经分不清自己是否已经到了另一个世界。可是，感谢天主，你和我在同一个世界里。”接着他抓住了大惑不解的弗朗博的胳膊。

离开码头以后，两人来到竹屋低矮的屋檐下，从窗户往屋里看。他们刚到这里时就这么做过。屋里的灯光刚好吸引了他们的视线。当萨拉丁的死对头像风暴中的闪电一样落在岛上时，餐厅里正在布置晚餐。现在晚餐正有条不紊进行着，安东尼夫人坐在餐桌下首，好像不太高兴，而大管家保罗先生坐在上首，正在享用最上等的美酒佳肴。他疲惫的蓝眼睛在脸上显得很突出，他憔悴的面容显得高深莫测，但不乏满意的神色。

弗朗博一时心急，啪啪拍着窗户，然后猛力推开了，愤愤不平地将头探进明亮的室内。

"嗨，"他大喊，"你们需要休整，我可以理解。但你们的主人死在花园中，他尸骨未寒，你们就偷走他的晚餐……"

"在我漫长、愉快的一生中，我偷过不知多少东西。"冷漠的老绅士平静地回答，"但这晚餐可不是偷来的。晚餐、房子还有花园恰恰都是我的财产。"

弗朗博的表情一变，冒出一个新念头："你的意思是，萨拉丁亲王的遗嘱——"

"我就是萨拉丁亲王。"老人一边嚼着椒盐杏仁一边说。

布朗神父正在窗外看鸟，听了这话，像挨了一枪似的蹦了起来，然后把他芜菁一样的大白脸伸进窗户。

"你说什么？"他尖声问道。

"在下就是保罗·萨拉丁亲王。您满意了吧？"那位尊贵的人士举起一杯雪利酒，礼貌地说，"为了在这里平静地生活，我装成用人。我自称保罗先生以示谦虚。也为了和我那个讨厌的弟弟史蒂芬先生区别开。我听说他刚刚死了——死在花园里。当然了，仇家在这里找到他，这不是我的错。那要归咎于他令人遗憾的不检点的生活。他不是个能负起责任的人。"

他又陷入沉默，继续盯着对面低头不语的女士头顶上方的墙壁。他们明白了死者身上曾经困扰他们的问题，那两人其实出自一家，自然长相有相似之处。然后老人的肩膀开始微微颤抖，像是噎住了，但他的脸色一点没变。

"我的天！"弗朗博顿了一下，然后大叫，"他在笑！"

"走吧，"布朗神父脸色刷白地说，"离开这座人间地狱。我们回到诚实的小船上去。"

他们驶离小岛时，夜色已经降临在水流与河道上。他们在黑暗中顺流而下，各自点起一支雪茄取暖，暗红的火光像是两盏船灯。布朗神父把雪茄拿在手里，说："我想你能推断出整个事情的来龙去脉了吧？不管怎么说，这是个老套的故事。某人有两个敌人。他是个聪明人。他发现两个敌人比一个好对付。"

"我没听懂你的话。"弗朗博回答道。

"哦，太简单了，"他的朋友回答他，"简单但并不清白。两位萨拉丁都是无赖，不过，年长的亲王在无赖中是拔尖的，年轻的上尉只能算是不入流的。这位卑劣的军官从乞讨者变成了勒索者，一定是在某个丑恶的日子，他抓住了他王兄的把柄。那自然不是件小事，因为保罗·萨拉丁亲王从不掩饰他的放荡，一点小罪无损于他本就不怎么好的名声。通俗地说，那是能送他上绞架的重罪。史蒂芬掌握了缠在他哥哥脖子上的绳索。他不知怎的发现了西西里那件事的真相，能够证明保罗在山中谋害了老安托内利。上尉狠狠地榨取了十年封口费，直到亲王殷实的财产快要见了底。

"但亲王除了吸血鬼似的弟弟，还有一桩麻烦事。在谋杀发生时，安托内利的儿子还只是个小孩子。但他知道那孩子在西西里彪悍的民风中成长，只为复仇而活，但不是用绞架（他缺少了史蒂芬关键的证词），而是用仇杀的古老兵器。男孩勤于苦练，杀人术臻于完美。一等他长到可以使用武器的年纪，萨拉丁亲王立即开始——按照报纸上的说法——旅行。实际上，他是在逃命，从一处跑到另一处，简直像个通缉犯，追寻他的是个冷酷无情的人。这就是萨拉丁亲王的处境，绝对谈不上优裕。他在躲避安托内利这件事上花的钱多了，给史蒂芬的封口费就少了。给史蒂芬的钱多了，他逃命的机会就少了。然后他显示出了伟人一般的才能——拿破仑般的天赋。

“他不再对敌人负隅顽抗，而是突然向他们投降了。他向日本相扑一样闪躲开，他的敌人就扑倒在他面前。他不再亡命天涯，还把自己的地址透露给了小安托内利。然后又把一切都交给了他弟弟。他寄给史蒂芬足够的钱，供他购买光鲜亮丽的衣服以及做一次轻松的旅行，还附上一封信，大致是说：“这是我仅有的了。你已经把我吃干抹净了。我在诺福克还有间小房子，有些仆人和一个酒窖。要是你还想从我这里得到什么，那就只有把这些都拿去了。你要拿就来拿吧。我会静悄悄地住在那里，算是你的朋友、代理人或者任何什么。”他知道西西里人从没见过萨拉丁兄弟，或许只见过照片。他还知道他们很相像，都留着灰色的山羊胡。于是他自己刮掉了胡子，等着猎物上钩。倒霉的上尉穿着新衣服走进房子，好像得胜的亲王，却撞到了西西里人的剑下。

“这其中有段波折，完全出自人类重视荣誉的天性。萨拉丁这样的恶人常常因无视人类的美德而出错。他本以为意大利人会采用匿名的手段暗中偷袭，就像他当年对付老安托内利一样。他想凶手会在夜里下刀，或者躲在隐蔽处开枪。如此一来，双方不会有机会见面说话。然而，具有骑士精神的安托内利提出光明正大地决斗，这让保罗慌了神，因为一切误会都可能被澄清。那时，我见到他慌慌张张地驱船离岸。他连帽子都顾不上戴，趁着安托内利还没有认出他，赶紧逃跑。

“但即使他心神不安，也不是毫无希望。他了解那个冒险家，也了解那个狂热的人。冒险家史蒂芬很可能不会把事情说破，因为他曾经很喜欢演戏，眼下又在觊觎舒适的新居所，他还像投机者一样相信运气，剑术也不错。狂热的安托内利一定会缄口不言，在被绞死时不会说出他的身世。保罗在河上一直等到他确信决斗已经结束。接着他赶到镇上，叫来了警察。他看着他的两个敌人永远地离开了，然后微笑着坐下来享用晚餐。”

“这太可怕了！”弗朗博抖得很厉害，他说，“他们是从撒旦那里学来的吗？”

“他是跟你学的。”神父回答说。

“绝不可能！”弗朗博脱口而出，“从我这里！你什么意思！”

神父从衣兜里摸出一张名片，借着雪茄发出的微光，可见上面的绿色墨水笔迹。

“你不记得他对你的邀请了？”他问，“还有他对你在犯罪生涯上的丰功伟绩的恭维？你曾经设计，驱使一位侦探逮捕了另一位侦探。不记得了？他不过是复制了你的诡计。他被两个敌人堵在中间，却能轻巧地从中抽身，让他们撞个满怀，互相残杀。”

弗朗博从神父手中一把扯过萨拉丁亲王的名片，撕了个粉碎。

“我再也不想见到这个老毒虫的东西。”他边说边将碎片撒向黑夜，消失在流水中，“但我恐怕它会毒死鱼群。”

白纸与绿墨水的最后一点痕迹没入水中。模糊的晨光在天空映出活泼的色彩，草从后面的月亮越发苍白了。他们静静地随波漂流。

“神父，”弗朗博突然说，“你是否认为这全是一场梦？”

神父摇摇头，态度模棱两可，依然没说话。黑暗中飘来一股山楂树与果园的气味，这说明起风了。下一刻，风吹动了小船，鼓起了风帆，带他们漂过蜿蜒的河流，漂向幸福的地方，去到善良人的家园。

天主的锤子

小村子博亨比肯[1]位于陡峭的山丘之上，村里教堂高高的塔顶犹如山脉的尖峰。教堂脚下有间铁匠铺，总被炉火映得通红，里面到处是锤子与铁屑。铁匠铺对面，隔着由鹅卵石路交叉而成的崎岖路口，是这里唯一一家小酒馆——蓝野猪。晨光破晓之时，就在这十字路口，一对兄弟相遇并交谈起来。对其中一个来说，一天才刚开始，而对另一个来说，一天正要结束。神父威尔弗雷德·博亨阁下非常虔诚，正要去参加某项严苛的晨祷或是冥思仪式。他的哥哥陆军上校诺曼·博亨阁下却一点也不虔诚，正穿着晚礼服坐在“蓝野猪”门前的长凳上喝酒，从他的模样看，头脑再清醒的旁观者也说不清这是他星期二的最后一杯还是星期三的第一杯。上校本人也不在乎。

博亨家是真正传承自中世纪的贵族，如今已寥寥无几，他家族的旗帜曾在巴勒斯坦飘扬[2]。但要说这样的家族保持着骑士传统，那可是天

① 一个虚构的村庄。

② 指其家族参与过十字军东征。

大的误解。除了穷人，少有人会去保持传统。贵族的追求不是保持传统而是时尚地生活。博亨家在安妮女王时代出过街头流氓[1]，在维多利亚女王时代出过花花公子[2]。和诸多历史悠久的贵族一样，在最近的两个世纪中，他们腐化堕落成了酒鬼与没出息的浪荡子，甚至有传言说他家族的人精神错乱。上校如此贪婪地寻欢作乐确实不成体统，夜夜笙歌，不到天亮不回家，一副严重失眠的样子。他身材高大，体格健壮，虽说上了年纪，头发却还是金黄色的，令人称奇。若不是他的蓝眼睛深陷在面孔中，以至于看起来像是黑色，他也不会这么像是金鬃的雄狮。他两眼有些过于靠近，留着很长的金黄髭须，胡须两端从鼻子下面一直垂到下巴上，因此他的表情似乎总是带着冷笑。他的晚礼服外面套着一件古怪的浅黄色外套，不过那样子更像是睡衣而不是外衣。他后脑勺上扣着一顶样式特别的翠绿色宽边帽，俨然是随手抓来的东方古董。他还颇为这身不搭调的装扮自豪——自豪的是自己总是能把不搭调的衣服穿出格调来。

他弟弟是名助理牧师，也是一头金发，仪表堂堂，他身穿黑衣，扣子一直扣到下巴，脸刮得干干净净，举止文雅，就是有些神情紧张。他似乎只为了宗教信仰而活。但也有人说（尤其是信奉长老会[3]的铁匠）他爱哥

---

① 街头流氓：指18世纪初在伦敦街头以非法行为取乐的一群贵族子弟。

② 花花公子：指19世纪末在英国的一群打扮时髦的公子们。

③ 长老会：基督教归正宗的一派，起源于16世纪的西欧改革运动。1637年，归正宗在苏格兰建立长老制。

特式建筑[1]胜过爱天主，他像个幽灵一样在教堂中徘徊，纯粹是因为他对美有近乎病态的渴望，而正是类似的渴望驱使着他哥哥狂热地追逐女人与美酒。这种指控是值得怀疑的，但此人虔诚的行为却是千真万确的。他喜欢秘密地独自祈祷，对他的指控源于不明就里的误解，只因为有人见到他经常不是跪在圣坛前，而是跪在诸如地下墓穴或是走廊之类的地方，甚至是在钟楼上。此时，他正要穿过铁匠铺的院子走入教堂，但看到他哥哥空洞的双眼也望着教堂的方向，他不禁停下来，眉头轻蹙。上校是对教堂感兴趣吗？神父可不会为这样站不住脚的假设费神，那就只能是铁匠铺了。尽管铁匠是个清教徒，不算是他的教民，可威尔弗雷德·博亨还是听说过某个出了名的漂亮妻子的一些丑事。他向棚子那边投去怀疑的目光，而上校站起身，笑着和他攀谈起来。

“早上好啊，威尔弗雷德。”他说，“我像个称职的地主一样不眠不休地守护着我的人民。我正打算去拜访一下铁匠。”

威尔弗雷德看着地面，说：“铁匠不在家。他去了格林福德。”

“我知道。”对方脸上挂着无声的笑容，“正是因为这样，我才要去拜访他。”

“诺曼，”传教士的眼睛盯着嵌在路面上的卵石，“你有没有怕过雷电？”

“你什么意思？”上校问，“你对气象学感兴趣？”

“我的意思是，”威尔弗雷德依然没有抬头，“你有没有想过天主会

---

① 哥特式建筑：又称歌德式建筑，整体风格高耸瘦削，凸显了宗教中的神秘感。

当街劈死你？”

“请你再说一遍。”上校说，“我懂了，原来你的爱好是民间传说啊。”

“我倒知道你的爱好是亵渎神明。”宗教信徒被戳到了痛处，反驳道，“就算你不畏惧天主，你也有理由害怕凡人。”

哥哥礼貌性地扬起了眉毛。“害怕凡人？”他说。

“铁匠巴恩斯可是这方圆40英里个子最高、最强壮的人。”神父严厉地说，“我知道你不是懦夫，也不是草包，但他照样能把你顺着墙头扔出去。”

这段话正中要害，而且句句属实，上校不由得撅起嘴，嘴唇与鼻子之间的线条变得更暗更深了。有那么一会儿，他站在那儿一脸苦笑。但转瞬间，博亨上校就恢复了他嬉皮笑脸的常态。他咧着嘴笑的时候，两颗狗一样的门牙来从黄色胡须下露出来。“要是那样的话，我亲爱的威尔弗雷德，”他漫不经心地说，“博亨家最后的传人可是挺明智的，他知道要戴上一部分盔甲再出门。”

然后他摘下怪异的绿色圆帽，展示衬在里面的钢片。威尔弗雷德认出了它，这实际上是一顶日式或者中式的轻型头盔，是从挂在老旧的家族大厅里的某件战利品上扯下来的。

“容易到手的帽子，”他洋洋得意地解释说，“总是最靠近你的帽子——最靠近你的女人也一样。”

“铁匠去了格林福德，”威尔弗雷德平静地说，“他什么时候回来可说不准。”

说完，他转过身低着头走进教堂，一边走一边画十字，仿佛要摆脱一个不洁的灵魂。走在高大的哥特式修道院寒冷的晨光中，他急切地想要忘掉那个没教养的人。但这天早上他一成不变的一系列的宗教活动注定了要处处受到干扰。在这个钟点，教堂里通常没有人，可他进门时，却看见有个跪着的人影。那人听到脚步声，急忙站起来，走到门口光亮处。助理牧师一看到他就吃惊地站住了。因为那个清晨就来祷告的信徒不是别人，正是村里的傻子，铁匠的侄子。他不应该也不可能会关心教堂或是其他的事。大伙儿都叫他“疯子乔”，大概他也没有别的名字了。他皮肤黝黑，身体强壮，却是个懒散的小子。他的脸色苍白，一头深色的直发，嘴巴总是合不上。他从神父身旁经过时，从他痴呆的表情中一点也看不出他做过些什么又想过些什么。此前从没人见过他祈祷。他会祈祷些什么呢？一定是些非同寻常的祈求。

威尔弗雷德·博亨站在原地，生了根似的一动不动，一直看着傻子走出去，走到阳光中。他还看见他放荡的哥哥在用一种长辈般的戏谑招呼他。他看到的最后一件事就是上校朝乔张着的嘴里扔硬币，那劲头还挺认真。

尘世间的阳光下竟有如此愚蠢又残酷的景象，使得这位苦修士最终转向了他祈求净化与新思维的祷告。他走向走廊中的一条长凳，长凳恰好在一扇彩色玻璃窗下。他喜爱那副总能安抚他灵魂的图像，蓝色的窗子上有一位手持百合花的天使。在那里他可以不再去想那个憔悴的嘴脸像鱼一样的弱智，不再去想他那个邪恶的像饥肠辘辘的狮子一样欲壑难填的哥哥。银白色的花朵与宝石蓝的天空，使他在如此清凉又甜蜜的色彩中越陷越深。

半个小时以后，村里的鞋匠吉布斯匆忙地跑来找他。博亨特意加快了脚步，因为他明白如果只是一点小事，吉布斯这号人绝不会来教堂的。和村子里众多的鞋匠一样，吉布斯也不信教。他出现在教堂里，与疯子乔的出现相比，是更加非同寻常的征兆。这真是个充满了神学谜题的早晨。

“出什么事了？”威尔弗雷德·博亨很生硬地问，伸出去拿帽子的手在颤抖。

这个无神论者语气居然充满了敬意，嗓音甚至因同情而变得沙哑。

“请您原谅我，先生，”他嘶哑地低声说，“但我们还是觉得有必要让您马上知道这件事。恐怕是有可怕的事情发生了，先生。恐怕您的哥哥他——”

威尔弗雷德紧握着他柔弱的双手。“他又干了什么见不得人的勾当了？”他的喊声中带着不自觉的激动情绪。

“怎么会呢？先生。”鞋匠咳嗽着说，“恐怕他什么也没做，而且再也做不了什么了。我恐怕他是完了。您最好快点下来，先生。”

助理牧师随着鞋匠走下一小段旋梯，来到了高出街面不少的入口处。博亨一眼望见了这桩惨剧，就像一张摊在他脚下的图纸。铁匠铺的院子里站着五六个人，几乎都是一身黑衣，其中一个穿的是巡官的制服。其他的人还包括医生，长老会牧师，罗马天主教教堂的神父——铁匠的妻子是信天主教的。天主教神父正快速地小声对她说话，而那个有一头耀眼金发的漂亮女人只顾坐在长凳上哭哭啼啼。就在这两拨人之间，在一堆铁锤旁，趴着一个穿晚礼服的人，他四肢摊开，脸贴在地上。威尔弗雷德从高处对他的穿着打扮看得一清二楚，甚至能看到他手上戴的博亨家族的戒指，但他的头颅却像一摊飞溅开的污渍，又像是由乌黑的血迹画出的星星。

威尔弗雷德·博亨只看了一眼，就跑下台阶进到院子里。那位医生，也是他家的家庭医师，跟他打招呼，威尔弗雷德却理都没理他，只是结结巴巴地说："我哥哥死了。这是怎么回事？如此恐怖而神秘的事情是怎么发生的？"现场陷入一片压抑的沉默，而鞋匠是现在最直言不讳的人，他回答说："先生，恐怖是真恐怖，可说不上有多神秘。"

"你什么意思？"威尔弗雷德脸色煞白地问。

"太明显了。"吉布斯回答说，"这方圆40英里只有一个男人能一下子把人打成这样，而且他也有理由这么干。"

"咱们还是不要提前下结论。"医生插话进来，他个子挺高，蓄着黑胡子，神情有些紧张，"不过我确实能对吉布斯先生的描述提出佐证，这是不可思议的一击。吉布斯先生说这附近只有一个人能办到。但我得说没人办得到。"

一股因迷信而生的战栗穿过了助理牧师瘦小的身体。"我搞不明白你在说什么。"他说。

"博亨先生，"医生低声说，"恕我没把话说清楚。头骨不只是像鸡蛋壳一样被打得粉碎。骨头的碎片就像射入泥墙的子弹一样嵌进了身体和地面。这只有巨人的手才能干得出来。"

他沉默了片刻，冷酷地透过他的眼镜向外看，然后补充说："这倒也有个好处——很明显，大多数人都能摆脱与这一击有关的嫌疑。要是你或者我或是这个国家里任何一个普通身材的人，为了这个罪名被起诉，咱们都会被无罪释放。毕竟要是纳尔逊圆柱纪念碑[1]丢了，总不能说是个婴儿偷的。”

“我就是这个意思。”鞋匠固执地重复他的话，“只有一个人有能力做出这事，而且他也有理由这么做。铁匠西米恩·巴恩斯呢？”

“他去格林福德了。”助理牧师支吾地说。

“我还说他去了法国呢。”鞋匠抱怨说。

“不对，他没在你们说的任何一处地方。”小个子天主教神父加入到谈话中，他的声音既小又没什么特色，“事实上，他此刻正沿着这条路走过来。”

小个子神父的长相平淡无奇，棕色短发，一张圆脸上表情冷漠。可此时就算他像阿波罗一样光彩夺目，也没人会去看他。所有人都转身眺望穿过平原的那条小路。铁匠西米恩正跨着大步，扛着铁锤沿路走来。他是个骨骼粗大的大个子，深色的眼睛凹陷下去，目露凶光，下巴留着黑色的胡子。他一边走一边和另外两个人轻声交谈，算不上特别高兴，却似乎很悠闲。

“我的天啊！”不信神的鞋匠高喊，“那就是他杀人用的锤子。”

“不对，”巡官留着浅黄色的胡子，看起来是个明白事理的人，这是他来了以后第一次开口，“作案用的锤子就在那边教堂的墙边。我们让它和尸体都保持着原样。”

所有人的目光都投向那边，矮个神父走过去无声地看着地上的凶器。

---

① 纳尔逊圆柱纪念碑：位于英国伦敦特拉法尔加广场，建于1843年。

那是其中一把最轻最小的锤子，在一堆锤子里并不起眼，但铁锤的边缘却粘着血迹和金黄的头发。

一阵沉寂过后，矮个神父低着头开始讲话，他用乏味的语调宣布他的新发现。“吉布斯先生说这事没什么神秘的，”他说，“这说法恐怕不对。至少这一点很神秘。这样的大个子怎么会选这么小的锤子挥出这么重的一击。”

“噢，别管这个了。”吉布斯疯狂地叫道，“咱们该怎么处置西米恩·巴恩斯？”

“别动他，”神父平静地说，“他自己会回来。我认识和他同行的两个人。他们都是来自格林福德的虔诚信徒，他们才去过长老会礼堂。”

他话音未落，高大的铁匠就绕过教堂的墙角，大步跨进自家院子，然后他就呆住了，锤子也脱手了。巡官立即迎上前去，他依然保持着无可指摘的礼节。

“巴恩斯先生，”他说，“我不打算问你是否了解这里发生了什么事。你也不一定会说。我希望此事与你无关，并且能证实自己的清白。但在形式上，我必须以国王的名义拘捕你，罪名是谋杀诺曼·博亨上校。”

“你什么都不用说了。”好事的鞋匠兴奋地说，“他们已经证实了所有事。只不过他们还没有证实那个脑袋被砸得粉碎的人是博亨上校。”

“这种说法站不住脚。”神父身边的医生说，“又不是侦探故事。我是上校的私人医师，我比他本人还要了解他的身体。他的双手很漂亮，但也有奇特之处。他的食指与中指一样长。噢，这个人肯定是上校无疑。”

他观察地上头部受创的尸体时，铁匠毫无感情的铁黑色眼睛也在盯着看。

“上校死了？”铁匠相当平静地说，“他活该。”

“什么都不要说！噢，什么都不要说。”不信教的鞋匠大喊。他沉浸在对英国法律制度的赞美中，手舞足蹈。没人比这个世俗论者更像个法律学家。

铁匠转过头看着他，威严的脸上充满了宗教般的狂热。

“你这样的无信仰者，在世俗法律的庇护下，像狐狸一样左躲右闪。”他说，“可你今天也看到了，天主是在守护他的子民的。”

然后他指着上校说：“这十恶不赦的狗贼是什么时候死的？”

“说话客气点。”医生说。

“要是《圣经》里都是客气话，那我讲话也会客气的。他什么时候死的？”

“早晨六点钟我还见他活得好好的。”威尔弗雷德·博亨结结巴巴地说。

“天主是仁慈的。”铁匠说，“巡官先生，你要拘捕我，我毫无异议。倒是你该为拘捕我提出异议。我不在意。因为离开法庭时，我的人格不会沾上任何污点。你倒是要在意。说不定离开法庭时，你的事业上要留下不光彩的一笔。”

严肃的巡官第一次饶有兴趣地看着铁匠，其他人也一样。只有矮小的陌生神父还在低头打量那把造成了致命一击的小锤子。

“铺子前面站着的这两个人，”铁匠用呆板而清晰的语调继续说，“都是格林福德的正经商人，你们也都认识。他们可以作证，从半夜到今天一大早，我都和他们在一起。我整夜都在我们复兴布道会的会议室里。我们为了拯救灵魂而禁食。在场的二十个格林福德人都可以证明我一直在那里。巡官先生，如果我是个异教徒，我一定巴不得你丢了工作。但作为一名基督教徒，我应该给你机会，问一问你是想现在听我辩解，还是法庭上见。”

巡官初次露出不安的神色，说：“我当然很愿意现在就让你洗清罪名。”

铁匠大步走出院子，和他进门时同样轻松。他回到两位来自格林福德的朋友那里，实际上，他们和在场的每一个人都算得上是朋友。他们俩每人讲了几句，没人质疑他们的话。他们讲完以后，西米恩的清白无辜变得如同众人面前雄伟的教堂一样坚实。

人群陷入了沉默，这可比任何演说都更怪异、更令人难以忍受。助理牧师急于打破沉默，便问天主教神父：“你似乎对那把锤子很感兴趣，布朗神父。”

“是的，”布朗神父说，“为什么会是这么小的一把锤子呢？”

医生转过身对着他。

“的确，还真是这么回事。”医生大叫，“谁会用这么一把小锤子呢？这里比这大的锤子可有十把也不止。”

接着他压低声音附在助理牧师耳旁说：“除非是举不动大锤子的人。这与不同性别间魄力或胆量的差异无关，是臂力的问题。一个胆大包天的女人可以不费吹灰之力地用一把小锤子犯下十桩谋杀案，但却没法用一把大锤砸死一只甲虫。”

威尔弗雷德·博亨看着他，眼神恍惚，充满恐惧。而布朗神父却在津津有味地侧耳倾听。医生用更加低沉的声音继续强调说：为什么这群蠢货总是以为只有丈夫才会恨妻子的情人呢？十有八九妻子才是最恨她情人的人。谁又能说清他是如何侮辱或是欺骗她的——往那边看看吧！”

他用手指了指长凳上的金发女人，又赶快收回了手。她终于抬起了头，脸上挂着泪痕，眼睛依然盯着尸体发呆。

威尔弗雷德·博亨神父的样子虚弱无力，仿佛不再想知道任何事。而布朗神父撣去袖子上的炉灰，用他冷漠的腔调开始发言。

“你和大多数医生一样，”他说，“从精神科学的角度看，你的分析很有道理。从生理条件的角度看，完全行不通。我同意女人比丈夫更想杀掉奸夫。我也同意女人一定会用小锤子，而不是大锤子。但问题是从生理条件上看这是不可能的。世上没有哪个女人能把男人的颅骨砸得这么扁。”稍作停顿以后，他又若有所思地说，“这群人还没有弄清事情的来龙去脉。那个人实际上戴的是一顶铁盔，而这一击却把它打得像玻璃一样碎。看看那女人，再看看她的胳膊。”

又是一片鸦雀无声，医生闷闷不乐地说：“好吧，也许我错了，仁者见仁，智者见智。但我还是坚持我的主要观点。放着大锤子不用，只有傻子才会去用小锤子。”

威尔弗雷德·博亨抬起瘦弱颤抖的手，似乎要去抓他稀疏的金发。可他马上又放下手，高声说：“这正是我想说的，让你给说出来了。”

然后他抑制住心头的不安，继续说：“你说只有傻子才会去用小锤子。”

“是啊，”医生说，“怎么了？”

“那就对了，”助理牧师说，“只有傻子才会那样做。”其他人全都目不转睛地盯着他看，而他变得燥热，又像女人一样激动。

“我是个神父，”他不安地说，“而一位神父不该沾上血腥。我是说他不该把人送上绞架。感谢天主，我现在看清了谁是罪犯——因为那个罪犯是不会被推上绞架的人。”

“你不打算告发他？”医生询问说。

“就算我告发他，他也不会被吊死。”威尔弗雷德露出了极度兴奋但又让人捉摸不透的快乐笑容，他回答说，“我今天早上走进教堂的时候，看到一个疯子正在做祷告——那个可怜的乔，他这一生中就没正常过。天主才知道他祈祷些什么，但毫无疑问，这种怪人的祈祷是颠三倒四的。一个疯子很可能在杀人以前先去做祷告。我最后看到可怜的乔时，他正和我哥哥在一起。我哥哥在戏弄他。”

“天啊！”医生大叫，“终于说到点子上了。但你要怎么解释呢？”

威尔弗雷德神父自认为瞥见了真相而激动得几乎颤抖起来。“看到没有，看到没有，”他兴奋地大叫，“只有这种推论才能解释这两件怪事，回答这两个谜题。这两个谜题就是小锤子与重重的一击。铁匠有力气打出重击，但不会选用小锤子。他老婆可能选用小锤子，却又没力气打得那么重。但是疯子两样都具备。为什么选小锤子呢？因为他疯了，用什么都有可能。而重击呢？你没听过这个说法吗，医生？疯子一旦犯了病，十个大男人也按不住他。”

医生深吸了口气，然后说：“老天啊，我相信你已经解答了这一切。”

布朗神父盯着发言者看了许久，他灰色的眼睛瞪得像牛眼一样大，似乎要证明他的眼睛与脸上的其他部分不一样，不是无关紧要的。周围一安静下来，他就带着明显的敬意说：“博亨先生，到目前为止，你的推论是唯一一个，从各方面来说都站得住脚的，本质上讲是无懈可击的。因此，我认为你有资格知道，以我的学识来看，这个推论并非事实。”说完，这个小老头走到一旁又去端详那把锤子了。

“好像这家伙知道的事比看起来的要多，”医生小声地向威尔弗雷德发牢骚，“那群天主教神父都不是一般的狡猾。”

“不，不对，”博亨精疲力竭地说，“疯子干的，是疯子干的。”

两位神职人员和一位医生这一组人已经被另一组人甩在一边了，那组人更为重要，是由巡官和被拘捕的人组成的。现在神父他们自己谈不下去了，就转过来听另一组人在说什么。神父一面听着铁匠大声说话，一面抬头看看又低头瞅瞅。

“我希望我能说服你，巡官先生。你说的对，我是挺有力气，可我也没法从格林福德扔出锤子，让它砸到这里来。我的锤子没长翅膀，它不可能从半里外越过篱笆和田野飞过来。”

巡官友善地笑着说：“行了，我认为你的嫌疑可以排除了，尽管这是我见过的最荒诞的巧合。我只是想让你尽量协助我们找到一个和你一样高大强壮的男人。哎呀！你还可以帮我们抓住他！我想你该猜想过那人是谁吧？”

“我是该猜一猜，”脸色苍白的铁匠说，“但干这事的不是男人。”然后，他看到大家惊恐的眼睛都望着他妻子，又把他的大手放在她的肩头说：“也不是女人。”

“你这话什么意思？”巡官打趣地问，“你总不会认为奶牛会用锤子吧？”

“我认为拿起这把锤子的不是个血肉之躯，”铁匠闷声说，“说句不该说的，我看他是自己死掉的。”

威尔弗雷德突然走上前来，用充满怒火的眼神瞪着他。

“巴恩斯，你是说，”鞋匠尖利的声音传了过来，“锤子自己蹦起来把那人击倒了？”

“噢，你们这些绅士可能会笑话我。”西米恩大喊，“你们这些神父，在礼拜日告诉我们，天主是如何平静地击败西拿基立[1]的。我相信，是隐身于尘世间的那一位，保护了我的名誉，将罪人击杀在门前。我相信这一击的力量，正是地震中蕴含的那种力量，而且绝不比那种力量小。”

威尔弗雷德用怀着难以言表的痛苦的声音说：“我亲自提醒过诺曼要小心雷电。”

“那可不在我的管辖范围内。”巡官轻轻一笑。

“你却在他的管辖内，”铁匠回答，“再见吧。”说完，他转过宽阔的后背，走进房子里。

布朗神父扶着摇摇晃晃的威尔弗雷德离开，他和助理牧师在一起显得轻松友好。“让我们离开这个恐怖的地方吧，博亨先生。”他说，“我能到你的教堂里参观一下吗？我听说这是英国最古老的教堂之一。你知道

① 西拿基立（前705—前681）：在位的亚述国王，能征惯战。

的，我们就是对这些感兴趣。”他又做了个滑稽的鬼脸，“对英国的老教堂。”

威尔弗雷德·博亨没有笑，他从来都没什么幽默感。但他相当热情地点点头，他早就等不及和某个人聊一聊，大谈特谈哥特式教堂的辉煌与壮观，只要那人能体会其中奥妙，不要像长老会的铁匠、不信神的鞋匠那样无知。

“那太好了，”他说，“咱们先从这边进去。”他带头走向台阶顶端的侧门。布朗神父才跟着他迈上第一阶台阶，就感到有只手搭在他肩头，扭头看见医生黑瘦的身影，他脸上带着的疑惑显得更加深暗。

“先生，”医师严厉地说，“你好像知道这个谜案的一些秘密。我想问问你是否打算保密呢？”

“怎么会呢，医生，”神父很愉快地笑着回答，“对我这类人来说有个非常好的理由去保密，那就是对真相还拿不准。等到确定了真相，保密又成了一项不变的义务。要是你认为我对你或者其他人保持沉默很失礼，我只好在我习惯的最大限度内，向你透露两条十分重大的线索。”

“是什么呢，先生？”医生表情阴郁地说。

“首先，”布朗神父平静地说，“这是你专业范围内的事，是生理科学的问题。铁匠错了，他所谓的神圣的一击也许是对的，但那肯定不是什么奇迹。奇迹并不存在，医生，要说奇迹，人类本身就是奇迹，人们心中充满了奇异古怪、近乎英雄主义的想法。击碎头骨的力量来自科学家众所周知的定律，这定律是自然法则中最常受到讨论的之一。”

医生皱着眉，专心致志地看着他说：“还有一条线索呢？”

“另一条线索是，”神父说，“你还记得铁匠说过的话吗？尽管他相信奇迹，但在他看来，他的锤子长出翅膀，在乡间飞出半里地纯属不可能的神话故事。”

“是的，”医生说，“我还记得。”

“好的，”布朗神父开心地笑着补充说，“这个神话故事是今天的各种说法中最接近真相的。”说完，他转身跟着助理牧师走上台阶。

威尔弗雷德神父正在等着他，面容苍白、神情焦躁，他的神经似乎已经绷得太紧，这小小的延迟几乎成了压断神经的最后一根稻草。他带着布朗神父直奔教堂中他最喜欢的一角——走廊最接近雕花屋顶的位置，在那里光线从有天使图案的窗子照进来。说拉丁语[①]的小个子神父四处观看，一直在兴奋地低声讲话，极尽赞美之词。他在参观中看到了侧面的出口和旋梯，威尔弗雷德听到哥哥的死讯后就是从这条楼梯跑下去的。布朗神父没有往下跑，而是像猴子一样灵活地向上攀爬。他清晰的声音从上面的露天平台传过来。

“请上来吧，博亨先生，”他叫道，“这里的空气对你有好处。”

博亨跟着他走到室外的石质走廊或者说是阳台上，从那里他们可以看到脚下山丘所处的无垠平原，其间点缀着村庄与农场，紫色的地平线被森林覆盖。铁匠的院子就在他们脚下，院子干净方正但看起来很小。巡官还站在那里做记录，尸体也还在，像只被拍死的苍蝇。

“好像世界地图一样，不是吗？”布朗神父说。

---

① 罗马天主教传统上使用拉丁语。

“是啊。”博亨十分严肃地点着头说。

哥特式建筑的轮廓线在他们脚下和周围急转直下，像自杀者一样令人厌恶地迅速没入虚空之中。无论从何种角度去看，这种中世纪风格的建筑都蕴含着泰坦巨人般的能量，如同一匹癫狂的烈马，执意要将骑在它背上的任何人甩出去。教堂由古老静谧的石头堆砌而成，长年滋生着真菌，鸟巢散布其间。之前他们从下往上看时，它就像是从群星间涌出的泉水，而此时他们从上向下望时，它就像是倾入无底深渊的瀑布。塔上的两个人见识到了哥特式建筑最可怕的一面：透视收缩①产生的巨大失衡，令人目眩的远景，大物体变小、小物体变大的错觉，石头浮在空中的混乱场面。石头上的纹路由于距离近而被放大，相对的，田野与农场的景象由于距离远而被缩小。房檐上的鸟兽雕像看起来像是巨大的恶龙，或走或飞，在下面的草场与村庄肆虐。整个景象又炫目又危险，宛如人被巨像般庞大的守护神的翅膀卷入空中。这座老教堂的高大与华丽堪比主教座堂②。

“我看站在这么高的地方实在危险，不是个适合祈祷的地方。”布朗神父说，“这种高度只适合仰视，不适合俯视。”

“你是说会有人掉下去？”威尔弗雷德说。

“我是说即使身体没有掉下去，灵魂也可能掉下去。”另一位神父说。

“我不明白你什么意思。”博亨含糊其词。

---

① 透视收缩：美术术语，简单的解释就是近大远小。

② 主教座堂：又称座堂，指主教制的基督教派中，设有主教座位的教堂，通常较为宏大。

“举个例子说吧，看看那铁匠，”布朗神父继续冷静地说，“一位好人，但不是天主教徒——强硬、专横、不肯宽恕。他信奉的苏格兰宗教总在山丘或悬崖上祈祷，它只能教人看轻这个世界，而不是憧憬天堂。谦卑才能成就伟大。在山谷里看来巨大的东西，在山峰上看来却很渺小。”

“但是他……他并没有杀人啊。”博亨颤抖地说。

“对，”另一位用古怪的腔调说，“我们知道不是他干的。”

他用黯淡的灰色眼睛平静地向平原望过去，稍后又继续说道。“我认识一个人。”他说，“他一开始只是和别人一起在圣坛前祈祷，但他渐渐喜欢上在高处、在偏僻的地方祈祷，比如角落里、钟楼的壁龛里、尖塔上。有一次，在其中一个炫目的地方，整个世界都像车轮一样在他脚下旋转，他的头脑也开始产生变化，他错把自己当成了天主。因此，尽管他是个好人，可他犯下了极大的罪行。”

威尔弗雷德扭过脸去，干瘦的手紧紧抓着石头栏杆，脸变得青一阵白一阵。

“他认为他有权评判这个世界，并且击杀罪人。要是他和别人一样跪在地上祈祷，就永远不会有这种想法。但他看见其他人都像昆虫一样爬来爬去。特别是在他下面大摇大摆的那一个，他是那么傲慢无礼，翠绿色的帽子让人一眼就能认出来——一只毒虫。”

白嘴鸦围着钟楼的房檐呱呱地叫着，但在布朗神父继续开口之前，再没有别的声音了。

“还有一件事在诱惑着他，那就是他手中掌握着自然界最可怕的力量之一，我指的是重力，地球上的一切物体，一旦被放开，都会飞向地心，形成一阵疯狂快速的冲击。看见没，巡官就站在咱们下面的铁匠铺。如果我从栏杆上扔下一块卵石，它会像子弹一样击中他。要是我扔下一把锤子——哪怕是一把小锤子——”

威尔弗雷德·博亨一条腿迈过栏杆，布朗神父及时抓住了他的衣领。

“别走那扇门，”他颇为柔和地说，“那是通向地狱的门。”

博亨瘫靠在墙上，用惧怕的眼神盯着他。

“你是怎么知道这一切的？”他大喊，“你是魔鬼吗？”

“我是个凡人，”布朗神父严肃地回答，“因此我心中也会有各种邪恶的念头。听我说，”他顿了一下，“我知道你干了什么——至少我能猜出个大概。离开你哥哥时，你被不能算是不义的怒火所折磨，以至于你偷拿了一把小锤子，你为他口中的卑鄙之事起了杀心。可你害怕了，你只是把它插在扣得很紧的外衣下面，快步走进教堂。你在各处胡乱做着祷告，在天使窗下，在阳台上，还有那个更高处的阳台，在那里，你看见了上校东方样式的帽子，简直像是正在蠕动的绿色甲虫。然后你的灵魂中有什么东西突然冒了出来，你代表天主掷出了雷电。”

威尔弗雷德用软弱的手捂着头，低声问：“你怎么知道他的帽子像只绿甲虫？”

“噢，这个呀，”另一人浅浅一笑，“这是常识。但请再听我说几句。我说我都知道，但并没有别人知道。下一步怎么走，全看你自己，我不再干涉这事了，我会对这事保密，就像是我会对忏悔保密一样。如果你问我为什么，原因有很多，但只有一条与你有关。我把事情留给你处置，是因为你除了杀人以外，并没有其他恶行。尽管嫁祸给铁匠或是他妻子并不困难，但你却没有去推波助澜。你想把罪名安在低能儿身上，因为你清楚他不需要承担责任。我的职责之一就是找出凶手善良的一面。现在回到村子里去吧，你可以像风一样自由地走你的路，我的话说完了。”

他们在沉默中走下旋梯，走到沐浴在阳光中的铁匠铺旁边。威尔弗雷德·博亨小心地拨开院门的门闩，走向巡视员，说：“我要自首，是我杀了我哥哥。”

太阳神的眼睛

烟雾缭绕的泰晤士河面上，有一片忽隐忽现的亮光，随着太阳在威斯敏斯特上空升至顶点，亮光也由灰暗逐渐变至最亮。有两个人走在威斯敏斯特大桥上，一高一矮，他们之间的奇妙对比，仿佛是傲慢的国会钟塔与弯腰驼背的威斯敏斯特教堂，因为矮个子穿着神父的服装。高个子正式的名字是M. 赫尔克里·弗朗博，是一位私家侦探，他正要去他的新办公室。办公室位于威斯敏斯特教堂入口对面的一排新公寓中。矮个子正式的名字是 J. 布朗神父，任职于坎伯威尔的圣弗朗西斯·泽维尔教堂。他刚离开坎伯威尔一位临终的信徒，现在要去看看他朋友的新办公室。

这是一栋美国式的摩天大厦，油光锃亮的电话与电梯这些机械装置也都透着一股美国味儿。大楼刚建成，目前还在招租。现在只有三家房客搬进来。弗朗博楼上的一间办公室有主儿了，他正下方的那一间也是。再往上的两层和再向下的三层还都空着。一眼望去，新建的高楼上有更加引人注意的东西。弗朗博上方的办公室外，除了一些脚手架的遗迹，还架着一个耀眼的物体。那是一只巨大的镀金人眼雕像，金光环绕，有两三扇办公室窗子那么大。

"那是个什么东西？"布朗神父站在原地问。"噢，一个新宗教，"弗朗博笑着说，"这种新教派会宽恕你的罪，理由就是你根本没犯任何罪。我觉得有点像基督教科学派①。在我楼上的那个家伙自称卡隆（我不知道他的真名是什么，但肯定不是这个）。我楼下是两位女打字员，这个狂热的老骗子在我头顶上。他说自己是阿波罗的新牧师，他崇拜的是太阳。"

"那他可要当心了。"布朗神父说，"太阳是众神中最残酷的一位。但那个巨大的眼睛是什么意思？"

"依我的理解，他们的教义是，人只要意志坚定就能够忍受一切。太阳与睁开的眼是他们的两个重要象征，因为他们说，真正健康的人能直视太阳。"弗朗博说。

"真正健康的人，才不会有直视太阳的打算。"布朗神父说。

"行了，有关这个新宗教的事，我能告诉你的也就这么多。"弗朗博漫不经心地继续说，"当然了，他们还宣称可以治愈身体上的所有疾病。"

"他们能治愈心病吗？"布朗神父十分好奇地问。

"你指的是什么心病？"弗朗博笑着问。

"自以为是。"他的朋友说。

相对于楼上金光闪耀的神庙来说，弗朗博对他楼下安静的小办公室更

---

① 基督教科学派：该教派由玛丽·贝可·艾迪于1879年创立，主张这个物质世界是虚幻的，真正的真理和存在都是在精神层面上的。

感兴趣。他是个头脑清醒的南方人，除了天主教徒或者无神论者以外，无法想象自己还会选择别的什么。耀眼又病态的新宗教不太合他的口味。但对人类，他总是有兴趣，特别是长相好看的。况且楼下的女士们还很有个性。租下办公室的是一对姐妹，两人都是深色皮肤，身材苗条。其中一人个子高些，显得更突出些。她的侧影深黑、锐利，像鹰一样，这种女人总能让人把她的侧影想成武器锋利的边缘。她似乎在生活中一路披荆斩棘。她的双眼惊人的明亮，但不是钻石的那种光泽，而是钢铁般的明亮。她的身材笔直修长，优雅中却总透着僵硬。她的妹妹像是她的缩影，不过灰一些、浅一些，不那么引人注目。她们都穿着黑色的职业装，衣服的袖口与领子都是男式的，只是尺寸小些。在伦敦的各个办公室中，还有成千上万如此朴素又能干的女士。但这只是表象，她们真正的身份才是让人感兴趣的。

姐姐波琳·斯泰西实际上是其家族饰章和半个郡，外加一大笔财富的女继承人。她是在城堡与花园中长大的，此后一股执拗的冲动（是现代女性所特有的）驱使她去追求心目中更艰难、更高尚的生活方式。但她并没有真的放弃她的钱财。因为那种浪漫的，或者说是苦行僧式的狂热，与她专横的功利主义性格并不相符。她掌管着她的财产，她可能会说，是为了用在实际的社会事务上。她将其中一部分投入到生意上，成立了一间作为示范的打字服务公司。另有一部分钱投给了各种促进女性工作的组织与团体。没人能确定，她的妹妹兼合伙人琼对这种略显乏味的理想主义支持到什么程度。但是，她像狗一样忠诚地追随领导者的精神，这比她姐姐坚强崇高的性格更感人，甚至带有几分悲剧色彩。波琳·斯泰西与悲剧一点都不沾边，她甚至否认悲剧的存在。

弗朗博第一次来到公寓大楼时，就觉得她僵硬而快速的动作和冷酷而急躁的性格十分可笑。他在大厅的电梯外徘徊，等着电梯服务生来，通常由他来引导访客到各个楼层。这本来很正常，但这位有着鹰一般犀利眼神的女士公开表示，自己无法忍受这种耽搁。她尖刻地说，电梯的操作她全都会，不用依靠开电梯的小子或者说男人。尽管她的办公室就在四层，从电梯上去用不了几秒钟，但她还是不失时机地向弗朗博随口讲了一大套她的观念，大体上是说她是个现代的职业女性，她热爱现代化的机械设备。她明亮的黑眼睛里闪着怒火，因为她反对那些指责机械科学，呼吁回归自然的人。她说，每一个人都应该掌握操作机器的技能，就像她能够操作电梯一样。她似乎对于弗朗博为她开电梯门这件事都很恼火[①]。那位绅士微笑着上了楼，这个咄咄逼人的女强人给他留下了难以名状的印象。

她确实是个脾气急躁但精力充沛的行动派，她的双手纤细优雅，但动作显得唐突，甚至有破坏性。

有一次，弗朗博需要打字，就去了她的办公室，正巧碰见她把妹妹的眼镜摔到地板正中央，还在上面踩来踩去。她在言辞激烈地发表关于道德的长篇大论，批判“不健康的医疗观念”，以及这样的装置是一种暗示，它病态地承认人类存在缺陷。她禁止妹妹再把这种人造的不健康的垃圾带进办公室。她质问她，是不是打算戴上木腿、假发或者玻璃眼珠。她说话时，眼睛像恐怖的水晶球一样闪着光。

---

① 老式电梯的门不是自动的，需要手动开闭。

弗朗博对这种偏激感到困惑，不禁去问波琳小姐（以直截了当的法式逻辑），为什么一副眼镜会比一部电梯更能体现病态的缺陷；还有，为什么科学可以在一方面帮助我们，在另一方面却不行。

“那不是一回事，”波琳·斯泰西傲慢地说，“电池、发动机以及诸如此类的事物都是人类力量的体现。当然了，弗朗博先生，这其中也体现了女性的力量！我们应该对这些吞噬掉空间上的距离，为我们争分夺秒的伟大机器善加利用。那是高尚与杰出的，那才是真正的科学。但医生兜售的这些肮脏的支架和石膏——怎么说呢，全是懦夫的标记。医生把它们粘到人的胳膊、腿上，好像我们天生就是瘸子或者疾病的奴隶。但我生来就是自由的，弗朗博先生！大家自认为需要这些东西，是因为他们只接受了对恐惧的训练，而没有接受过力量与勇气的训练，就像愚蠢的护士告诉孩子不要直视太阳，所以他们看太阳的时候就要眨眼。但在群星之间，凭什么有一颗我不能看呢？太阳并非我的主人，只要我想，无论何时我都可以睁开眼睛直视它。”

“你的眼睛，”弗朗博古怪地躬了下腰，说道，“能让太阳都为之目眩。”他很高兴能称赞这位怪异古板的美人。让他更感到开心的是，这种称赞使对方惊讶得直发愣。他上楼往回走时，不由得深吸了一口气，吹了声口哨，自言自语地说：“她算是落到楼上的黄金眼巫师手里了。”虽然他对卡隆的新宗教了解不多，也不很关心，但听说过他对于直视太阳的特殊见解。

他很快就发现，他的楼上与楼下两层之间的精神联系越来越紧密了。自称卡隆的人仪表堂堂，很符合他的阿波罗主教身份。他和弗朗博一样高，但相貌更英俊，金色的胡子，深蓝色的眼睛，头发像雄狮的鬃毛一样向后梳着。他的模样符合尼采所说的金发野兽[①]的标准，但是由于天生的智慧与灵性，这种动物般的美更为高尚、生动、柔和。如果说他看起来像一个撒克逊君王，也一定是兼具圣徒特征的君王。而他的这些特点却与他所处的伦敦的氛围格格不入。他的办公室在维多利亚大街一栋建筑的中层。他的职员（一个带着活袖口和领子的普通青年）坐在外屋，在他和走廊之间。他的名字刻在铜牌上。街上悬着代表他信条的镀金徽记，像是眼科医生的招牌。所有这些粗俗的东西，都不能妨害这个叫卡隆的人，从他的灵魂与躯体中，涌出鲜明的影响力，它使人既感到震慑又受到鼓舞。不管怎么说，在这个骗子面前，一个人确实会感觉好像亲眼看见一个伟人。即使他在办公室里，穿着宽大的亚麻外套工作服，也依然不乏迷人且令人敬畏的气质。当他每日为了敬拜太阳而披上白色法衣，戴上金色冠冕时，他辉煌的样子足以使街上行人的谈笑声戛然而止。一天三次，这位新的太阳崇拜者都要走到他的小阳台上，在威斯敏斯特的所有人面前，向他耀眼的神祷告，黎明一次，日落一次，还有一次在正午的钟声中。布朗神父，弗朗博的那位朋友，就是在正午，在国会钟塔和教区教堂的钟声里，抬起头第一次看到了身披白衣的阿波罗牧师。

弗朗博早看够了信徒每日对福玻斯[②]的问候。他直接走进大楼的门廊，甚至没有看一眼他的神父朋友有没有跟上来。但是布朗神父，也不知

① 金发野兽：尼采提出的“超人”的形象，他心中的人类进化的顶点，这种“超人”外表完美，能力出众，但不受道德的束缚。

② 福玻斯：希腊神话中的太阳神，相当于罗马神话中的阿波罗。

是出自对宗教仪式的职业兴趣，还是对愚蠢举动的个人喜好，他停下来仰望着阳台上的太阳崇拜者，那架势就像是停下来观看滑稽的木偶表演一样。先知卡隆摆好架势，他身穿银白色的外套，双手高举，他的声音特别有穿透力，整条街的人都能听见他念诵歌颂太阳的祷文。他的祷词已经念到一半了，眼睛紧盯着天上冒火的圆盘。很难说他是否会去看地上的人或物，但他肯定没看到，下面的人群中有一个矮小的圆脸神父，正眨着眼抬头看他。也许这两个相距甚远的人之间最大的差别就是，布朗神父看什么都得眨眼，而阿波罗的牧师能看着正午的火球，连眼皮都不带眨一下的。

“太阳啊，”先知高呼，“一颗因伟大而不能容于群星间的明星！在神秘的空间里静静流淌的泉水。白色的火焰，白色的花朵，白色的山峰，及一切白色不息之物的白色之父。比任何最纯洁安分的孩童更为纯洁的父亲，纯净的源头进入平静的——”

一声持续的刺耳尖叫引起了一阵混乱。好像火箭后面喷射出的反向气流，五个人向大厦的门里冲，同时又有三个人往外冲。有那么一瞬间他们七嘴八舌的，谁也听不到别人说的什么。这种突发的恐怖情景，不多时就让半条街上的人们都意识到一定有什么坏消息——因为不明真相，更加剧了恐惧情绪。只有两个人在突发的骚动中纹丝不动——头顶阳台上光彩照人的阿波罗牧师和阳台下其貌不扬的天主神父。

最终，弗朗博凭借他高大的身躯和一身蛮力，在大厦的门厅里，控制住了这一小群乌合之众。他把嗓门提到最高，像是雾号[1]，他冲着众人喊

① 在能见度低的时候，船只会吹响雾号以防相互碰撞。

道，“快去找个外科医生来。”在他转身走进挤得黑压压的入口时，他的朋友布朗神父也悄无声息地随后挤了进去。他在人群中左突右冲的同时，仍能听到太阳牧师用华丽的语调，千篇一律地向幸福的天神、泉水与鲜花之友祷告。

布朗神父看到弗朗博和另外六个人围着电梯通常降落的地方。但电梯没有降下来，下来的是别的什么东西，而那件东西本该乘坐电梯下来。

弗朗博足足看了四分钟，看着那位否认悲剧存在的美丽女士头破血流的样子。他丝毫不怀疑那就是波琳·斯泰西，而且，尽管他已叫人去找医生，他也毫不怀疑她已经死了。

他说不清自己到底是喜欢她还是讨厌她，因为两方面都有很多理由。但她毕竟曾是个活生生的人，眼前充满了死亡痛苦的诡秘一幕，唤起了弗朗博对她美丽脸庞和自负言辞的回忆。丧友的悲痛像无数小刀在刺着他。瞬息之间，像是天空中的闪电，又像是不知来自何处的惊雷，那具娇美又高傲的身躯从敞开的电梯井中坠下，落进死亡的井底。是自杀吗？对这样一个傲慢的乐天派来说似乎不可能。是谋杀吗？可在这几乎没人的公寓楼里又有谁会去杀人呢？他情急之下嘶哑着嗓子问卡隆那家伙在哪儿，他本想表现得很强硬，但说出口之后却显得那么微弱。一个熟悉的沉重、平静又醇厚的声音提醒他，此前15分钟，卡隆一直在阳台上敬拜他的神明。等弗朗博听出这声音，他又感觉到了布朗神父的手，他扭过黝黑的脸，猝然问道：“那么，要是他一直在上面，又会是谁干的呢？”

“也许，”另一位说，“我们可以上楼去查看一下。警察半个小时以后才会到这儿。”

弗朗博让外科医生照看女继承人的尸体，自己则冲到楼上，赶到打字办公室，却发现它是空的。他随后跑回自己的公寓，很快又从公寓里出来，神情异样、脸色苍白地回到他朋友的身边。

“她妹妹，”他语气中有明显的不快，严肃地说，“她妹妹可能出去散步了。”

布朗神父点点头说，“或者，她可能去了楼上太阳牧师的办公室。如果我是你，我就会确认一下，然后，我们再去你办公室讨论这件事。不对，”他似乎想起了什么事，赶忙补充说，“我什么时候才能不犯蠢啊？很明显，应该去楼下她们的办公室。”

弗朗博愣了一下，但还是跟着小个子神父走到楼下斯泰西姐妹空无一人的公寓。令人捉摸不透的神父坐在门口的一把大号红色皮椅上，看着楼梯与楼道，等待着。他并没等多久，也就大约不到四分钟，只见三个人走下楼来，全都神情严肃。走在前面的是死者的妹妹琼·斯泰西——显然她之前是在楼上阿波罗的临时神庙里。紧跟着她的是阿波罗的牧师本人，他的祷告做完了，他极致的华丽一路扫过空空荡荡的楼梯——他的白色长袍、胡须和梳理好的头发很有几分像多雷①的画作《基督离开总督府》。走在最后的是弗朗博，他黑色的眉毛困惑地拧在一起。

琼·斯泰西小姐，肤色深黑，面容憔悴，头发过早地染上了灰白的颜色。她径直走向自己的办公桌，将一叠文件摊成扇形以便查阅。这个细微的动作给其他人留下了深刻印象。如果琼·斯泰西小姐是罪犯，那她定是

---

① 古斯塔夫·多雷：19世纪法国著名版画家、雕刻家和插图作家。

个冷酷的罪犯。布朗神父面带怪异的微笑凝视了她一会儿，然后向另外一人走过去，但眼睛却没离开她。

“先知，”他大概是在对卡隆说，“我希望你能多跟我讲一讲你的教派。”

“我很荣幸能为您讲解，”卡隆点头致意，头上还戴着冠冕，“但我不知道该从何讲起。”

“噢，是这样，”布朗神父毫不掩饰他的怀疑回答说，“我们都受过这样的教诲，如果一个人秉承的基本原则是错误的，那么这个人就应承担部分过错。但是，对这些人我们还是能加以区别，有些人公然违背自己的良知，有些人却是用诡辩或多或少地蒙蔽良知。现在我要问你，你是否认为这个谋杀真的是犯罪？”

“这算是指控吗？”卡隆异常平静地问。

“不是，”布朗相当温和地回答，“这是辩方陈词。”

房间内的众人由于吃惊沉寂了好长一阵子。随后阿波罗的先知缓缓起身，仿佛太阳升起。他的光辉与活力充满了房间，或许他也可以用同样的方式轻松地充满索尔兹伯里平原[①]。他一袭长袍的身形像是给整个房间挂上了古雅的帷幕。他史诗般的姿态像要延展成广阔的场景。相较之下，现代神父的黑小身影似乎是种错误，是种侵犯，是屋内的古希腊显赫景象上的一个圆黑污点。

---

① 索尔兹伯里平原：位于英国南部正中，面积约780平方千米，著名的巨石阵就位于该地区。

“我们终于见面了，该亚法[1]。”先知说，“你的教会和我的是这地球上仅存的真实。我崇拜太阳，而你却希望太阳变得黯淡。你是濒死之神的传教者，而我是活着的神的先知。你现在从事的怀疑与诽谤工作，符合你身上的袍子和你的信条。你的教会不过是黑暗的监管者，你们就是间谍与密探，无论通过什么手段，是欺骗还是折磨，只想榨出人们对罪过的忏悔。你会判人有罪，而我会还他们以清白。你会说服人们相信自己负有罪恶，我会劝说人相信自己具备美德。

“罪恶之书的宣讲者，在我永久地驱散你虚妄的梦魇之前，我要再警告你一句。你根本不能理解我对你的宣判是多么不屑一顾。你口中所说的耻辱与恐怖的绞刑，对我来说不过尔尔，好比童书中的食人魔，对成人来说一点也不可怕。你说你在提供辩方陈词。那我就提供控方陈词给你，反正我对这幻境般的生活毫不在乎。在这件事上，能针对我的只有一点，我会亲口说出来。死去的女士是我的至爱、我的新娘。我们并没有经过你们那些锡顶小礼拜堂所谓的法律方式，而是依照你永远无法理解的，更纯洁、更严肃的律法结合在一起的。与你们缓步走过砖石搭建的通道和走廊不同，她和我步入了另一个世界，踏进了水晶宫殿。哦，我了解那群警察，无论是神学上的，还是其他的，他们总是幻想有爱情的地方一定会很快生出仇恨。由此你可以得到第一点指控的理由。而第二点理由更加有力，我是不会吝于告诉你的。不只是波琳对我的爱是真实的，还有一件真实的事，恰好就在今天早晨，在她死前，她在那张桌上写下了遗嘱，要将

① 该亚法：审讯耶稣并给他定罪的犹太教大祭司。

50万留给我和我的新教会。来吧，手铐在哪里？你以为我会在乎你们要对我做什么蠢事吗？刑罚对我来说不过是在路边的车站等她。绞架只是带我去见她的快车。”

他讲话时摆出一副演讲者的架势，甚至还摇头晃脑的。弗朗博和琼·斯泰西看他的眼神中流露出带着惊奇的敬佩。布朗神父的脸上只有极度的苦恼，他看着地面，脑门上露出一道痛苦的皱纹。太阳神的先知轻松地靠着壁炉架，又开口了：

“我用几句话，就把对我不利的方面都告诉你了——那也是仅有的可能成立的指控。我要用更少的话把它打得粉碎，不留一点痕迹。至于我是否犯这个罪，真相只有一句话：我不可能犯了这个罪。波琳·斯泰西是12点5分从这层楼摔下去的。上百人都可以走上证人席，证明从正午钟声响起直到我公开祈祷的惯常时间结束，我都站在我房间外的阳台上。我的职员（一位可敬的年轻人，他来自克拉珀姆，与我没有别的关系）可以发誓，整个早晨他一直坐在我的办公室外间，没有人进出过。他还可以保证，我是在离整点还有整整10分钟的时候到的，比传出意外消息早了15分钟，此间我一直没离开过办公室或是阳台。没人有过如此完整的不在场证明。我可以传唤半个威斯敏斯特的人为我作证。我想你最好把手铐再收起来。案子了结了。

“但在最后，为了驱散空气中愚蠢的怀疑气息，我会对你知无不言。我相信，我知道我不幸的朋友是怎么死的。如果你想的话，你可以为此指责我，或者至少是指责我的信仰与理念。但你肯定不能把我关押起来。所有追求更高层真理的学者都知道，在历史上，某些能人和智者掌握了飞翔的力量，也就是说，依靠自身的能力浮在空中。对物质的征服是构成我们神秘智慧的主要元素。可怜的波琳既冲动又富有野心。实话实说，她过分沉迷于神秘之物当中却不自知。我们一起乘电梯下楼的时候，她常对我说，如果一个人的意志足够坚定，就可以像羽毛一样不受伤害地飘落。我庄严地相信，由于某种对崇高思想的痴迷，她尝试创造奇迹。她的意志或者说信念，一定是在那残酷的一刻没经受住考验，于是事物中的低等法则展开了它可怕的报复。先生们，整件事情就是这样，非常不幸，你们也知道，非常冒失与恶劣，但这不是犯罪，和我更没有一点关系。在警察和法庭的记录中，你们最好管它叫自杀。我永远都要说，这是英雄式的失败，是为了科学的进步，是在缓慢地攀向天堂。”

这是弗朗博第一次见到布朗神父没话说了。他仍旧坐在那里看着地面，难过地皱着眉毛，就像是感到羞愧。被先知意味深长的话所打击，谁都难免垂头丧气。一个专门提出质疑的人，被源自自由与活力的、更骄傲和更纯洁的灵魂击败了。他眨着眼睛，似乎身体有些不适，终于开口说道：“好吧，如果真是这样，先生，你就拿着你所说的遗嘱走吧。我想知道那位可怜的女士把它放哪儿了。”

“应该就在靠近她门边的桌子上，我是这么认为的，”卡隆一副清白无辜的表情，仿佛他已经被宣布无罪，“她特意告诉我，她今早就会写出来，我乘电梯上楼时确实看见她在写东西。”

“那时她的门开着吗？”神父问。他的眼睛看着小地毯的一角。

“是的。”卡隆冷静地说。

“啊！从那时门就开着。”神父说。然后又陷入他对地毯无声的研究中。

“这里有一张纸。”冷冰冰的琼小姐说道，她的声调有些特别。她从姐姐靠近的门边的桌前走过，手里拿着一张蓝色的大页纸。她脸上挂着一层不合时宜的嘲笑。弗朗博看着她直皱眉头。

先知卡隆下意识地想要避开那份文件。弗朗博把它从女士手中接了过来。读过后，他表现得极为惊愕。文件的开头符合一般遗嘱的格式，但在“我将所有财产，于我死后赠予”这几个字后面，书写骤然停止了，只剩下一些划痕。没有写下任何受赠人的姓名。弗朗博吃惊地将这份中断的文书交给他的神父朋友，神父看了一眼就无声地交给了太阳的牧师。

只过了一小会儿，主教大人穿着他耀眼的及地长袍，一个箭步蹿过房间，站到琼·斯泰西面前，居高临下地看着她，他的蓝眼睛都快瞪出来了。

“你在这里耍了什么鬼把戏？”他高喊，“这不是波琳全部的手稿。”

他们听到他用一种全新的声音说话，都很吃惊，他的声音带着美国佬的尖利。所有他那些庄严优雅的英语，像斗篷一样从他身上脱落了。

“她桌上只有这些。”琼说。她毫不退缩地面对他，脸上依然挂着带点邪气的笑容。

主教大人突然开始大放厥词，各种渎神与怀疑的词语一发不可收拾。他脱下假面具的样子实在使人震惊，好像他真正的面孔都摔掉了。

“看看吧！”等他的咒骂没词了，他用很明显的美国人腔调高呼，“也许我是个投机者，我看你是个女杀人犯。是的，先生们，这就是你们在寻找的死亡真相，和飞翔没有任何关系。那可怜的女子正在写一份令我受益的遗嘱，她该死的妹妹走了进来，没等她写完，就抢过钢笔，把她拖到了电梯井那里，扔了下去。天啊！我想我们终究还是需要手铐。”

“你之前的评价很对，”琼异常冷静地回答说，“你的职员是一位非常可敬的年轻人，他了解誓言的意义。他可以在任何法庭上发誓证明，在我姐姐死前五分钟直到她死后五分钟，我一直在楼上你的办公室里整理打字稿。弗朗博先生也可以告诉你，他是在那里找到我的。”

一阵沉默。

“怎么回事，这么说的话，”弗朗博叫喊道，“波琳摔下去时只有她一个人在，那就是自杀啊！”

“她摔下去时只有她一个人在，”布朗神父说，“但不是自杀。”

“那她是怎么死的？”弗朗博不耐烦地问。

“她是被谋杀的。”

“但只有她一个人在。”侦探质疑道。

“她是在独自一人的时候被谋杀的。”神父回答说。

其他人全都盯着他看，可他坐在那里，神情依旧沮丧，圆脑门上有一道皱纹，一副替别人感到羞愧与悲痛的样子。他的声音平淡而悲伤。

“我想知道，”卡隆一边咒骂一边大叫，“警察什么时候来抓这个血腥残忍的妹妹。她杀害了她的至亲，还抢走了我的50万，那钱马上就是我的了，就和——”

“行了，行了，先知，”弗朗博冷笑着打断了他，“记得吗？这世界只是幻境。”

太阳神的主教似乎又爬上了他的宝座。“那不是一笔小钱，”他高呼，“那足以将我的事业推向全世界。那也是我的爱人的愿望。对波琳来说，这一切都是神圣的。在波琳眼中——”

布朗神父突然跳了起来，把椅子都碰倒了。他惨白的脸色似乎又被希望的火焰染红了，两眼放光。

“就是它！”他清晰地大喊，“一切就是从这里开始的。在波琳眼中——”

面对举止近乎疯狂的小个子神父，高大的先知不由得向后退。“你什么意思？你怎么敢？”他高声重复着。

“在波琳眼中，”神父的眼睛越来越亮，他重复道，“继续啊——以天主的名义，继续啊。即使是魔鬼犯下的最丑恶的罪行，在忏悔之后也能有所减轻。我恳求你忏悔吧。继续，继续——在波琳眼中——”

“让我走，你这个恶魔！”卡隆像是戴着镣铐的巨人在挣扎，他大发雷霆，“你是什么人，你这个该死的间谍，想把你的蜘蛛网缠到我身上，然后窥探我？让我走。”

“需要我阻止他吗？”弗朗博问。他冲向出口，而卡隆已经穿过敞开的大门。

“不，放他过去，”布朗神父深深叹了口气，这口气仿佛出自宇宙的深渊，说，“放该隐[1]过去吧，交给天主处置。”

---

① 该隐：亚当与夏娃之子，杀害了自己的弟弟亚伯，他是《圣经》中记载的人类中的第一个杀人犯，他的名字被用作杀人犯的代名词。

他离开以后，房间里沉寂了好久。这对弗朗博来说就像受审一样痛苦。而琼·斯泰西小姐则在十分冷漠地整理她桌上的文件。

“神父，”弗朗博终于开口了，“这是我的职责，并不仅仅出于好奇。如果可能的话，我有责任找出犯下罪行的凶手。”

“哪一桩罪行？”布朗神父问。

“当然是咱们正在调查的这一个。”他的朋友不耐烦地回答。

“咱们正在调查两桩罪行，”布朗说，“程度完全不同的罪行——是完全不同的罪犯干的。”

琼·斯泰西小姐收起了已经整理好的文件，正要锁抽屉，布朗神父走上前去，两人好像谁都没太注意对方。

“两桩罪行，”他边观察边说，“是针对同一人的同一个弱点的，也都是为了她的财产。较大罪行的谋划者发现，自己被较小的那个罪行击败了，较小罪行的谋划者得到了钱。”

“哦，别再说教了，”弗朗博抱怨道，“说简单些。”

“我用一个词就能说清楚。”他的朋友回答。

琼·斯泰西小姐对着一面小镜子，戴好与她的职业装相配的黑帽子，又皱了皱她的黑眉毛。对话开始时，她正拿起手袋和阳伞不徐不疾地走出房间。

“真相只有一个词，很短的一个词。”布朗神父说，“波琳·斯泰西失明了。”

“失明！”弗朗博重复道。他慢慢地挺直了庞大的身躯。

“是家族遗传，”布朗开始发言，“如果波琳允许的话，她妹妹应该开始戴眼镜了。但由于她特殊的观念或者说爱好——一个人是不能向疾病让步的，她不会承认遮在她眼前的乌云，也许她想要靠意志驱散它，因此她的视力在压力下越来越差，但最严重的压力还在后头，是来自那位稀有的先知的，或者随便他怎么称呼他自己好了。他叫她用裸眼直视炽热的太阳。还说这是接受阿波罗的祝福。哦，如果这些新的异教徒能像老异教徒一样，至少他们还能明智一点。老异教徒还知道纯粹的自然崇拜总有残酷的一面。他们明白太阳神之眼会损害视力，会致盲。”

稍作停顿，神父继续说，声音温和但有些凌乱，“不论那魔鬼是否有意造成了她的失明，毫无疑问，他有意利用她的失明杀了她。作案的手法简单到令人作呕。你知道他们乘电梯上下楼时不让工作人员协助，你也知道电梯的运行有多么平稳、安静。卡隆乘电梯停到那个姑娘的楼层，通过敞开的门看到她在写东西，在以盲人特有的方式缓慢地写她答应过他的遗嘱。他兴高采烈地大声告诉她，电梯已经为她准备好了，等她写好了就出来。然后他按下电钮，无声地升到他自己的楼层，穿过他自己的办公室，走到他自己的阳台，安然地在拥挤的街道前祈祷。而此时，那位可怜的女士，完成了她的工作，欢快地跑向等着迎接她的爱人与电梯，一步跨入——”

“不要！”弗朗博大叫。

“他本该是按下电钮就能得到那50万。”小个子神父用平淡的语调述说着如此可怕的事情，“但却搞砸了。因为恰好还有另一个人惦记着这笔钱，那人也很了解可怜的波琳，知道她视力的秘密。我想没有人注意到关于这份遗嘱的一件事，尽管它还没有完成，也没有签名，但另一位斯泰西小姐和某位雇员已经作为见证人签过字了。琼首先签了字，然后告诉波琳，她可以稍后再完成它，流露出一种典型的、女性对法律程序的轻视。由此可见，琼希望她姐姐签名时，没有真的见证人在场。为什么呢？我想是因为失明，并且我确定她想让波琳独自一人签名，是因为她希望她根本签不上。

“斯泰西姐妹这样的人通常会用自来水笔，波琳尤其需要用这种笔。依靠习惯、坚强的意志还有记忆力，她可以像她看得见的时候写得一样好，只是她不知道，手里的笔什么时候需要蘸墨水。因此，她的自来水笔都是由妹妹小心地灌满，除了这一支。她妹妹有意不灌满这一支，墨水只够写几行的，然后就写不出字了。而先知不单失去了50万英镑，还犯下了人类历史上最残忍却又最杰出的谋杀罪行，却一无所获。”

弗朗博走到敞开的门前，听到警察在上楼。他转身说：“你一定是对所有事都做过极其细致的考虑了，因此你才能在十分钟内找出卡隆犯罪的痕迹。”

布朗神父似乎受到某种惊动。

“呃！对于他，”他说，“不需要考虑什么。我倒是仔细琢磨了琼小姐和自来水笔的事。但在我走进大门之前，我就知道卡隆是凶手。”

“你一定是在开玩笑！”弗朗博大叫道。

“我是认真的，”神父回答，“我可以告诉你，在我还不知道他干了什么事之前，我就知道是他干的。”

“为什么呢？”

“这些主张禁欲主义的异教徒，”布朗回答说，“通常都没什么意志力。当时街上乱作一团，而阿波罗的牧师却目不斜视。我不知道发生了什么事。但我明白这事是在他预料之中的。”

断剑的启示

森林里的树木仿佛上千只灰色的手臂，树枝好像百万只银色的手指。在青石板一般的阴暗天空中，群星犹如细碎的冰晶闪烁不定。树木茂盛、住户稀少的乡下在刺骨又易碎的寒霜中一片萧瑟。树干间的黑色空洞看似深不可测，就像是斯堪的纳维亚地狱[①]中漆黑的洞穴，那是寒冷到无法估量的地狱。教堂方正的石塔看起来像来自北方的蛮荒之地，似乎是矗立在冰岛礁石间的一座蛮族高塔。对任何人来说，在这样的夜晚去教堂墓地探索都很古怪。但是，从另一方面讲，也许那里真的值得一探。

教堂突兀地立于树林灰白的荒地间，从绿色的草地上突出、隆起，在星光下一片灰暗。多数的坟墓都在山坡上，通向教堂的小路像石阶一样倾斜向上。在小山丘顶部，有个纪念碑立在一块平坦、显眼的地方，它令此地闻名遐迩。它与周围平淡无奇的坟墓形成鲜明的对照，因为它是现代欧洲顶尖雕刻家的作品。但他的名声却在他为之塑像立碑的人物面前黯然失

---

① 斯堪的纳维亚地狱：指挪威海大漩涡，位于挪威西海岸莫斯科埃岛附近的直径超过两千米的大漩涡，又称莫斯科埃大漩涡。

色。在微弱的银色星光中，依稀可见巨大的金属雕像是一位正在休憩的军人。军人有力的双手摆出永久的祈祷姿势，庞大的头颅枕在一支枪上，庄严的面孔上留着胡须，或者说是络腮胡，和纽克姆上校[①]的样式一样浓密。他的军装尽管在雕刻时做了一些简化，但还是能看出是现代战争中的装束。他的右侧摆着一把尖端折断的佩剑，左侧是一部《圣经》。在炎热的夏日午后，会有四轮马车满载着来自美国的游人或是文雅的城里人来参观这座墓。但就算那个时候，墓园与教堂兀立在周边广袤的林地中，还是显得异常偏僻、荒凉。在天寒地冻的仲冬黑夜，一个人会感到陪伴着他的只有群星。然而，在静默的树林中，木门嘎吱作响，两个裹着黑衣的模糊身影走上了通向陵墓的小路。

冷峻的星光如此昏暗，无法看清两个人的模样。只知道他们都穿着黑衣，其中一人非常高大，另一个（也许是相比之下）异常矮小。他们走到这位具有历史意义的伟大勇士的墓地，盯着他的雕像看了几分钟。附近的大片范围内都没有人，或者说是没有活人。喜欢疯狂幻想的人恐怕会质疑他们俩是否是活人。无论如何，他们的对话以很奇特的方式开始了。经过了最初的沉寂，小个子对同伴说：“聪明人会把鹅卵石藏在什么地方？”

高个子低声回答：“河滩上。”

小个子点点头，短暂的沉默以后，又说：“聪明人会把树叶藏在哪里？”

① 纽克姆上校：萨克雷的小说《纽克姆一家》的主要人物之一，其为人正直，此后被用于比喻具备美德的人。《纽克姆一家》曾被改编为戏剧与电影。

另一人回答："树林里。"

又是一阵安静，然后高个子继续说："你是想说聪明人会把真钻石藏在一堆假货中间？"

"不，没那个意思，"小个子笑着说，"过去的事就让它过去吧。"

他跺了跺冻得发冷的脚，接着说："我想的不是那个问题，而是件很古怪的事。划根火柴好吗？"

大个子在口袋里摸索了一会儿，随即划着一根火柴。纪念碑的一侧被火光映得通明，平整的表面上刻着黑体字。其中的词句众所周知，很多美国人都恭敬地阅读过："庄严地纪念阿瑟·圣克莱尔爵士/将军，一位英雄、烈士，他总是征服敌人，却又总是宽恕他们，但最终死于敌人的背信弃义。愿他所信赖的天主赐他安息，为他复仇。"

火柴快要烧到大个子的手指时，被熄灭扔掉。大个子打算再划一根，可他的小个子伙伴拦住了他。"行了，弗朗博，老朋友。我看到我想看的了。或者说，我没有看到我不想看的。现在，咱们要做的就是，沿着路走上一里半，到最近的客栈去，我要把事情的始末都告诉你。老天都知道，一个人要伴着火光与美酒，才敢讲出这样一个故事。"

他们走下倾斜的小路，重新扣好锈蚀的大门，然后启程沿着林中冻结的道路，嘎吱、嘎吱地一路走去。过了整整四分之一里，小个子才又开了口，说："是的，聪明人会把鹅卵石藏在河滩上。但如果没有河滩，他该怎么办呢？你知道伟大的圣克莱尔的事吗？"

"我对英国将军一无所知，布朗神父，"大个子笑着说，"英国警察的事倒是知道那么一点。我只知道你拖着我跑了好大一圈。不管那人是谁，所有纪念他的场所，我们都去遍了。准会有人以为他被分别埋在了六个地方。我在威斯敏斯特教堂见到了圣克莱尔将军的纪念碑。我在堤岸区[1]见到了圣克莱尔将军骑马的雕像。在圣克莱尔出生和居住过的街道，我分别见到了他的圆形浮雕。现在黑灯瞎火的，你又把我拽到个小村子的墓园里来看他的棺材。我对他崇高的人格已经没兴趣了，何况我压根不知道他是谁。你在这些地方与雕像中想找什么呢？”

“我在找一个字。”布朗神父说，“一个那里没有的字。”

“好吧，”弗朗博问，“你能给我讲讲吗？”

“我必须分成两部分讲，”神父回答，“首先，是大家都知道的事。然后再说只有我知道的。这么说吧，大家知道的事很简单，也很平淡。当然，也是完全错误的。”

“就按你说的，”弗朗博欢快地说，“那就先说错误的一面。从大家都知道却是错误的事情开始讲。”

“就算不全是错的，至少也是非常片面的。”布朗继续说，“实际上，公众仅仅知道以下这些：阿瑟·圣克莱尔是一位伟大而成功的英国将军。他在印度和非洲的战役中精心谋划，战绩辉煌。当著名的巴西爱国者奥利维尔发出最后通牒以后，圣克莱尔又受命指挥与巴西的战争。有一次，圣克莱尔以寡敌众，攻击奥利维尔。双方实力过于悬殊，在一番英勇的抵抗后，圣克莱尔兵败被俘，被吊死在附近一棵树上，文明世界闻之震惊。巴西人撤退以后，有人发现他挂在那里，他的断剑悬挂在脖子上。”

① 伦敦泰晤士河的堤岸。

“这个流传甚广的故事是假的？”弗朗博问道。

“不，”他的朋友平静地说，“到目前为止，这个故事相当真实。”

“行了，我看这故事已经讲完啦！”弗朗博说，“可如果流行的说法是真的，又有什么解不开的谜呢？”

他们走过了几百棵灰暗可怕的树木，小个子神父才开口回答。他不自觉地咬着手指说：“噢，这是个心理学上的谜题。或者说，这是关于两个人的心理活动的谜题。在巴西的这桩事件中，涉及到现代历史上赫赫有名的两个人，他们的行为都与各自的性格相违背。你想想看，奥利维尔和圣克莱尔都是英雄——这是老说法，不过没说错。好比是赫克托耳和阿喀琉斯[①]。现在，如果说阿喀琉斯是个胆小鬼，赫克托耳是个卑鄙小人，你会怎么想呢？”

“继续说吧。”大个子看见同伴又在咬手指，不耐烦地说。

“阿瑟·圣克莱尔爵士是位老派信教的军人，这种做派在印军哗变[②]中救了我们。”布朗继续说，“他参加战争更多的是为了尽到职责，而不是乱打猛冲。他不乏勇气，但绝对是一位审慎的指挥官，对造成士兵无谓伤亡的行动深恶痛绝。然而，他在最后一场战斗中的表现，连小孩子看了都会起疑。他行为莽撞，毫无章法，这不用深想就能看出来，就像眼看着巴士冲着自己开过来，不用想也知道赶紧躲开。好了，这是第一个谜题，

---

① 两个人均为希腊传说中的英雄人物，赫克托耳为特洛伊第一勇士，而阿喀琉斯为希腊第一勇士。特洛伊战争中，阿喀琉斯杀死了赫克托耳。

② 印军哗变：1857—1858年，在印度的北部和中部，英属东印度公司雇佣的印度士兵发动起义。

英国将军的头脑出什么毛病了？第二个迷是，巴西将军的心理出什么问题了？你可以说奥利维尔总统是个空想家，是个喜欢惹事的人。但即使是他的敌人，也会承认他是个宽宏大量、有骑士风度的人。他曾经释放了几乎全部战俘甚至还馈赠他们。曾经十分敌视他的人，离开时也会被他的单纯可爱打动。他这一次到底为什么做出他这一生都未做过的恶魔式的报复，而且还是为了一波根本不可能伤到他的攻击？好了，你都听到了。最睿智的人毫无道理地像傻瓜一样采取行动，最善良的人毫无理由地像魔鬼一样处理问题。总而言之，我把这问题留给你了，我的小伙子。”

“不，你可别这样，”另一个人哼了一声，说，“还是留给你吧。你好好给我讲讲这到底是怎么回事。”

“好吧，”布朗神父接着说，“公众对此事的印象，并不完全是我刚才说的那样。那以后，又发生了两件事。我也不能说这提供了新的解释，因为没人能弄明白是怎么回事。但这两件事提供了新的疑问，指向新方向的疑问。第一件事是，圣克莱尔家的家庭医生与那家人闹翻了，他发表了一系列言辞激烈的文章。他说死去的将军是个宗教狂。但从他谈论的那些事来看，将军充其量不过是个虔诚的教徒。

“总之，这个故事被淡忘了。当然，大家都知道了，圣克莱尔是个古怪的清教徒。第二件事更为引人注目。当初，那个不幸而又缺乏支援的军团，鲁莽地对黑河发起进攻。队伍中有一位基思上尉，他当时已经和圣克莱尔的女儿订婚，两人后来成婚。他也被奥利维尔俘虏了，和将军以外的其他人一样，他也受到了善待，而且很快被释放了。20年后，已经是中校的基思出了自传《英国军官缅甸巴西记事》。急于求解圣克莱尔秘密的读者，可能会找到如下几句话："在本书的其他地方，我都据实以告，因为我抱有这样一个老式的观点，英国的光荣源远流长，不需他人劳心。只有在黑河战败这件事上是个例外，我这样做的理由，尽管是个人之见，一是要表达敬意，二是必须如此。为了纪念两位杰出的人物，我要公正地再补充几句。圣克莱尔将军在这件事上，被指责为无能。我至少能够证明，这次行动，如能正确理解的话，是他这一生最杰出、最睿智的行动之一。同样地，奥利维尔总统也被指控为野蛮不公。出于对敌人的尊重，我要说，他在这个事件中的表现，甚至超出了他固有的善良。简单地说，我能够向我的国人担保，圣克莱尔绝不愚蠢，奥利维尔也并非残忍。该说的我都说了，任何原因都不能让我再多说一个字。"

在他们面前摇动的树枝间，巨大冰冷的月亮像发光的雪球一样显露出来。月光下，发言者看着手中的一张印刷品，在梳理他对基思上尉的文章的记忆。他折起纸张，塞回衣兜里。弗朗博以一个法国人惯用的姿势，举起双手。

"等一下，等一下。"他激动地大喊，"我想我猜出个大概了。"

他喘着粗气大步向前走，黝黑的脑袋和公牛一样的脖子向前伸着，仿佛一个就要赢得竞走比赛的人。小个子神父感到又好笑又有趣，费力地追着他跑。他们前方的树木变得稀疏，小路从一处洒满月光的明亮山谷中蜿蜒穿过，接着好像兔子一样又扎进另一片树林中。远处树林的入口又小又圆，似乎是很远处的火车隧道洞口。但其距离不过几百米，洞口一样敞着。弗朗博终于又开口了。

"我明白了，"他用手一拍大腿，喊出声来，"我想了好几分钟，现在可以告诉你我对这事的分析了。”

“可以，”他的朋友同意了，“你说吧。”

弗朗博抬起头，但压低了声音。“阿瑟·圣克莱尔爵士将军，”他说，“来自有遗传性的疯病的家族。他的目的是向他女儿保密，甚至，如果可能的话，还要向他未来的女婿保密。不管正确与否，他认为疯病最终的发作就要来了，便决心自杀。但普通的自杀又会把他害怕的事情暴露出来。随着战事的迫近，他头脑中的阴云越积越厚，最终在一个疯狂的时刻，他为了私欲牺牲掉了他对公众的责任。他急着冲上战场，期望着第一枪就被打死。当他发现自己只是被俘受辱时，藏在他脑中的炸弹爆炸了，他折断了佩剑，上吊自杀了。”

他愣愣地看着前方树林灰色的外表，其中有一块黑色的空隙，像是敞开的墓穴。他们脚下的小路没入其中。这条路也许隐藏着会使人措手不及的威胁，这感觉强化了他对悲剧的丰富想象，他不禁打了个冷战。

“恐怖的故事。”他说。

“恐怖的故事。”神父低头重复说，“但不是真实的故事。”

然后他抬起头，带着绝望，大喊道：“哦，我宁可它是真的。”

高个子弗朗博扭过脸盯着他看。

“你的故事太纯洁了，”布朗神父一副哭诉的腔调，似乎被深深打动了，“一个甜蜜、纯真、诚实的故事，像月亮一样坦诚、洁白。疯狂与绝望都是天真的想法。还有更糟的事，弗朗博。”

弗朗博受到召唤一样胡乱望着月亮，从他站的地方看，有一支弯曲的黑色树枝从月亮后面穿出来，仿佛魔鬼的犄角。

“神父啊，神父，”弗朗博打着法式手势喊着，同时加快了脚步，“你是说比那还要糟吗？”

“还要糟。”神父的声音像是墓园中的回声。他们走入林地间黑魆魆的通道，树干在两旁仿佛昏暗的挂饰，好似梦中才会出现的黑暗走廊。

他们很快走到林中最隐秘的地方，这地方密不透光，连叶子都看不见。神父又开始说：“聪明人会把树叶藏在哪里？在树林里。但如果没有树林，他会怎么做呢？”

“行了，行了，”弗朗博急躁地叫道，“他会怎么做？”

“他会种植一片树林把它藏起来，”神父用晦涩的语调说，“一桩可怕的罪。”

“听我说，”他的朋友不耐烦地说，似乎被阴暗的树林与隐晦的说法搞得有点紧张，“你到底讲不讲啊？还有什么其他证据呢？”

“还有另外三条证据，”另一人说，“是我从犄角旮旯里翻出来的。我会按照逻辑顺序，而不是年代顺序提出来。首先，我们对这件事以及对这场战役的认识，必须建立在奥利维尔的战役部署上，而这一点是清晰可辨的。他率领两三个兵团在能俯瞰黑河的高地驻守，河对岸是一片地势较低的沼泽地。更远处是缓缓隆起的荒野，英军前哨就在那里，大部队都驻扎在后方较远的地方。英军在整体数量上绝对占优势。但这个军团离基地太远，这促使奥利维尔打算渡过河，将其分割包围。但到了黄昏，他决定不出击，而他占据的阵地非常有利。第二天黎明时分，他吃惊地发现一小队英国人，完全脱离了自己的后援，冲过了河。一半从桥上走过，另一半从上游浅滩涉水过来，正在他脚下的河岸上集结。

"就他们这点儿人，居然要向山顶发动进攻，已经够让人不可思议的了。但奥利维尔还发现了更加不寻常的事。这支发了疯的队伍，没有去抢占更加坚实的地方，而是背对着河岸发起了一次疯狂的冲锋，结果什么也没做成，只是陷在泥沼中，就像粘在蜜糖中的苍蝇。毫无疑问，巴西人用炮火将其队伍打散，而他们则用步枪英勇还击，但不构成任何杀伤力。他们最终也没有放弃抵抗。奥利维尔在他简要的记述最后，还对这群鲁莽的人表示敬意，钦佩他们不可思议的勇猛。'最终，我们开始向前推进，'奥利维尔写道，'将他们赶到河里。我们俘获了圣克莱尔将军以及其他几名军官。陆军上校与少校都在战斗中阵亡。我不禁要说，在历史上少有如此非同寻常的队伍，能在最后时刻有这样的表现。受伤的军官捡起阵亡士兵的步枪，将军本人骑着马，没戴帽子，举着断剑面对我们。'对于将军在随后遇到了什么事，奥利维尔和基思上尉一样保持着缄默。"

"好了，"弗朗博不耐烦地说，"继续说下一条证据吧。"

"下一条证据，"布朗神父说，"花了我不少时间，不过讲起来倒也简单。我在林肯郡费恩斯的救济院里找到一位老兵。他不只是在黑河受过伤，队伍中的上校死时，他就跪在身旁。那位就是克兰西上校，壮得像公牛的爱尔兰人。他死在子弹下，但也可以说是死于愤怒。无论如何，他都不该为这次荒谬的突袭负责。一定是将军强迫他出击的。据我的见证人说，他临终时意味深长地说：'那头该死的老蠢驴还举着他的断剑。我真希望断掉的是他的脑袋。'你要留意，每个人似乎都注意到了剑刃折断这一细节。当然了，多数人和克兰西上校看法不同，他们对此表示敬意。现在我再告诉你第三条。"

他们脚下的路穿过了树林，开始上行。发言者稍作停顿，吸了口气，然后语气中没有任何感情色彩，继续说："就在一两个月以前，一位巴西官员在英国死了。他是因为与奥利维尔意见不合，才离开了他的国家。他在这里和欧洲大陆都是知名人物，有个西班牙人的名字，叫埃斯帕多。我认识他，他是个脸色蜡黄的花花公子，长着个鹰钩鼻。由于某些私人原因，我获准翻阅他留下的档案。他是位天主教徒，我自然是陪着他直到最后一刻。文件中没有任何对解开圣克莱尔的谜团有帮助的内容，只有五六个笔记本，是某位英军士兵的日记。我想这是巴西人在阵亡士兵身上找到的。总之，在战斗的前夜日记突兀地停止了。

"但对这个可怜家伙最后一天的记述值得一读。我把它带在身上。不过这里太黑了，没法读，我会给你复述一下。第一部分都是笑话，显然是男人间互相取笑的话，是关于某个叫做'秃鹫'的人。这个人看起来不像他的战友，甚至不是英国人，但也不是敌人。像是当地的中间人或者非战斗人员，也许是个向导或者记者。他曾经与老克兰西上校密谈，但与少校的谈话更为频繁。实际上，少校在这名士兵的记述中显得更突出，一个清瘦的黑发男人，叫默里，很明显是个北爱尔兰人，清教徒。不断有笑话提到两人间的对比，一面是爱尔兰人的拘谨，一面是克兰西上校的乐观。还有一些是取笑秃鹫颜色鲜艳服装的。

"但在这些轻松、戏谑的记述中也穿插着严肃的军情话题。在英军的营地后面有一条路，几乎与河流平行，是这个地区最重要的道路之一。向西走，道路会在前方转向河流，并穿过之前提到的那座桥。向东走，道路延伸到原野中，沿路走上两里就是另一个英军前哨部队。那天晚上，从这个方向传来一阵闪光和咔嗒声，是一支轻骑兵。这份日记的记录者惊讶地认出那是将军和他的人。他骑着高头白马，那种马你通常会在报纸的插画和学院的画作中看到。你可以确定他们向他敬礼致意，不仅仅是出于形式。他没有把时间浪费在欢迎仪式上，而是立即翻鞍下马，走到军官中间，开始发表激烈而又秘密的讲话。最令我们写日记的朋友印象深刻的是，他和默里少校讨论事情时的特别神情。但是，如果没有特别留心的话，这种事也没什么不自然的。两人都富有同情心，都是'读《圣经》的人'，都是老式的福音派军官。但是不管怎么说，等将军再次骑上马时，他还在专心地和默里交谈。他的马在通向河流的路上漫步时，高大的爱尔兰人也跟在马旁，与其认真地争论着。士兵们望着两人，直到他们消失在道路转弯处的树丛后面。见到上校回到他的帐篷，大家也都返回岗位。记日记的人站在原地没动，又磨蹭了一会儿，结果看到了不可思议的一幕。

"曾经漫步走过道路的大白马，如今向着他们飞驰而来，仿佛疯狂地想要赢得赛马。起初，他们都以为马受了惊，拖着人猛跑，但很快就发现本来就是个好骑手的将军，此刻却是在策马狂奔。马和人像旋风一样冲到他们跟前，然后，将军勒住缰绳。众人看到他的脸红得像着了火。他大声叫上校出来，好似唤醒死人的号角。

"我能想象出，这场灾难带来的一系列天翻地覆的事件，在人们心中像圆木一样翻滚搅动，我们写日记的朋友也不能幸免。还没从目眩神迷的梦中醒过来，他们自动列好了队伍，接受立刻发动渡河攻击的命令。据说，将军和少校在桥上发现了敌情，他们必须立刻主动进攻，否则性命难保。少校已经立即沿路返回，去后方求援，即使这样，援军能否及时赶到还说不好。他们必须连夜渡河，在天亮前抢占高地。伴着这次匆忙、混乱的夜行军，日记也戛然而止。”

布朗神父走在前头。林间小径变得更窄、更陡也更曲折，他们感觉就像在爬螺旋楼梯。神父的声音从头上的黑暗中传来。

“还有一件很要紧的小事。将军催促他们发起骑士般的进攻时，他的佩剑只从剑鞘中抽出了一半。然后，他似乎对这鲁莽的行动感到羞愧，又把剑插了回去。你看，又提到了剑的事。”

模糊的光穿过他们头顶上树枝交织成的网，在他们脚下投射出一张网的影子。他们又走进了无遮无掩的黑夜，走到微弱的光亮中。弗朗博觉得事实像空气一样包围着他，但却不能形成一个结论。他头昏脑涨地答复说：“那么，那把剑到底有什么问题？军官们都有佩剑，不是吗？”

“在现代战争中，剑已经不太被人注意了。”另一个人不动声色地说，“但在这个事件中，那把受了祝福的剑却总被提起。”

“好吧，那又怎么样呢？”弗朗博粗声说，“不过是附带一提而已。老人的剑在他的最后一战中折断。任何人都会打赌，报纸上一定会刊载这种事。所有那些坟墓之类的东西，都表明剑是折断的。我想你拽着我来了一次极地探险，不只是因为两个眼光独到的人看到了圣克莱尔的断剑吧。”

“不是，”布朗神父尖声大喊，“但有谁见过他没有折断的剑吗？”

“你到底想说什么？”另一人叫嚷道，站在星光下一动不动。他们刚好走出树林灰暗的出口。

“我是说，有谁见过他没有折断的剑吗？”布朗神父又固执地重复了一遍，“反正日记的作者没看到，将军及时把它收进鞘里了。”

弗朗博在月光中打量着他，好像瞎子在看太阳。他的朋友头一次表现得有些急切，突然大叫：“弗朗博，即使看遍了这些陵墓，我也证明不了。但我确信这是真的。让我再补充一个细节，它可以颠覆这整件事。虽然有些奇怪，但上校是第一批中弹的人。他被击中的时间，比队伍与敌方短兵相接早了很多。可他却看见圣克莱尔的剑断了。它为什么会折断？它是怎么断的？我的朋友，它是在战前折断的。”

“哦！”他的朋友带着一股绝望的滑稽样子，说，“求你告诉我掉下来的那一截在哪里？”

“我可以告诉你，”神父立即说，“在贝尔法斯特有座新教大教堂，它就在教堂墓地的东北角。”

“真的吗？”另一位询问说，“你去找过吗？”

“我没法找，”布朗毫不掩饰他的遗憾，回复说，“在它上面有一座巨大的大理石纪念碑。那是为了纪念默里少校的英雄事迹，他在著名的黑河之战中光荣战死。”

弗朗博似乎突然被电醒了。“你是说，”他嘶哑地喊道，“圣克莱尔将军恨默里，在战场上谋害了他，因为——”

“你心里还是充满了善良与纯洁的想法。”另一位说，“真相比这还要糟。”

“好了，”大个子说，“我已经无法在想象比这个更邪恶的事了。”

神父似乎完全不知道从何说起，最终他还是开口了：“聪明人会把树叶藏在哪里？树林里。”

另一位没搭腔。

“如果没有树林，他就会造一片树林。如果他想要藏一片枯叶，他就会造一片枯死的树林。”

依然没有应答。神父更加温文尔雅地补充说：“如果一个人不得不藏起一具死尸，他就会制造一地的死尸来把它藏进去。”

弗朗博开始大步向前走，一副不容耽搁的样子。但布朗神父还在接着他上一句话往下说：“就像我说过的那样，阿瑟·圣克莱尔爵士是个读《圣经》的人。这正是他的问题所在。一个人只按照自己的方式解读《圣经》是没用的，他要按照大家的方式解读才行，人们什么时候才能懂得这个道理呢？印刷工读《圣经》是为了挑出印刷错误。摩门教徒[①]读《圣经》是为了给一夫多妻制找理由。基督教科学派信徒读《圣经》是为了说明我们的手和脚都不存在。圣克莱尔是一位长期侨居印度的新教徒军人。想想看，这意味着什么。看在老天的分上，不要怕说出来。这意味着一个人艰难地生活在热带太阳照耀下的东方社会中，而他自己不加辨别、未经指导地沉浸在东方文化的熏染中。当然，他读的是《旧约》而不是《新约》。当然，他在《旧约》中找到了他想要的一切——欲望、暴政、不忠。哦，我敢说他是诚实的，就像你说的一样。但如果一个人诚心信奉欺诈，这又有什么意义？

① 摩门教：该教派的正式名称为耶稣基督后期圣徒教会，由约翰·史密斯于1830年创立。由于该教派拥有自己的经书《摩尔门经》，而受到其他教派的敌视，被贬称为摩门教。根据其创始人对《旧约》的解读，一夫多妻是无罪的，因为《旧约》中的众族长都娶了多位妻子。此制度已于1890年被废除。

“在他去过的每一个炎热而又神秘的国度里，他都会建起后宫，严刑逼供，积累不义之财。但他却可以目光坚定地说，他是为了天主的荣耀。为了充分表明我的宗教立场，我不禁要问，他指的是哪一位主？总之，这样的邪恶行径，打开了一扇又一扇通向地狱之门，也将会越来越难找到容身之地。我要说的是对罪行的真正控诉，即一个人没有变得越来越疯狂，而是越来越卑鄙。圣克莱尔很快就被索贿与敲诈拖垮了，他需要越来越多的钱财。到了黑河之战的时候，他已经坠下一层又一层的世界，掉到了但丁所描述的宇宙的最底层。”

“你什么意思？”他的朋友又问。

“我的意思是，”神父突然指了指一片冰封的水潭，冰面在月亮下闪着光，说，“你还记得但丁将什么人置于最后一环①的寒冰中？”

“是叛徒。”弗朗博颤抖着说。他环顾周围树林的骇人景色，其轮廓充满了可以说是下流的嘲弄。他几乎把自己想象成了但丁，而声音如流水的神父，恰似维吉尔引领他穿过永恒的罪恶之地。

那声音又响了起来：“如你所知，奥利维尔是个堂吉诃德式的人物②，他不会容忍密探或者间谍。和许多其他事情一样，那种勾当都是背着他的。负责此事的正是我的老朋友埃斯帕多。他是个外表光鲜的公子哥，有个鹰钩鼻，外号叫秃鹫。他表面上是个慈善家，但暗地里在英军中寻找门路，最终他的手伸向了一个腐化堕落的人——请天主原谅！——那

---

① 但丁在《神曲》中，将地狱描绘成层层相套、依次向下的环状漏斗结构。

② 堂吉诃德：塞万提斯的名著《堂吉诃德》的主角，他富有骑士精神，不随波逐流，但却因为过于理想主义，他的行为在世人眼中是滑稽可笑的。

人正是队伍中的首脑。圣克莱尔迫切地需要钱，而且还不是个小数目。不守信的家庭医生正威胁要揭露那些非同寻常的真相，他后来真这么做了，只是很快被阻止了。他要揭露的是将军在派克街的家中发生的一些残忍又原始的事件。这是一位英国福音派教徒干出来的，据说与人牲祭祀和蓄养奴隶有关的事。他女儿的嫁妆也需要钱。而他自己对富有的名声与财富本身看得一样重。他抓住了这最后一线生机，暗中向巴西传递情报，而财富就从英国的敌人那里源源流入。但是另一个人也和秃鹫埃斯帕多打过交道。不知怎的，黝黑冷酷的北爱尔兰年轻少校猜出了丑恶的真相。他们一起沿路漫步走向大桥时，默里要求将军立即辞职，否则送他上军事法庭挨枪子儿。将军拖延着他，一路走到桥旁的热带树木边。伴着潺潺的河水与阳光下的棕榈树（我甚至能看到那幅图景），将军拔出军刀，刺进了少校的身体。”

天寒地冻的小路转向一处结着霜的山脊，那里的灌木与树丛一片漆黑、形状诡异。但弗朗博恍惚间看到，山脊的边缘透出微弱的光亮，不是星光，也不是月光，而是人点的火。他注视着光亮时，故事也快讲完了。

“圣克莱尔是一头地狱猎犬，但他并非是没有理智的疯狗。我敢发誓，可怜的默里变成他脚下一具冰冷的尸体时，他保持着前所未有的清醒与镇定。基思上尉说的没错，他在那次遭到世人轻视的失败中的表现，比以往任何一次胜利时的都要出色。他冷静地将武器上的血迹擦去。他发现，刺入受害者两肩之间的剑尖，已经断在尸体中了。他冷静地预见将会发生的一切，好像是隔着俱乐部的窗子看风景。他知道，别人一定会发现这具无可辩解的尸体，一定会取出这段无可辩解的剑尖，一定会注意到这把无可辩解的断剑——或是注意到佩剑的失踪。他杀了人，却没法掩盖。但是他急中生智，想到了还有一条路可以走。他能够让尸体不再无可辩解。他可以造出成堆的尸体来掩盖这一具。不到二十分钟，就有800名英军士兵开始了通向死亡的行军。”

从冬日漆黑的树木后面射出的温暖光芒，愈加强烈，愈加明亮。弗朗博大步走过去。布朗神父也加快了脚步，但他似乎还沉浸在他的故事中。

“这成千的英国勇士是如此英勇，他们的指挥官又是如此英明，要是他们直接进攻山丘，说不定这疯狂的行军真的会碰上好运气。但是，那个拿他们当棋子摆弄的邪恶心灵另怀鬼胎。他们必须在桥边的泥地里待到英军尸横遍地。然后还有精彩的一幕，银发的士兵守护者会交出他破碎的佩剑，以平息进一步的屠杀。哦，真是精心策划的即兴表演。但我认为（我无法证明），我认为就在他们被困在血迹斑斑的泥沼中时，有人起疑了，甚至是猜到了。”

他沉默片刻，又接着说：“有个声音告诉我，猜到的那人就是那位情人——将要与老人的孩子成婚的人。”

“那奥利维尔和绞刑又是怎么回事？”弗朗博问。

“奥利维尔，一半出于道义，一半出于策略，他不会让俘虏妨碍他的行军，”叙述者解释道，“他在多数情况下会释放每个人。这一次也不例外。”

“除了将军以外的每个人。”高个子说。

“每个人。”神父说。

弗朗博拧着他黑色的眉毛。“我还是不明白。”他说。

“还有另一个场景，弗朗博，”布朗更为神秘地低声说，“我无法证明，但我可以做得更多，我能看到。清晨，在炎热的荒丘上，巴西人收起了营帐，集结起来，列好队伍，准备出发。奥利维尔身着红衫，一把黑色的长胡子随风轻摆，手里握着他的宽边帽。他在向刚被他释放的伟大敌手道别。那位朴质的一头白发的老兵，在代表他的手下向他表示感谢。剩下的英国人都在他身后立正站好。他们身旁是供他们撤退的物资与车辆。鼓声响起，巴西人开拔了，而英国人仍旧塑像般一动不动。他们一直忍耐着，直到敌人的最后一点声音与身影消失在热带的地平线下。然后，他们立马改变了姿势，仿佛死人复活了。50张面孔一齐朝向将军——他们的表情一定令人难忘。”

弗朗博跳了起来。“啊，”他大叫，“难道你是要说——”

“是的，”布朗神父用低沉而动人的声音说，“把绳索套在圣克莱尔的脖子上的，是英国人的手。我相信，也是同一只手，把戒指套在了他女儿的手指上。是英国人亲手把他吊上了耻辱之树。这些人曾经崇拜他，追随着他夺取胜利。这群英国人（愿天主宽恕我们所有人！）在异国的太阳下，看着他在绿色的棕榈绞架上晃动，他们带着憎恨祈祷他会下地狱。”

当两人攀到山顶时，强烈的红色灯光照在他们身上，那是从一间挂着红窗帘的英式小客栈里射出来的。它就立在路旁，似乎在展示它的殷勤好客。三扇敞开的大门在发出邀请。就算站在他们这么远的地方，也能听到屋内的哼唱声与笑声，俨然一片欢乐的夜景。

“我再没有可以告诉你的了，”布朗神父说，“他们在荒野中审判并处死了他。之后，为了英国，也为了他女儿的荣誉，他们立下誓约，永远缄口不谈背叛者的钱包以及凶手的剑刃。也许——愿上天帮助他们——他们都试着忘记这事。无论如何，让咱们忘了它吧，我们的客栈到了。”

“我打心里同意。”弗朗博说。他迈步正要走进客栈中明亮、吵闹的酒吧，却倒退一步，差点摔在路边。

“快看，看那个鬼名字！”他大喊。他僵硬地指着悬在路上的方木招牌。上面依稀可见一段剑柄加上一截剑刃，还仿冒古老的字体刻着：断剑的启示。

“你感到意外吗？”布朗神父礼貌地问，“他在此地被奉若神明，半数的酒馆、公园和街道都用他或者他的故事命名。”

“我还以为我们不用再和这个灾星扯上关系。”弗朗博一边向街上啐了一口，一边叫嚷道。

“只要你在英国，就永远躲不开他。”神父看着地面说，“除非沧海变桑田，否则，他的大理石像在几个世纪里，都要在天真无邪、充满自豪的孩童心中矗立。因为他的忠诚，他在乡间的陵墓会充满百合花一样的芬芳。无数从不了解他的人会爱戴他犹如爱戴自己的父亲，而极少数真正了解他的人，则视之如粪土。他会成为圣人，而关于他的真相永远不会有人说出去，因为我最终决心保守秘密。揭露秘密有好处，也有坏处，我把自己的行为视为一种考验。所有那些报纸都会消逝，反巴西的声浪也已经过去，奥利维尔更是处处受人尊敬。但我告诉我自己，如果在任何地方，有如同金字塔一样长存的金属或大理石纪念物，有人胆敢辱没克兰西上校、基思上尉、奥利维尔总统或是任何无辜者的名声，我就会说出真相。假如只是圣克莱尔得到了不该有的赞誉，我会保持沉默。我说到做到。”

他们走进挂着红窗帘的酒馆，里面不只是舒适，甚至可以说是奢华。一张桌子上立着一尊圣克莱尔陵墓的银像，银制的头是下垂的，银制的剑是折断的。墙上挂满了同一景致的彩色图片，还有一系列载着游人去参观的四轮马车。他们找了张舒服的长椅坐下。

“来吧，这么冷的天，”布朗神父高呼，“咱们喝杯红酒或者啤酒吧。”

“或者是白兰地。”弗朗博说。

三件死亡凶器

因职业和信仰的缘故，布朗神父比我们大多数人更清楚：每个人逝去时，便都享有了尊严。但是在他得知亚伦·阿姆斯特朗爵士被杀时，仍是感觉当头一棒，十分惊异。那样受人欢迎的风趣人物却秘密杀害，这其中隐透着丝丝荒谬和不解。亚伦·阿姆斯特朗爵士幽默风趣，甚至还有些滑稽可笑。他受人欢迎，几乎是一位名扬四海的传奇人物。他被人谋杀的噩讯，就如同阳光吉姆上吊自杀，或匹克威克先生死在汉韦尔一般荒诞不经。亚伦爵士是一位慈善家，这就意味着他常要接触我们社会的各个黑暗面，但他总抱着一颗乐观向上的心去应对这些问题并以之为豪。他的政治、社会演讲中总是穿插着许多趣闻轶事，惹得人们连连大笑。他的身体状况简直是好得不能再好了，待人处事也积极乐观。在酗酒的问题（他最喜欢的一个话题）上他总保持着永无止境的兴趣，甚至有些让人觉得单调乏味，但正是这使得他成为一名杰出的绝对禁酒者。

他在清教徒的讲台和布道坛上不断宣讲自己改变信仰的故事；讲述自己还是个小男孩的时候，如何脱离苏格兰神学而沉湎于苏格兰威士忌中，又是如何从两者中自拔然后成就了（谦卑地声称）今天的自己。他出现在无数晚宴和大会上，可他那茂密的白胡须，天真无邪的脸庞和闪耀的眼镜简直难以让人相信他曾经如此病态，要么是个浅斟慢饮的饮酒者，人们相信他要么是个加尔文教徒。人们感觉他是世上最严肃认真同时又是最欢快享乐的人。

亚伦爵士住在汉普斯蒂德乡下的一座漂亮房子里，房子高而窄，是一座具有现代风格却单调乏味的屋塔式楼房。楼房最窄的一面位于绿色铁路路基护坡上方，每当火车开过，房屋都要颤动一阵。亚伦·阿姆斯特朗爵士却兴致勃勃地说他毫不在意。但是，如果说火车曾频繁撼动这所房子的话，那么那天早晨，两者的角色发生了转换，这所房子震撼了火车。

火车减速，停下。停车的位置刚好过了房屋一角突兀地伸向路基草坡那个地方。大多数机械车辆都得缓慢停止，但有人急切地要这列火车快速停下。一个男人出现在火车上方的山脊上，他全身裹着黑衣，甚至（人们记得）连微小的细节都不放过，还带着黑手套，挥舞着他那有如黑色风车般的双手。仅是这样并不能让那缓缓而行的火车停下来，‘但他却一边挥手一边大声疾呼着什么，事后人们谈论起来觉得那是完全不可能的，是反常的。即使我们听不清那人在喊些什么，但有一个词却是极其清晰的，’是那就是“谋杀啊”。

但事后火车司机却发誓说即使没有听清那个词，只是听到他那清晰却可怕的叫喊声，他也同样会停下来的。

火车一旦停了下来，人们往窗外稍稍一瞥就能捕获这场悲剧的种种信息。穿着黑衣站在草坡旁的正是亚伦·阿姆斯特朗的男仆马格纳斯。男爵过去常常善意地打趣这名忧郁侍者的黑手套，但是此刻没有人会去嘲笑他的黑手套。

一两名调查人员立马下车查看，他们越过雾气弥漫的树篱，发现一名老人的尸体几乎滚到了坡底处，他身穿一件红色镶边的黄色晨衣。他的腿被一条红绳捆住，可能是在挣扎时被缠住了。身上留有血渍，但是不多。尸体被折弯扭曲，任谁也瞧不出是一具活人尸体。这就是亚伦·阿姆斯特朗爵士。人们一时不知所措，这时一个满脸金黄色胡须的男人走了出来，一些旅客向他点头致意，他就是亚伦爵士的秘书帕特里克·罗伊斯。他曾在波西米亚群体中享有盛誉，甚至因其波西米亚艺术风格而闻名。他与那位仆人一样发出一声痛苦的惊叫，声音含糊但却真诚可信。当那户人家的第三个人，即死者的女儿爱丽丝·阿姆斯特朗摇摇晃晃，踉跄着走进花园时，火车司机又重新发动引擎，火车鸣笛继续前进，去下一站寻求帮助。

于是，布朗神父就应帕特里克·罗伊斯，这名前波西米亚秘书的紧急召应而来。罗伊斯出生于爱尔兰，属于那种不大上心的天主教徒，只有在遇上麻烦时才会记起自己的宗教信仰。但要不是警探中的一员是弗朗博的朋友或是仰慕者，罗伊斯的请求可不会这么快被回应，并且弗朗博的朋友可都听过不少布朗神父的事迹。所以，当年轻的警探莫顿领着这名矮小的神父越过田野走向火车道时，这两位陌生人之间的谈话很亲密，完全不像初次见面的人表现的那样。

“在我看来，”莫顿警探直率地说，“根本就没必要追查下去。没有可以怀疑的对象。马格纳斯是一个严肃的老糊涂，愚人一个，不可能是暗杀者。罗伊斯是男爵多年的好友。毋庸置疑，爵士的女儿非常崇拜她父亲。谁会杀害阿姆斯特朗这个快活的老头子呢？谁会对一个在夜场讲坛上宣讲的人下手？这就像是杀了圣诞老人一样。”

“是的，这曾是快活的一家人。”布朗神父赞同道。“在他活着时，家里很快活。你觉得这家人会因为他死了而感到快活吗？”

莫顿有些吃惊，两眼放光地看着他的同伴问：“因为他死了？”

“是的，”神父面无表情地继续说，“他的确是一个欢快的老头子。但是他是否也让别人同样感到快活呢？老实说，除了他，这屋子里还有其他人感到愉快吗？”

莫顿的心窗顿时射进一丝惊奇之光，好似是第一次看到我们久已熟之的东西一般，感觉奇怪又惊诧。因为一些慈善活动，他常去阿姆斯特朗家里处理一些警务事情。现在，他回头想想，那是一座令人压抑的房子。房间又高又冷，屋内的装饰也都简陋古旧，走廊里虽有电灯，但灯光的亮度还不及月光。尽管这位老者绯红的脸膛似篝火般照亮了每间房屋和过道，但没留下一丝温暖。房屋如鬼屋似的阴森，让人感觉古怪不适，毫无疑问一部分还得归因于屋主。阿姆斯特朗爵士充满热情活力，他会说，他才不需要什么火炉电灯，只是带着自己的热量，丝毫不顾别人冷暖。当莫顿回忆起家庭的其他成员时，他不得不承认他们也和阿姆斯特朗一样。不过是一些活动着的阴影或幽灵。那情绪多变，带着可怕黑色手套的男仆简直就是个噩梦。秘书罗伊斯，高大结实，健壮如牛，身穿粗花呢套装，蓄着短胡须，但他那如稻草般枯黄的胡须却掺杂着些许灰色，犹如粗花呢布一般。宽大的前额上早早地布满了皱纹。他算是够和善的了，但却是一种悲愁的和善，甚至是一种令人心碎的和善——他的举止姿态总给人一种生活的失败者的感觉。至于阿姆斯特朗的女儿，真不敢相信她竟然是阿姆斯特朗的女儿，她脸色苍白，娇小柔弱，优雅得体，但身体却总像白杨的枝条一样颤动着。莫顿有时常怀疑她是否因火车经过时产生的碰撞逐渐形成了恐惧心理。

“你看，”布朗神父眨了眨眼说，“我不确定阿姆斯特朗的欢快对其他人来说是否也是愉快的。你说没有人会去杀这样一位快活的老头子，但我就不确定。不要让我们陷入引诱。如果我杀了某人，”他简单地补充道，“我敢说那人有可能是一位乐观主义者。”

“为什么？”莫顿饶有兴趣地问道，“你觉得人们不喜欢欢乐？”

“人们喜欢时不时来点笑料，”布朗神父回答说，“但我不认为人们会喜欢一成不变的微笑。没有幽默感的欢快是一件非常让人难以忍受的事。”

他们沉默着沿铁轨走了一会儿，那儿冷风凛冽，杂草丛生，当他们来到高耸着的阿姆斯特朗的房屋前时，布朗神父突然开口说话了，与其说他是认真严肃地提出一些想法，还不如说他急于摆脱某种令人厌烦的念头。他说：“当然，酒本身并无好坏。但有时，我禁不住想，像阿姆斯特朗这样的人也会不时想要借酒消愁。”

莫顿的上司是一名头发斑白、才能出众的警探，名叫吉尔德。此时，他正站在草坡上一边等待着验尸官一边与帕特里克·罗伊斯交谈着。罗伊斯宽大的肩膀、茂密的胡须和头发十分惹眼。他走起路来总是俯首迈着沉稳强健的步伐，并且似乎乐于以一种沉闷谦卑的作风去完成自己的本职工作，这就好似水牛拉犁车一样，使他更加惹人注目。

看到神父，他异常高兴地抬起头来，几步跨到神父身边。而莫顿正在和那位年长的警探谈话，言语间充满恭敬之情，却又不乏带着些小男孩般的焦躁渴望。

“那么，吉尔德警探，你对这桩神秘的疑案有什么更多的认识吗？”

“这根本就没什么神秘可言，”吉尔德回答，同时心不在焉地看着山坡下的乌鸦。

“可是，在我看来多少还是有点的。”莫顿笑着说。

“这再简单不过了，小子，”这位年长的调查员一边说一边轻抚他那灰白的尖胡须。“在你去罗伊斯先生教区的三分钟后，案件发生了。你认识那位一脸苍白，戴着黑手套，叫停列车的男仆吗？”

“到哪儿我都认得他。不知怎么的，看到他总让我起鸡皮疙瘩。”

“那么，”吉尔德拉长语调说，“当那辆列车再次发动离开时，那个人也消失了。真是个冷血动物，你不觉得吗？居然乘着去找警察的列车逃走了。”

“我想您一定十分确信吧，”年轻警探回答说，“真的是他杀了自己的主人？”

“是的，小子，我非常肯定。”吉尔德冷冷地回答道，“原因很简单，他拿着主人桌上两万英镑逃走了。不，这个案件唯一的难点是他怎样杀了阿姆斯特朗。死者的颅骨似乎是被某种大物件击碎，但周围却没有发现任何凶器，若是行凶者持凶器潜逃，他肯定会觉得十分不便，除非凶器体积小，不容易引人注意。”

“也有可能是这个凶器过大，人们才不会注意。”神父古怪地傻笑着说。

吉尔德听到这个荒诞的猜测后，望了望四周，然后有些严厉地问布朗这是什么意思。

“我知道这种说法很愚蠢，”布朗神父带着歉意说，“听起来像是童话故事。但是，可怜的阿姆斯特朗是被凶手用一根巨大的棍棒杀死的，一根绿色的大棒，它太大了以至于你们根本不会去注意它。这根大棒就是我们说的大地。他就是被我们现在所站的这块绿坡给撞死的。”

“怎么说呢？”警探迫不及待地问道。

布朗神父抬头面向房屋较窄的一面，眨着眼睛逐渐向上看去。人们随着他的视线看过去，发现就在这座房屋不易被看到的背面，顶上的阁楼天窗是开着的。

“看到了吧，”他像个小孩似的指着那儿解释说，“阿姆斯特朗是从那儿被推下来的。”

吉尔德皱着眉，仔细打量着这扇天窗，说：“是的，这很有可能。但是我不明白你为什么这么肯定。”

布朗瞪大了他褐色的双眼，“噢，”他说，“死者的脚上拴着一截儿绳子。你难道没看见窗户角那儿挂着一截儿绳子吗？”

从下往上看，那高处的绳头看起来就像是一小撮细微的尘埃或毛发，那精明的老巡官看了后，满意地对布朗神父说：“你说得太对了，先生。难怪你那么肯定。”

就在他说话的同时，一列只有一节车厢的火车从他们左边开过，缓慢停了下来，一群警察从列车上下来，跟在他们其中的还有那一脸鬼祟的马格纳斯，那个携款潜逃的男仆。

“太好啦，他们抓到他了。”吉尔德喊道，机警地走上前去。

“你们找到钱了吗？”他对走在前面的那名警察喊道。

那名警察一脸好奇地看着他说：“没有。”然后又补充说：“至少在这儿没有。”

“请问哪位是巡官？”那个叫马格纳斯的人问。

他一开口说话，所有人立刻就明白了他的声音是如何使列车停下来的。他看起来迟钝呆板，黑色平头，面无血色，细长的眼睛和窄长的薄唇让人一看就知道他是个东方人。之前他在伦敦一家餐厅做侍者，或是（有人说）干着更低贱的活，后来亚伦爵士把他招来做男仆，可直到现在他的血统和姓名仍是个谜。他的声音和他那张脸一样，让人恐惧，让人过目不忘。不知是因为外国人咬字清晰，还是出于对主人的敬重（主人有些耳背），马格纳斯的音调特别清脆响亮，富有穿透力。他一开口，所有人都大吃一惊。

“我就知道会这样。”他无动于衷地大声说道，“我那可怜的上了年纪的主人总是嘲笑我这一身黑衣，但我总说我应为他的葬礼时刻做好准备。”

说着，他那戴着黑手套的双手瞬间活动了一下。

“警官，”吉尔德巡官喊道，愤怒地盯着那双黑手说，“你难道不把这个家伙铐起来？他看起来非常危险。”

“哦，巡官，”警官一脸疑问地回答说，“我不认为我们要这样做。”

“你这是什么意思？”吉尔德尖锐地问道。“你们不是逮捕他了吗？”

那张似乎被撕裂的嘴边露出一丝嘲笑，一列火车正开过来，汽笛的呼啸声似乎是在巧妙地附和着他那嘲讽。

“我们逮捕了他，”警官严肃地回答道，“就在他走出海格特警察局时，他把他主人所有的钱财都交给了罗宾逊警官保管。”

吉尔德一脸惊奇地看着这名男仆。“你到底为什么那样做？”他问马格纳斯。

“当然是确保主人钱财安全，以防被罪犯得到。”马格纳斯平静地说。

“确实，”吉尔德说，“这样亚伦爵士的财产才能安全地遗留给亚纶家族。”

吉尔德的话尾被轰轰开过的火车呼啸声淹没。那所沉闷的房屋早已习惯这周期性的火车呼啸声。在巨大的嘈杂声中，人们仍能听到马格纳斯一字一顿的回答声，像钟鸣一般清晰响亮：“我从不信任亚伦爵士的家人。”

所有人都站在原地不动，幽灵般的第六感让他们觉察到另一个人的存在。当莫顿的视线越过布朗神父的肩头，落在阿姆斯特朗女儿那苍白的脸上时，他一点也不惊讶。她年轻漂亮，身上银光闪闪，但是她的一头棕发却布满灰尘，毫无光泽，在阴影处好似一头灰发。

“小心说话，”罗伊斯粗声粗气地说，“你会吓到阿姆斯特朗小姐。”

“我倒希望如此。”男仆说，声音清晰干脆。

阿姆斯特朗小姐畏缩着避开了，众人都对男仆的话感到疑惑不已，他继续说道："我已差不多习惯了阿姆斯特朗小姐的颤抖了。我已经看着她时断时续地颤抖很多年了。有人说她是冷得发抖，有人说她是害怕得发抖，但是我知道她是因厌恶和愤怒而颤抖——这些恶魔[①]今早可是享受了盛宴。要不是我，现在她早已和她的情人携款私奔了。自从我那可怜的老主人阻止她嫁给那醉醺醺的流氓——"

"住口！"吉尔德严厉地说，"你们家族内部的猜想怀疑与我们无关，除非你有确凿证据，但仅凭你个人观点——"

"噢，我会给你确凿的证据，"马格纳斯打断吉尔德尖声说，"但你必须得传唤我，巡官先生，我将会告诉你们真相。真相就是：就在老主，被刺伤并推出窗外没多久，我就跑进了阁楼，看到她的女儿昏厥在地，手里还拿着一把被鲜血染红的匕首。同样，请允许我把它交给合适的执法机构。"说着，他从燕尾服的口袋里拿出一把牛角柄长匕首，上面还沾着一点血迹。他把匕首毕恭毕敬地交给了警官，之后又退回原地，一脸讥笑，本来就细小的眼睛更是眯成了一条缝，似乎就要看不见了。

莫顿一看到他就觉得恶心，对吉尔德小声嘀咕："您肯定是相信阿姆斯特朗小姐的话而不是他的话吧？"

布朗神父突然仰头抬起脸，精神饱满的样子，好似刚刚洗过脸。"是的，"他说，一脸天真的样子，"但是阿姆斯特朗小姐是否反驳他说的话呢？"

---

① 这里指阿姆斯特朗小姐今早厌恶愤怒到了极点，这里的恶魔指厌恶和愤怒。

这位年轻小姐发出一声惊呼，人们都看着她。她整个身体像瘫痪了似的变得呆板而僵硬。只有那张包在浅棕头发里的脸因吃惊害怕还显得稍有生气。她呆呆地站在那儿，好像被人套住窒息了似的。

“这个人，”吉尔德先生严肃地说，“竟然说谋杀案发后，发现你手里拿着一把匕首，躺在地上，不省人事。”

“他说的是事实。”爱丽丝回答说。

接下来他们注意到帕特里克·罗伊斯低着头大步走进他们这群人当中，说了这样一句话：“那么，如果我一定得走[①]，我会在那之前先找点乐子。”

他耸了耸肩，一记重拳挥向马格纳斯那张面无表情的，似是蒙古人的脸，把他打倒，马格纳斯像海星一样平躺在草地上。两三名警察立即扣住罗伊斯，但对于其他人来说，好像所有的理性都不存在了，整个现场成了一场无头无脑的滑稽表演。

“不要那样，罗伊斯先生。”吉尔德威严地说，“我可以以袭击罪逮捕你。”

“不，你不会的。”罗伊斯秘书回答说，声音如铜锣般洪亮，“你会以谋杀罪逮捕我。”

吉尔德警觉地瞥了一眼被打倒在地的那个人。那个愤愤不平的人此时坐了起来，抹去脸上的血迹，那张脸看上去几乎丝毫未损。他简短地问道：“你什么意思？”

---

① 由后面可知这里指被捕。

“这个家伙说得非常对。”罗伊斯解释道，“阿姆斯特朗小姐是手里拿着一把匕首晕倒的。但是她拿匕首并不是去刺向她父亲而是去保护他。”

“去保护他。”吉尔德严肃地重复道，“谁要杀害他？”

“我。”这位秘书回答说。

爱丽丝看着他，一脸困惑和不解，低声说道：“说到底，我还是很高兴你能勇敢地站出来。”

“上楼来，”帕特里克·罗伊斯沉重地说，“我会像你们展示这该死的整个经过。”

这间阁楼是罗伊斯秘书的私人场所（对于这样一名高大的隐士来说，这只算得上是一间狭小的单人间），也是这起暴力案件的事发点。在靠近阁楼中央的地板上有一把大左轮手枪，像是被扔在地上的；靠左边的地上则滚着一威士忌酒瓶，瓶口敞开着，里面还剩有残酒。桌布被拽在地上，踩踏得皱巴巴的。一段细绳，就跟在尸体上找到的一样，被狂乱地拴在窗台上。两个花瓶在壁炉台上砸碎了，还有一个摔到了地毯上。

“当时我喝醉了。”罗伊斯说道，率直诚恳，这使得他这个之前还攻击了男仆的人看起来像是小男孩第一次犯错时一样，满脸痛苦悔恨的样子。

“你们都了解我。”他继续说，声音变得沙哑，“你们都知道我的故事是如何开始的，现在它也将像开始时那样结束。我曾被人们夸赞是个聪明人，并且有可能成为一个幸福的人。阿姆斯特朗把我从从酒馆里拯救出来，无论是在心理上还是生理上都使我解脱了。他用自己的方式来善待我，对我一直很好。可怜的人啊！可他就是不让我跟爱丽丝在这儿成婚，看来他是对的。接下来，你们自己都能猜到了，用不着我详细说明。墙角那半瓶威士忌酒是我的，地毯上是我的左轮手枪，里面已没有子弹。你们在尸体上找到的绳子是我箱子里的，尸体也是从我的窗户抛下去的。你们没必要再让侦探去挖掘我的悲剧下场。我不过是这世上再普通不过的一根杂草罢了。我把自己送上了绞刑台。噢，主啊，这就够了！”

一个十分微妙的手势，警察都聚拢到这个高大的人身边，准备不动声色地把人带走，但却被布朗神父那异乎寻常的姿势给惊住了。他正跪在门口的地毯上，双手撑地，好像沉浸在某种有失庄重的祷告中。他毫不在意自己挡住了那群人的路，仍旧继续保持着那个姿势。当他抬起那张生气勃勃的圆脸看着这群人时，那姿态看起来就像是一个有着滑稽人脑的四足动物。

“我说，”他和善地说道，“你知道吗，这完全不对呀。刚开始，你说我们找不到任何凶器，但现在我们又发现了太多凶器。行刺的匕首，使人窒息的细绳，还有射死人的手枪，最后，死者又掉出窗外摔断了脖子！这不对劲儿，这太不干脆利落了。”说着他面朝地板摇了摇头，好像马儿在吃草。

吉尔德巡官表情严肃，张口刚准备说话就被地上那个奇怪的人抢先了一步，神父滔滔不绝地继续说道：

“现在有三个不大合乎常理的东西。首先是地毯上被六颗子弹打穿的洞眼。到底为什么会有人向地毯开枪？一个喝醉了的人会让子弹飞向仇人的脑袋，射穿那个嘲笑他的东西。他总不会跟自己的双脚吵架，或围攻自己的拖鞋吧。然后就是那根细绳了——”说完了地毯，神父抬起双手放进口袋，可仍然毫不在意地跪在那里。“你想，一个人是要醉到何种程度才会把试图系在别人脖子上的绳子绑在人家腿上？罗伊斯，不论怎么说，都还没醉成那样。不然，现在他应该睡得死死的如木头一般。还有，最浅显明了的是那个滚落在墙角的威士忌酒瓶。你暗示说这个瘾君子抢夺他的酒瓶，他赢了，却将它扔到墙角，瓶中的酒撒了一半，还留有一半。那是一名嗜酒者最不可能做的事。”

他笨拙地站了起来，带着悔悟的语气对那个自称是杀人犯的人说：“真是对不起，亲爱的先生，你的故事简直就是一堆垃圾。”

“先生。”爱丽丝·阿姆斯特朗低声对神父说，“我能单独与您谈谈吗？”

这个突如其来的要求使得这个爱说话的神父不得不走出房门。在隔壁房间，神父还没来得及开口，那个年轻小姐就以一种完全陌生的口吻，单刀直入地与神父交谈起来。

“您是个聪明人，”她说，“我知道您正尽力挽救帕特里克。但是，没有用的。这一切的内幕都是黑暗的，您发现的越多，我所爱的那个可怜男人就要遭受越多的罪。”

“为什么？”布朗神父问道，镇定地盯着她。

“因为，”她同样从容地回答说，“我亲眼目睹了他的犯罪过程。”

“啊！”神父站在那原地不动，说，“你看见他做什么了？”

“当时我就在他们隔壁的这间房里，”她解释道，“两间房门都关着，但我突然听到一个愤怒的声音，在这世上我还从未听到过那样的声音，那个声音怒吼道‘去死吧，去死吧，去死吧’，一遍又一遍，接着，一声枪响，两间房门都随之颤动。之后又响了三声枪响，然后我打开两扇房门发现屋里烟雾笼罩。左轮手枪正被我那可怜的发了疯似的帕特里克握在手中，枪口还冒着烟。我还亲眼看着他凶残地开了最后几枪。然后他扑向我父亲，我父亲当时正恐惧地抓着窗台，他与我父亲扭打在一起，想要用细绳勒死父亲。他想把细绳从我父亲的头顶扔去，却滑过父亲奋力挣扎的肩膀，套在了他脚上。绳子紧拴在父亲一只脚上，帕特里克就像疯子般把我父亲拖倒在地。我从坐垫上抓起一把匕首，冲向他们之间，想要切断绳子，接着我就晕倒了。”

“我知道了。”布朗神父冷冷地客气道，“谢谢你。”

年轻小姐在回忆中崩溃倒下，神父僵硬着身体又回到隔壁房间，房里只剩吉尔德和莫顿守着帕特里克·罗伊斯，他正铐着手铐坐在椅子里。神父恭顺地对巡官说：“我能当着你对这位罪犯说句话吗？他能脱下这可笑的手铐，哪怕是一分钟吗？”

“他是个强壮的男人。”莫顿低声说道，“为什么你想要把手铐解开？”

“哦，我以为，”神父谦逊地回答说，“有可能我能有幸与他握握手。”

两名警探都惊奇地盯着他，布朗神父又说道：“你难道不打算告诉他们吗？先生。”

坐在椅子上的人摇了摇头，头发蓬松杂乱，神父却变得焦躁急切起来。

“那么，我会。”他说，“私生活总比公众名声来得重要。我要拯救的是活着的人，死了的人就由他去吧。”

他走向那个害死人的窗口，一边眨着眼看着窗外一边继续说，“我跟你们说过，这桩案件里出现了太多杀人工具，却只有一个死亡。我现在告诉你们那些都不是杀人工具，也并不是致死的原因。所有这些可怕的工具，套索、带血的匕首、爆发的手枪都是出于仁慈而用的工具。他们不是用来杀死亚伦爵士的，而是用来挽救他的。”

“去挽救他！”吉尔德重复道，“从谁的手里？”

“从他自己手里。”布朗神父说，“他是个有自杀倾向的疯子。”

“什么？”莫顿惊呼道，一脸的不信，“那他那快乐的信仰——”

“那是个残忍的信仰。”布朗神父望着窗外说，“为什么他们就不让他像父辈那样哭一会儿？他的计划形成了，他的观点变得冷酷了。在那张欢快的面具下是一位无神论者空洞的心灵。最后，为了保持他那欢快滑稽的公众形象，他又重拾放弃多年的酗酒习惯。但是对于一名诚挚的绝对禁酒者来说，酒精是一个非常可怕的东西。他告诫警醒别人小心精神上的地狱，自己却想象并期待着。可怜的阿姆斯特朗早早地就陷入了精神地狱。这天早上，他坐在那儿，发了疯似的大叫着他到了地狱，以至于她女儿也弄不明白是什么意思。他一心想寻死，整个人发了疯，像淘气鬼要把戏似的，把各种死亡工具乱扔在自己身边——一根活套索，朋友的左轮手枪和一把匕首。罗伊斯无意中走了进来，看到这种情况，便迅速行动。他把刀扔在他身后坐垫上，拿起左轮手枪，由于没时间退出子弹，只好对着地板一枪又一枪地把子弹打完。那个自杀者突然看到可以致死的第四种方法，冲向窗口。救人者做了他唯一能做的——拿着绳子跑在他后面，试图绑住他的手和脚。这时那个女士正巧走了进来，误解了这场搏斗，力图切断父亲身上的绳子。刚开始，她却只割破了罗伊斯的手指，这就是刀上为什么有血迹的原因。但是，你们肯定也发现了在他把拳头挥向男仆时，他脸上留下了血迹，却没有伤口。在那位女士晕厥前，她确实把她父亲身上的绳子割松了，接着他就跳出窗外掉进了那个永恒的世界。”

大家都沉默了好长一段时间，最后沉默被一阵金属噪声打破，那是吉尔德正在给帕特里克·罗伊斯解开手铐。他对罗伊斯说：“我觉得您应该告诉我们真相，先生。您和那位年轻小姐都比阿姆斯特朗的讣告通知来得重要。”

“把阿姆斯特朗的讣告通知弄得模糊些。”罗伊斯粗鲁地喊道，“难道你不知道这是因为不能让爱丽丝知道吗？”

“不能知道什么？”莫顿问道。

“不能知道是她杀了自己的父亲，蠢货！”罗伊斯对莫顿吼道，“要不是她，她父亲现在还活着。她知道后一定会发疯的。”

“不，我不觉得她会发疯。”布朗神父边说边拿起他的帽子，“我倒觉得我应该告诉她。即使是那最可怕的误杀都不会像罪恶那样摧残生活。无论如何，我觉得你们俩都要比以前更快乐。我得回聋哑学校了。”

神父出了房屋，走在起大风的草地上，一位海格特的熟人拦住他说：“验尸官已经到了。调查很快就要开始了。”

“我得回聋哑学校了。”神父说，“很抱歉，我没法留下来协助调查。”